COZY MYSTERY

CRIMEN DESCATALOGADO

Título original: *Murder Past Due*

Copyright © 2010, Dean James
Primera edición: The Berkley Publishing Group, Penguin Group (USA) Inc.
Publicado de acuerdo con Nancy Yost Literary Agency Inc.
a través de la Agencia Literaria Carmen Balcells, S.A.

© de esta edición:
Editorial Alma
Anders Producciones S.L., 2023
www.editorialalma.com

© 2023, por la traducción, Eugenia Vázquez Nacarino

© Ilustración de cubierta y contra: Joy Laforme

Diseño de la colección: lookatcia.com
Diseño de cubierta: lookatcia.com
Maquetación y revisión: LocTeam, S.L.

ISBN: 978-8418933-60-8
Depósito legal: B-1642-2023

Impreso en España
Printed in Spain

El papel de este libro proviene de bosques gestionados de manera sostenible.

COZY MYSTERY

MIRANDA JAMES

CRIMEN DESCATALOGADO

**Un misterio felino para
ratones de biblioteca**

ALMA

CAPÍTULO UNO

Un huracán había pasado por mi cocina de buena mañana. Ese huracán se llamaba Justin.

Suspiré mientras contemplaba los estragos causados por el desayuno de mi inquilino. ¿A cuento de qué el chico se comportaba así?

Un cartón de leche estaba abierto encima de la mesa, junto con un cuenco, una cuchara y una caja de cereales. Justin no había cerrado la caja, y había dejado unos cereales esparcidos por la mesa y salpicaduras de leche alrededor del cuenco, además de un plato con una tostada mordisqueada.

Eché un vistazo a un pan de molde abierto en la encimera y un tarro de mantequilla destapado al sol. Había dos rebanadas en la tostadora, pero por lo visto a Justin se le había olvidado bajar la palanca. Me acerqué y recogí el periódico, que estaba al lado el fregadero. Justin se las había ingeniado para rociarlo de agua. Me alegré de haberlo leído ya, porque ahora las hojas estaban pegadas.

Miré por la ventana de la cocina hacia el patio unos instantes para serenarme. Me di la vuelta. Vale, quizá no era un huracán. Solo una leve turbulencia tropical. Yo no era uno de esos fanáticos del orden que se alteran ante el menor desperfecto.

Igual que muchos hombres, puedo ser desordenado... pero me siento mejor cuando veo la casa limpia y cuidada. La verdad es que no debería irritarme por algo tan trivial.

Quizá Justin iba con prisas para llegar a la clase de primera hora, aunque el campus de la Universidad de Athena está solo a tres manzanas. Se podía plantar allí en cinco minutos como mucho.

Aquel comportamiento no era nada propio de él, y en el fondo era eso lo que me inquietaba. El chico tenía dieciocho años, llevaba un par de meses alojado en mi casa y siempre recogía sus cosas. Pero desde hacía unos días parecía más descuidado, dejaba la casa manga por hombro y no limpiaba la cocina después de comer.

Quizá debería haberme temido algo así cuando pasé por alto mi norma de aceptar solo a inquilinos más mayores, preferiblemente estudiantes de doctorado: solían estar tan centrados en su trabajo que apenas perturbaban la vida tranquila y ordenada que me había ido construyendo a lo largo de los tres últimos años.

Pero acepté a Justin por hacerle un favor a su madre, Julia Wardlaw, una vieja amiga desde el instituto con la que también había ido a la universidad. Justin, hijo único, no estaba preparado para el bullicio de la vida de una residencia de estudiantes, según ella. Prefería que disfrutara de un ambiente más tranquilo y hogareño en su primer año en la universidad. Después del interrogatorio al que Julia me sometió, casi me sentí honrado de que dejara a mi cargo a su adorado polluelo.

Sentí una enorme zarpa en la pierna. Diesel, mi gato Maine Coon, gorjeó compasivamente cuando lo miré. Retiró la pata y me miró.

—Ya lo sé, Diesel —dije, moviendo la cabeza—. Justin tiene un problema, o no estaría actuando así.

Diesel respondió con otro gorgorito —muchos gatos Maine Coon no maúllan como los demás gatos— y me agaché para frotarle la cabeza. Todavía conservaba el pelaje del verano, más ligero y suave como el plumón. El collar y la cola no tenían el espesor que ganarían durante los meses fríos que se avecinaban. Los penachos de las puntas de las orejas se erguían tiesos mientras me miraba, con una cara cargada de paciencia. Era un gato atigrado, gris con rayas negras, y a los dos años no había alcanzado aún la plena madurez, cuando llegan a pesar entre once y trece kilos. De pecho ancho y constitución musculosa, los Maine Coon son los placadores del mundo gatuno.

—Vamos a tener que hablar con nuestro inquilino —dije. A Diesel le caía bien Justin y lo visitaba a menudo en su cuarto de la buhardilla—. Imagínate cómo reaccionaría Azalea si llegara una mañana y encontrara este desastre. Despellejaría vivo a Justin... y a mí.

Diesel sostuvo solemnemente mi mirada compungida.

Azalea Barry, la asistenta que heredé con la casa cuando murió mi querida tía Dottie, se tomaba la limpieza del hogar a rajatabla. También era rotunda respecto a los gatos grandes como animales domésticos, pero Diesel y ella se las arreglaron para alcanzar una tregua cuando lo traje a casa un par de años atrás. Diesel era tan inteligente que, aun siendo cachorro, captó la antipatía instintiva que Azalea sentía hacia los gatos.

Azalea era más tolerante con los estudiantes, pero no iba a permitir que Justin dejara la cocina hecha un desastre, por insignificante que fuera. Pensé que quizá podría ayudarle si tenía un problema, antes de que volviera a pasar lo mismo y Azalea le diera un buen rapapolvo.

¿Cómo culpar a Azalea por poner tanta devoción, sabiendo que la tía Dottie no había reparado en gastos —ni en esfuerzos— para decorar lo que ella consideraba el corazón del hogar? La cocina, situada en una esquina de la casa, daba al sudeste y el sol de la mañana entraba a raudales por los ventanales. La luz inundaba la estancia, reflejándose en la pálida pintura amarilla de las paredes y los azulejos blancos del suelo. Los armarios lucían en un delicado azul, y combinaban bien con el tono más oscuro de la mesa y las sillas.

Casi podía oler el aroma de las galletas de jengibre que la tía Dottie hacía cuando era niño. No había más que recuerdos felices en aquella cocina, pero sentí una fugaz punzada de nostalgia al pensar en mi querida tía y en mi amada esposa, Jackie. Ambas habían muerto hacía tres años, con pocas semanas de diferencia. Las recordé sentadas a la mesa, riendo y charlando juntas.

Salí de mi ensueño y crucé de nuevo una mirada con Diesel. Hubiera jurado que tenía cara de pena.

—Basta ya —le dije. Sacudió la cola, dio media vuelta y se alejó hacia el lavadero, donde estaba su caja de arena.

Me puse a ordenar la cocina y, mientras guardaba la caja de cereales en el armario, apareció Justin.

—Señor Charlie —dijo, deteniéndose en seco en la puerta—. Pensaba recoger ahora mismo.

Con una mano sostenía una vieja mochila y con la otra se apartó de la cara las greñas. Aquel chico necesitaba un buen corte de pelo... o hacerse una coleta.

Diesel volvió y se frotó contra la pierna de su amigo, que llevaba vaqueros. Justin se agachó un momento para rascarle la cabeza al gato, pero sin dejar de observarme a través del flequillo.

—Pensé que ya te habías ido a clase —dije—. Si hubiera sido uno de los días que viene Azalea, te diría cuatro cosas al encontrarse la cocina como la has dejado.

Procuré sonar afable, pero Justin se sonrojó igualmente. Bajó la cabeza y su pelo moreno cayó, cubriéndole la cara. Farfulló algo al ponerse de pie. Diesel se quedó a su lado, mirándolo.

—¿Cómo dices?

—Perdón —dijo Justin, más claramente esta vez, encogiéndose de hombros con expresión huidiza—. Pensaba limpiar, de verdad, pero he perdido la noción del tiempo.

Me miró de reojo, antes de clavar de nuevo la vista en el suelo.

—Tampoco es tan grave, Justin, pero te veo un poco descuidado estos últimos días. No es propio de ti.

Se encogió de hombros otra vez.

—Bueno, voy a llegar tarde. Adiós, Diesel.

Se dio la vuelta y desapareció por el pasillo. Al cabo de un momento, oí que se abría la puerta, y fue un alivio no oír un portazo cuando se cerró.

Había llegado la hora de que Justin y yo tuviéramos una charla. Algo le preocupaba y empezaba a rozar la grosería. En los dos meses que llevaba viviendo aquí, sin ser el joven más extrovertido del mundo, se había comportado siempre con educación, hasta hacía poco.

Como padre de dos antiguos adolescentes, sabía que un cambio de conducta podía ser un indicio de toda una serie de problemas. Esperaba que no tuviera nada que ver con el consumo de drogas, porque en tal caso el padre de Justin, un pastor evangelista de ideas conservadoras, lo sacaría de la universidad y se lo llevaría a casa. A Julia tampoco le haría ninguna gracia, y tal vez incluso me culpara por consentir que su hijo se metiera en líos.

Inmiscuirme en la vida de uno de mis inquilinos era lo último que quería. Si resultaba que el problema de Justin era serio, tendría que volver con su familia. No me sentía preparado para lidiar con ciertas situaciones.

Diesel me siguió hasta el perchero de la puerta de atrás, y descolgué su correa y su arnés. Ronroneó mientras lo preparaba para salir, emitiendo aquel rugido grave en el que me inspiré para ponerle nombre. Le encantaba acompañarme a trabajar.

—Déjame ir a por el abrigo y la cartera.

Comprobé que no tenía la corbata manchada de café o de comida ni pelos de gato en el pantalón. ¿Por qué los colores oscuros atraen el pelo de las mascotas como un imán? Después de una cepillada rápida, Diesel y yo estuvimos listos para salir.

A lo largo de estos dos últimos años, desde que encontré a un gatito tembloroso en el aparcamiento de la biblioteca municipal, la mayoría de la gente de Athena, el pueblo de Misisipi donde nací, se ha acostumbrado a verme paseando a mi gato con la correa. A medida que Diesel crecía, algunos se preguntaban si no era un cruce de lince, pero eso es solo porque nadie en el pueblo —incluyéndome a mí— había visto nunca a un gato Maine Coon. ¿Qué pensarían cuando alcanzara su tamaño adulto, al cabo de un año? No tenía ni idea.

A veces nos paraban desconocidos por la calle para preguntar si era un perro de aspecto extraño, y juraría que Diesel parecía ofendido. Era una bestia sociable, pero no soportaba las bobadas como si tal cosa: un rasgo que a mí me parecía adorable.

Detecté el aroma de la leña quemada en el aire fresco otoñal. Parecía pronto para encender la chimenea, pero evidentemente uno de mis vecinos no pensaba igual. Aquel olor me recordó a momentos junto al fuego en el hogar de mis padres, los fríos días de invierno.

Las casas de mi calle tenían más de un siglo y muchas estaban ocupadas por las mismas familias desde hacía varias generaciones. La arquitectura elegante, el paisajismo clásico y la sensación de vivir en un vecindario de verdad me dieron seguridad después de perder a mi mujer.

Aparté a Jackie de mis pensamientos y eché a andar, con Diesel unos pasos delante de mí. El campus de la Universidad de Athena —adonde nos dirigíamos esa mañana— estaba a tres manzanas hacia el este. Un paseo que habría durado cinco minutos solía alargarse quince o veinte, porque Diesel y yo nos deteníamos varias veces para que sus admiradores pudieran saludarlo. Se lo tomaba con parsimonia, gorjeando y ronroneando, poniendo sonrisas en todas las caras, la mía incluida. Una o dos personas hasta tuvieron el detalle de decirme un «Buenos días, Charlie», así que no me sentí completamente olvidado.

Jordan Thompson, dueña del Atheneum, la librería independiente local, había salido a correr. Nos saludó con la mano al pasar a toda velocidad. Ojalá yo hubiera podido imitarla y tener su constancia con el deporte.

Diesel y yo llegamos a la biblioteca de la universidad en el mismo instante en que Rick Tackett, el encargado de la logística para los dos edificios que componían la biblioteca, estaba abriendo la puerta de la entrada. A las ocho en punto, ni un segundo antes. Estábamos en la galería de la mansión colonial de inspiración griega que alojaba los despachos administrativos de la biblioteca, los archivos y la colección de libros raros. El edificio principal, conocido como la Biblioteca Hawksworth, se encontraba justo al lado.

Rick asintió sin palabras en respuesta a mis buenos días y dio un paso al lado para dejarnos entrar. Aproximadamente una década mayor que yo, Rick era agradable, aunque poco dado a la conversación. Como acostumbraba a pasar casi todo el día en el edificio principal contiguo, solo lo veía de vez en cuando.

Diesel se encaminó abriendo el paso por la escalera central, hacia el primer piso. En el rellano, giró a la izquierda y se detuvo delante de una puerta con el rótulo «Sala de libros raros» estampado en letras doradas sobre el vidrio.

Una vez abrí con la llave y empujé la puerta, solté la correa de Diesel y fui encendiendo las luces de la sala. Cuando acabé, Diesel ya se había aposentado en su lugar favorito: un cojín puesto en el ancho alféizar de la ventana, detrás de mi escritorio. Le quité la correa, la enrollé y la guardé al lado de su cojín.

Diesel ronroneó mientras me preparaba para la jornada laboral. Tras guardar la chaqueta y la cartera, me senté, encendí el ordenador y empecé a organizar el día mentalmente.

Trabajaba allí dos días a la semana como catalogador y archivista, aunque disfrutaba demasiado de lo que hacía para llamarlo propiamente «trabajo». Durante mi carrera de bibliotecario en Houston había dedicado buena parte de mi tiempo a tareas administrativas. Después de tantos años ocupándome de los presupuestos y la gestión del personal, era casi un paraíso catalogar otra vez. Me sentía a gusto allí, con Diesel y los libros raros.

Apenas había comenzado la lectura de mis correos electrónicos cuando oí unos golpecitos en la puerta.

—Buenos días, Charlie.

Melba Gilley entró en la sala, tan esbelta y escultural como cuando íbamos al instituto. Melba me gustaba mucho y yo le gustaba a ella, pero hasta ese momento nos habíamos contentado con recuperar nuestra amistad. Aún no estaba preparado para salir con nadie, y ahora que me acercaba a los cincuenta, no tenía claro cuándo iba a estarlo ni si lo estaría.

—Buenos días, Melba —dije—. ¿Cómo estás?

Ella se dejó caer en la silla al lado de mi escritorio y quitó una pelusa inexistente de su inmaculado traje berenjena.

—Emocionada. ¿Tú no? —dijo, mirando hacia la ventana a mis espaldas—. Diesel, cariño, buenos días.

Diesel contestó con un murmullo, sin moverse del cojín.

—¿Y eso? —fruncí el ceño. ¿Qué se me había olvidado?

—La gran recepción de esta noche. ¿Por qué si no iba a estar emocionada? —Melba sonrió—. No todos los días Athena da la bienvenida a uno de sus chicos de oro.

—Ah, ya... Menudo acontecimiento.

Melba meneó la cabeza.

—Charlie Harris, no vayas a decirme que no te da curiosidad saber qué ha sido de Godfrey Priest después de todos estos años. Sé que no os llevabais bien en el instituto, pero seguro que quieres ver a un escritor famoso en carne y hueso. —Se rio.

La miré con un gesto de indiferencia.

—Era un memo hace treinta y dos años y probablemente lo sea todavía más ahora, aunque un memo rico.

—Se ha casado cuatro veces —afirmó Melba—. O eso dicen. Pero supongo que puede permitirse pagarles una buena pensión, con lo que gana con sus libros.

—Conmigo no ha ganado mucho —dije—. Por lo menos desde que salieron los primeros.

—¡O sea que sí has leído sus libros! —exclamó Melba casi triunfal.

—Lo confieso —dije—. Tenía curiosidad, como todo el mundo en Athena. Y los primeros incluso me gustaron. Eran entretenidos.

Pero luego empezó a escribir esas novelas negras violentas y las tramas se volvieron cada vez más inverosímiles... —No pude evitar una mueca de repugnancia—. Por no mencionar la violencia contra las mujeres. ¿No me dirás que aún sigues leyéndolo?

Melba sacudió la cabeza.

—No, me rendí hace ya unos cuantos libros. Por las mismas razones que tú.

—Entonces, ¿a qué viene tanta emoción?

—Es un autor de éxito, alguien famoso —contestó Melba—. ¿Cuántos famosos vienen a Athena? No nos vendrá mal algo de emoción.

La miré asombrado.

—¿No habrás olvidado aquella vez que Roberta Hill pintó a su marido con espray rosa cuando lo pilló borracho perdido y desnudo en la caravana de Liz Graham? Eso fue emocionante, por lo que dicen, sobre todo cuando él se despertó y empezó a perseguirla con un hacha por la avenida principal.

Melba soltó una carcajada.

—Cielo, ojalá hubieras estado aquí. Nunca he visto algo tan gracioso en mi vida. Delbert embadurnado de rosa de los pies a la cabeza, con sus partes íntimas colgando, a la vista de todos. Yo salía del banco cuando pasó a la carrera detrás de su mujer. Tiene suerte de que Roberta no le hiciera algo peor, como cortarle el pirulí de un hachazo.

Me reí también, intentando no pensar en pirulís y hachazos. Oí a Diesel ronroneando detrás, como si se riera con nosotros.

Sonó el teléfono móvil de Melba. Con una mueca, lo sacó de la funda que llevaba a la cintura. Manejaba el aparato como una pistolera veterana, girándolo con un quiebro de muñeca antes de leer la pantalla.

—Su majestad me reclama.

Contestó para asegurarle a nuestro jefe que enseguida estaría con él. Al colgar, volvió a guardar el teléfono con otra pirueta.

—El deber me llama —dijo poniéndose de pie—. Te lo juro, ese hombre no sería capaz de encontrarse ese trasero escurrido que tiene si yo no estuviera ahí para enseñárselo —se burló.

—Precisamente por eso eres una auxiliar administrativa tan valiosa —dije—. Sabes dónde está todo.

Melba sonrió.

—Nos vemos luego, cielo.

Me reí por lo bajo. Peter Vanderkeller, el director de la biblioteca, era igualito a un rastrillo de jardín. Calzaba un 48 y sus pies parecían desproporcionados en contraste con su escuálido cuerpo de 1,90. Melba jura que nunca le ha visto comer, jamás, y por norma me fío de su palabra. Yo tampoco lo había visto llevarse a la boca nada que no fuesen los bolígrafos o lápices que invariablemente mascaba durante las reuniones.

El silencio después de que Melba se marchara fue balsámico. «Reservada» es la última palabra que alguien elegiría para describirla.

Volví a mis correos, venciendo el repelús para leer la arenga semanal que Peter dirigía a la tropa, como la denominábamos con no tanto cariño los empleados de la biblioteca. El año anterior, en Halloween, varios de nosotros nos vestimos de uniforme para una reunión de la plantilla. Peter no captó la broma. Nunca las captaba. A veces sentía lástima por él.

El sermón de la semana era sobre el reciclaje. Peter exhortaba a todo el mundo a no traer agua embotellada al trabajo y usar en cambio el agua filtrada del dispensador que teníamos en la sala de personal. Eché un vistazo a mi cartera. Habitualmente llevaba por lo menos dos botellas de agua. Decidí que cuando estuvieran vacías, las rellenaría del grifo. Quizá eso complacería al jefe.

El último correo que leí me recordaba la recepción de gala que se celebraba esa noche en casa del presidente, en honor a nuestra celebridad. Me había dicho a mí mismo que no iba a ir, pero sabía que la curiosidad podría conmigo. Por mucho que detestara a Godfrey Priest, quería ver qué había sido de él después de tanto tiempo.

Cuando íbamos al instituto, permití que Godfrey me intimidara. Era más alto y más apuesto que yo, y siempre alardeaba de su éxito con las chicas. No nos llevábamos bien, ni en el instituto ni en la facultad (los dos estudiamos en la Universidad de Athena), pero de eso hacía mucho tiempo; seguro que había dejado atrás todo aquello... ¿verdad?

Quizá no. Pero si la mejor venganza realmente era vivir la vida, quería demostrarle a aquel memo que me las arreglaba bien.

Sacudiéndome aquellas bobadas de la cabeza, me aparté del ordenador para revisar unos papeles del escritorio. ¿Dónde había puesto aquella carta? Levanté una o dos de las pilas de documentos hasta que la localicé.

Además de catalogar, me encargaba de ciertas cuestiones, relacionadas con algún aspecto histórico de la universidad o los archivos y los libros raros de la biblioteca. El día anterior había recibido una petición de una anciana de Vicksburg que estaba intentando localizar a un antepasado perdido de su árbol familiar. Dicho antepasado presuntamente había asistido a la Universidad de Athena durante la década de 1840, no mucho después de su fundación.

Tras encontrar el nombre que necesitaba, dejé la carta a un lado. Me levanté de mi escritorio y fui a una estantería de materiales de referencia a la izquierda de la puerta. Buscaba un viejo registro de inscripciones con el que podría resolver la cuestión. Esperaba que algún día nos concedieran una ayuda para digitalizar todos los registros, pero hasta entonces habría de conformarme con hacer consultas a la vieja usanza.

Saqué el tomo del estante y pasé cuidadosamente las páginas hasta encontrar los años que me interesaban. Llegaban ecos de otras secciones de la biblioteca. A menudo la acústica del edificio jugaba malas pasadas, y las voces resonaban en la gran escalera y los techos altos del vestíbulo.

Mientras inspeccionaba la letra precisa pero minúscula del registro de la década de 1840, buscando a un tal Bushrod Kennington, oí unos retazos de conversación. Absorto en mi tarea, apenas les presté atención, pero cuando capté las palabras «asesinato» y «Priest», agucé el oído.

CAPÍTULO DOS

Seguí escuchando, pero no pude sacar nada más en claro. Las voces se desvanecieron.

Aunque no sabía muy bien por qué, me pareció un incidente extrañamente perturbador. Supuse que la conversación giraba en torno a Godfrey Priest, el protagonista del momento en Athena. Y oír la palabra «asesinato» asociada a su nombre no era tan raro: escribía novelas policiacas.

Me desentendí y volví a centrarme en mi búsqueda hasta que localicé al viejo Bushrod.

De vuelta a mi escritorio, tomé algunas notas, con la intención de responder el correo después del almuerzo. Había previsto pasarme la mañana catalogando libros. Recuperé el carrito de libros en los que había trabajado previamente y saqué la primera obra pendiente de catalogar. Después de entrar en el programa de catalogación de nuestra red integrada de bibliotecas (o RIB, en jerga bibliotecaria), empecé a examinar el libro.

Parte de una colección de literatura médica del siglo XIX, ese volumen en concreto era un tratado de obstetricia de 1807, obra de Thomas Denman. La cubierta estaba en un excelente estado, pero lo abrí con la cautela habitual. A estas alturas ya me había acostumbrado a manejar libros centenarios, e incluso más antiguos, pero seguía pareciéndome un prodigio cuando los tocaba. Tan sólidos, capaces de sobrevivir doscientos años si se conservan como es debido, pero a la vez tan frágiles, tan fáciles de destruir. Un tufillo a moho me hizo cosquillas en la nariz, mientras deslizaba las yemas de los dedos por la fresca suavidad de las páginas.

La mayor diversión de catalogar un tomo tan antiguo consistía en fijarse en cualquier detalle concreto del ejemplar —inscripciones, sellos, apuntes— que lo distinguirían de cualquier otro. En la guarda de este libro estaba escrito, con una tinta ya descolorida, el nombre del dueño anterior y una fecha:

Dr. Francis Henshall, 18 de marzo de 1809

Al adentrarme en sus páginas, encontré anotaciones en tinta con la misma caligrafía. El doctor Henshall había añadido comentarios al margen del texto, basados en sus propias pacientes.

Me volví hacia el ordenador y recuperé la ficha que había descargado previamente en nuestro sistema desde una base de datos bibliográficos. Allí estaba todo lo esencial: título, editorial, fecha de publicación y demás, y añadí las notas para identificar aquel ejemplar en concreto.

Enfrascado en mi trabajo, me sobresalté al oír un carraspeo al otro lado del escritorio. Contuve la indignación al volver la cabeza hacia el recién llegado que me había interrumpido, y por poco se me saltaron los ojos de las órbitas cuando lo reconocí. Apresurándome a guardar mi trabajo, murmuré:

—Un momento, por favor.

—No hay prisa, Charlie —dijo Godfrey Priest, y su voz retumbó en el silencio de la sala de libros raros.

A mi lado, Diesel se estiró y bostezó. Le gustaba tener visitas, y dio un salto desde la ventana para ir a darle la bienvenida a Godfrey.

¿Qué diablos hacía aquí? Nunca habíamos sido muy amigos, ni en el instituto ni en la universidad. Entonces, ¿por qué venía a verme?

—Buenos días, Godfrey —le saludé, poniéndome de pie. Rodeé la mesa y le tendí la mano. Diesel vino conmigo—. Cuánto tiempo sin vernos.

—Y tanto —dijo Godfrey, con un tono todavía efusivo. Me estrechó la mano vigorosamente, con firmeza—. Se te ve en buena forma.

—A ti también —dije, intentando no hacer una mueca de dolor. Articulé un poco los dedos cuando Godfrey me soltó la mano.

Era aún más alto de lo que recordaba. Le miré los pies y entendí por qué. Llevaba unas elegantes botas de vaquero, y con los tacones debía de rozar los dos metros de altura.

—¿Qué es eso, un gato? —preguntó Godfrey, observando mientras Diesel daba una vuelta despacio a su alrededor. Visiblemente decepcionado, Diesel volvió a la ventana y de un salto subió a su cojín. Bostezando, nos dio la espalda y se acomodó para hacer una siesta. Después le daría un premio.

—Es un Maine Coon —dije—. Son más grandes que la mayoría de los gatos.

—Es la primera vez que un gato me hace un desaire. —Godfrey se rio, pero su cara delataba que le había molestado—. Siempre se me acercan, porque se dan cuenta de que me encantan los gatos.

Contuve la risa.

—Diesel no congenia con todo el mundo. No te preocupes.

Observé con detenimiento a mi visitante. A pesar de que éramos de la misma edad, parecía que tuviera diez años más. Tenía una piel muy curtida, y tras años de tomar el sol se le habían formado arrugas alrededor de los ojos. El pelo también había sufrido, convertido ya en un estropajo descolorido. Llevaba ropa de marca, y el Rolex que consultaba ostentosamente, junto con una gruesa pulsera de oro, dejaban claro que tenía mucho dinero.

—¿Qué querías, Godfrey? —Volví a mi escritorio y me senté. Con un gesto lo invité a sentarse también—. ¿Has pasado por aquí para charlar de los viejos tiempos?

—Sé de buena fuente que eres el archivista de la biblioteca —dijo, haciendo caso omiso a mi pequeña pulla. Acomodó su corpachón en la silla y cruzó los brazos.

—Así es —respondí. «Pomposo como siempre.» Esperé sin añadir nada más.

Godfrey echó un vistazo a Diesel, que dormía pacíficamente detrás de mí.

—¿Te dejan traer a ese gato al trabajo? —Vi que sus dedos se crispaban y buscó algo con la mirada. Parecía nervioso, sin que yo pudiera saber por qué.

—Salta a la vista.

Godfrey se sonrojó al mirarme. Recordé que nunca había sido muy amigo del sarcasmo, particularmente cuando iba dirigido a él.

—¿Cuándo volviste a Athena? —me preguntó—. No vengo por aquí a menudo. Tengo una agenda muy apretada: giras de lanzamiento, entrevistas, reuniones con la gente de Hollywood... —Volvió a pasear la mirada por la sala. ¿Iría al grano con el motivo de su visita? ¿Cuánto más tendría que aguantarlo dándose bombo?

—Me instalé de nuevo hace tres años —contesté, procurando no sonar impaciente. ¿Quería impresionarme con su ajetreada vida?—. No mucho después de la muerte de mi mujer, mi tía me dejó su casa en herencia.

—¿Dottie? —preguntó Godfrey, frunciendo el ceño—. ¿Entonces tu tía también murió?

—Poco después que mi mujer.

—Cuánto lo siento —dijo Godfrey—. Qué pena que murieran las dos con tan poca diferencia.

—Fue duro, sí. —Entonces afloró un recuerdo—. Viviste con mi tía Dottie un par de semestres, ¿no?

Godfrey asintió.

—Durante mi último año. Mis padres vendieron la casa y se mudaron a Alabama, a Fairhope, y yo no quería seguir en la residencia. Para mí fue una suerte que la señorita Dottie tuviera una habitación disponible. Era una señora maravillosa. —Su expresión se suavizó con una sonrisa nostálgica.

—Y tanto que sí. —Esta era una faceta de Godfrey que no recordaba haber visto. Se notaba que le tenía cariño a mi tía—. A ti te van bien las cosas últimamente. Apareces en la lista de los más vendidos con cada nuevo libro que publicas. Eso es estupendo.

—Gracias. Mis últimos siete títulos llegaron inmediatamente al número uno —dijo Godfrey, cuya sonrisa dio paso a una mirada petulante—. Y esa es la razón de que esté aquí, en cierto modo.

—Me he enterado de que van a concederte un premio, por ser un antiguo alumno distinguido —dije.

Godfrey negó con la cabeza.

—No, no me refería a eso, aunque oficialmente es la razón de que haya vuelto aquí. No, quería decir que por eso he venido a hablar contigo.

«¡Por fin!»

—¡Ah! ¿Y entonces...? —pregunté, sin acabar la frase.

—El archivo —contestó Godfrey—. Voy a donar mis papeles al archivo de la universidad. Me gustaría anunciarlo esta noche, en la cena. —Me miró fijamente—. ¿Cómo habríamos de proceder?

La administración de la universidad estaría encantada de un regalo como aquel, y me parecía una idea magnífica. Con una condición.

—Tengo la certeza de que para la universidad será un honor acoger tus manuscritos —dije—. Pero donarlos es solo el primer paso. ¿Estás dispuesto a ofrecer también fondos para contribuir a la preparación, la catalogación y la conservación de los documentos?

—Claro que sí. ¿Qué hay que hacer, aparte de ponerlos en las estanterías? —dijo Godfrey con un gesto de la mano hacia los anaqueles—. ¿Y qué cantidad de dinero sería? Estoy seguro de que la podría cubrir.

—Los papeles se tienen que organizar y clasificar —dije, sin reparar en esa última frase—. Eso podría llevar un tiempo, dependiendo del volumen de la colección. El archivista soy yo, pero no trabajo a jornada completa. Podría tardar años en terminar con tus manuscritos, considerando todos los demás libros y colecciones que ya hay a la espera del proceso.

—Si os diera el dinero necesario, ¿podríais contratar a alguien en exclusiva para catalogar mis papeles y acelerar un poco el proceso? —preguntó, ceñudo—. No quiero que se queden en cajas acumulando polvo.

—Podríamos, sí —dije—. Tenemos un presupuesto minúsculo y dependemos de las donaciones.

—¿Cuánto necesitaríais?

—¿De cuánto material estamos hablando? —Le señalé una caja que había allí al lado, más o menos del tamaño de las resmas de folios que usábamos para la impresora—. ¿Cuántas cajas como esa, aproximadamente?

Godfrey miró la caja. Al cabo de un momento, contestó:

—Están los manuscritos de todas mis novelas, y he publicado veintitrés. Luego está la correspondencia, además de los ejemplares de todas las ediciones, en inglés y traducidos. —Hizo una pausa—. Pongamos que... unas cincuenta y cuatro cajas.

«Qué curioso que sea tan preciso», pensé. ¿Lo tendría todo ya embalado? Nunca se le ocurriría pensar que la universidad pudiera rechazar su donación.

—E irías añadiendo material —dije mientras hacía cálculos mentales.

—Claro —dijo Godfrey—. Voy a seguir escribiendo mucho tiempo, ¡toco madera! —golpeó mi escritorio con los nudillos.

Encontré un cuaderno y un lápiz e hice cuatro números antes de dar una cifra, y Godfrey ni pestañeó.

—Me parece bien —repuso—. Doblaré esa cantidad, para asegurarnos de que no se queda corta. Con eso quedarían los gastos cubiertos varios años, ¿verdad?

—Desde luego —dije. Y, oyendo la voz de mi jefe dentro de mi cabeza, añadí algo, aunque no me apetecía decirlo—: También convendría que nos mencionaras en tu testamento. Nunca está de más.

Godfrey se rio.

—Es tu obligación mencionarlo, ¿eh?

—Sí —reconocí, intentando disimular una expresión agria.

—No te preocupes, estoy acostumbrado. La gente no para de pedirme dinero. —Sonrió—. Llamaré a mi abogado esta tarde para que se ocupe de eso.

—Tendrás que hablar con alguien del departamento administrativo esta noche, después de hacer el anuncio —dije.

Asintió.

Me parecía que el asunto estaba zanjado, pero Godfrey no se movió de la silla.

Aguardé un instante.

—Entonces, ¿estás viviendo en la casa de la señorita Dottie? —preguntó Godfrey.

—Así es.

—¿Y alojas a estudiantes, igual que ella? —Miró hacia la ventana, donde Diesel seguía durmiendo.

—Sí —dije—. Era lo que ella quería, y no está mal tener a alguien en casa, ahora que mis dos hijos son mayores y han volado del nido.

—¿Tienes dos hijos? —Godfrey me miró con extrañeza.

—Un chico y una chica —expliqué—. Sean, de veintisiete años, y Laura, de veintitrés.

—Qué suerte —dijo Godfrey, suavemente—. Tener hijos, quiero decir.

Quizá Godfrey no había podido alcanzar esa meta. Que yo supiera, no tenía hijos. Me sentí afortunado, a pesar de no ser un escritor rico.

Godfrey se movió en la silla.

—¿Y cómo son los estudiantes que tienes viviendo en casa?

—Los dos son chicos majos —respondí, desconcertado por el giro de la conversación. ¿Por qué preguntaba por mis actuales inquilinos?

—Uno de ellos se llama Justin, ¿verdad? —Godfrey se examinaba atentamente las manos.

—Sí, hay un Justin alojado en casa. El otro, Matt, ahora mismo está pasando un semestre en Madrid, investigando para la tesis. —Me sentía cada vez más incómodo—. Oye, Godfrey, ¿qué pasa? ¿A qué vienen estas preguntas? ¿Conoces a Justin?

—No, no lo conozco —dijo Godfrey—. Aunque me gustaría. —Guardó silencio, respiró hondo y me miró de frente—: Es mi hijo, Charlie, pero él no lo sabe.

CAPÍTULO TRES

—¿Eres el padre de Justin?

Miré a Godfrey perplejo, con la sensación de que me estaba gastando una broma pesada. En el instituto era conocido por sus jugarretas antológicas. Cuando asintió, comprendí que iba en serio. Pero ¿por qué demonios me lo contaba? ¿Simplemente porque Justin se alojaba en mi casa?

—Es increíble. —Un comentario absurdo, pero algo tenía que decir.

—Sí, lo es —dijo Godfrey. Volvió a bajar la mirada antes de continuar—. Hasta hace seis meses, no sabía que tenía un hijo. No puedo creer que Julia nunca me lo contara. —Había una nota extraña en su voz.

—¿Julia Wardlaw? —repuse, sintiéndome como un loro no muy listo.

—Sí, seguro que te acuerdas de ella del instituto. Julia Peterson. Dios mío, era una belleza. —Sonrió.

Julia había sido un bombón hacía treinta años. Ahora la veía todos los viernes, cuando venía a recoger a Justin para pasar el fin de semana. Por desgracia, los años no la habían tratado demasiado bien.

—¿La has visto últimamente? —le pregunté.

—No, pero he hablado con ella —dijo Godfrey—. Me escribió a través de mi página web. Me contó lo de Justin y por poco no me caigo redondo.

—Me lo imagino.

La noticia me ayudó a atar cabos. Cuando Julia trajo a Justin a mi casa y lo ayudó a trasladar sus cosas, me habló un poco más de su familia. A pesar de ser tan reacia como yo a esa clase de confidencias, parecía creer que era su deber. Justin había discutido sobre sus estudios con su padre. Ezra Wardlaw quería que Justin fuera a un seminario y siguiera sus pasos para ser sacerdote. Justin, con el apoyo de Julia, se rebeló. Era hijo único, y la «traición» —la palabra que Julia había empleado citando a su marido— había sido un duro golpe para Ezra.

—La verdad es que no es de mi incumbencia —dije—, pero ¿estás seguro de que Justin es hijo tuyo?

—Absolutamente. —Godfrey me miró como si fuera bobo—. No pensarás que me bastaría con que alguien me diera su palabra, ¿verdad? Sabía que existía la posibilidad y en una posición como la mía tenía que cerciorarme, así que insistí en que se hiciera una prueba de ADN.

—Naturalmente —dije, con un tono cargado de ironía—. Sigue sin ser de mi incumbencia, pero ¿qué piensas hacer?

—Solo quiero conocer a Justin —dijo Godfrey—. Hablar con él, explicarle la situación. Ahora que lo sé, quiero formar parte de su vida.

Pensé que quizá el chico ya se había enterado de que su padre biológico era el célebre escritor. Julia se lo podía haber contado recientemente, sabiendo que Godfrey iba a visitar Athena.

Lo habían anunciado en el periódico local hacía un par de semanas.

Que lo supiera podría explicar el comportamiento de Justin esos últimos días. La noticia de que no era hijo de Ezra Wardlaw sino de Godfrey Priest debía de haberle causado un enorme impacto. «Pobre chico», pensé.

—¿Qué pasa? —Godfrey me miraba fijamente.

—Pensaba en Justin, nada más. —No iba a compartir con Godfrey mis reflexiones. Además, solo estaba especulando.

—¿Tú le tienes aprecio? ¿Te parece un buen chico? —Godfrey hablaba con tanta vehemencia que me dio lástima. Pero me preocupaban más las reacciones de Justin frente a la situación. ¿Sería capaz de encajar la aparición de un nuevo padre en su vida?

—Sí, le tengo aprecio. Es un joven amable e inteligente. —Detrás de mí, Diesel añadió su opinión, emitiendo unos runrunes y gorjeos. Sabía de quién hablábamos—. Es un hijo que podrás enorgullecerte de reconocer.

—Gracias, Charlie. No te haces a la idea de lo que eso significa para mí —dijo Godfrey, con tanta gratitud que me conmovió.

—¿Cuándo hablarás con él?

—He quedado con Julia para almorzar —dijo Godfrey. Consultó el reloj—. Si es que puede escaparse del señor Miserias, claro está. Todavía no me puedo creer que se casara con ese tipo.

«Miserias» era el mote con el que se solía conocer a Ezra Wardlaw. Era varios años mayor que Godfrey, Julia y yo, y cuando nosotros estábamos en el instituto, Ezra ya tenía reputación de ser un fervoroso predicador de los Evangelios.

—Yo estaba en Texas cuando se casaron —dije—. La última vez que había tenido noticias de ella, salía con Rick Tackett y parecía que la cosa iba en serio.

Era algo que había olvidado hasta ese mismo momento. Curioso, cómo los recuerdos vuelven de golpe a veces.

—¿Rick Tackett? —Godfrey puso un tono cortante—. ¿Y tú cómo sabes eso?

—Vinimos a pasar la Navidad con la tía Dottie, y nos cruzamos con Julia y Rick en algún sitio. En el supermercado, creo. —Hice una breve pausa—. ¿Lo conoces?

—Sí, lo conozco —dijo Godfrey, aunque no sonó a que le importara demasiado.

—En fin, fue por eso que me sorprendió tanto cuando me enteré de que se había casado con Ezra.

Godfrey se miró las manos.

—Supongo que eso es culpa mía. Pasé unos meses aquí, hace diecinueve años, investigando para uno de mis primeros libros. Nos reencontramos. Yo me había divorciado de mi primera mujer y Julia parecía estar soltera.

—¿Parecía?

—Iba con frecuencia a la iglesia de Ezra y habían estado saliendo. Pero mientras yo estuve aquí, apenas se vieron. —Se retorció en la silla, todavía bajando la mirada—. En ningún momento supe que la había dejado embarazada. Acabé la investigación y volví a California.

Sospeché que Godfrey no me contaba todo. Me dio la impresión de que mentía con lo de no saber nada del embarazo de Julia.

—Te marchaste y ella se casó con Ezra Wardlaw. —Lo observé, preguntándome si iba a mirarme—. ¿Y nunca se puso en contacto contigo para hablarte de Justin?

Godfrey cambió de nuevo de postura en la silla.

—No, nunca.

Ese comportamiento me convenció de que estaba mintiendo, pero no iba a acusarlo, ¿de qué habría servido?

—¿Por qué me estás contando todo esto? —le dije.

Examinándose las manos otra vez, Godfrey dijo:

—Eres el único amigo que me queda en Athena de los viejos tiempos, aparte de Julia, por supuesto, y mi hijo está viviendo en tu casa. Pensé que debías saberlo, puesto que me quedaré un tiempo por aquí, y espero poder conocer a mi hijo.

¿Su único amigo de los viejos tiempos? Por poco me echo a reír al oírlo. Teniendo en cuenta nuestra historia en el instituto y la universidad, Godfrey tenía que estar bastante desesperado para llamarme «amigo». Después de cómo me había tratado, ni siquiera merecía que hablara con él. Seguía siendo un papanatas, pero mi conciencia no me permitía darle la espalda. Como padre, me hacía cargo de su difícil situación.

—Haré lo que pueda —le dije.

Se le iluminó la cara.

—Pero ten en cuenta que Justin está en su primer semestre de la universidad. Eso ya es estresante de por sí; debes ir con cuidado para no añadirle más presión.

—Entiendo —dijo Godfrey—. Solo quiero formar parte de su vida, si me lo permite. —Se reclinó en la silla—. Pero la verdad es que me gustaría llevármelo a California una temporada, conmigo. Podríamos conocernos, y él encontraría un poco de diversión, porque los dos sabemos que con el señor Miserias no ha tenido mucha. Quizá podríamos ir a Europa, si le apetece.

Me di cuenta de que protestar no serviría de nada. Julia se horrorizaría si oyera esas cosas, porque yo sabía que no querría tener a Justin tan lejos. Pero eso lo tendrían que resolver entre ellos. No era asunto mío.

Diesel bajó de un salto de la ventana y se acercó hasta la silla de Godfrey. Se sentó y, estirando una de las patas delanteras, se la plantó en la rodilla. Godfrey lo miró sorprendido.

—A veces hace eso —dije—. Como si comprendiera los sentimientos de la gente e intentara darles consuelo.

—Gracias, campeón —dijo Godfrey suavemente, mientras le acariciaba la pata.

Diesel emitió un murmullo, retiró la pata y volvió a la ventana. Godfrey sacudió la cabeza.

—¡Caray! Tendré que darle un papel en un libro.

—Diesel es un gato especial. —Sonreí y cogí un trozo de papel. Anoté con un bolígrafo mi número de teléfono—. Llámame y dime cuándo te pasarás por casa, ¿de acuerdo?

Godfrey se guardó el papel.

—Gracias, Charlie. Tengo otra cita antes de encontrarme con Julia para almorzar.

Cuando se levantó, me levanté también y estreché la mano que me ofrecía.

—Buena suerte. Espero que te vaya bien con Justin.

Godfrey me dio las gracias otra vez y lo vi salir con paso decidido de la sala.

—Qué desastre —dije.

No me di cuenta de haber dicho esas palabras hasta que sentí la pata de Diesel en el hombro. Cuando me giré para mirarlo, me observó con la cabeza un poco ladeada hacia la derecha. Era asombroso, las cosas que ese gato parecía entender.

—Sí, es una situación complicada. Pobre Justin. —Sacudí la cabeza—. Pobre Godfrey, pobre Julia, incluso pobre Ezra.

Diesel ronroneó un par de veces.

—Y me temo que vamos a estar en el medio de todo este lío, además. Con Justin en casa, no hay manera de evitarlo.

Diesel gorjeó.

—Apoyaremos a Justin en todo lo que podamos. —Hablé con más seguridad de la que sentía—. Si quiere nuestra ayuda, claro.

No podía creer que estuviera diciendo todas esas cosas. ¿Qué había pasado con mi intención de evitar las ataduras emocionales?

Miré fijamente a mi gato, como si pudiera contestar por mí. Diesel pestañeó lentamente antes de acomodarse de nuevo para la siesta.

Durante unos minutos, pensé en lo que acababa de ocurrir en mi despacho. Godfrey había empezado tal y como lo recordaba: arrogante, fanfarrón, egocéntrico. Sin embargo, su actitud había dado un vuelco y pareció perder la confianza cuando me habló de Justin. Quizá tener un hijo lo hacía más humilde.

Pero había algo más. La incomodidad cuando hablaba de Julia lo delataba. Ahí me mintió. Se había engañado a sí mismo durante años. Desde el principio había sabido que Julia estaba embarazada, pero por la razón que fuera no quiso reconocerlo. Hasta ahora. Me preguntaba cuál habría sido el motivo. Quizá la clave fue cumplir los cincuenta.

Me volví hacia el ordenador. Tanto elucubrar me daba dolor de cabeza. Necesitaba concentrarme en el trabajo y olvidar esas distracciones.

Conseguí retomar el hilo y seguir catalogando hasta la hora del almuerzo. Alrededor de las once y media dejé el lápiz en la mesa, dejé el ordenador en suspensión y me levanté.

—Venga, muchacho. —Le froté la cabeza a Diesel—. Vamos a casa a almorzar.

Unos minutos después, Diesel y yo estábamos en marcha. Había subido un poco la temperatura, pero seguía haciendo un fresco agradable. Estar de nuevo en el norte de Misisipi, donde realmente había cuatro estaciones al año, era un cambio agradable respecto a Houston, con sus dos estaciones. Verano y no verano, como me gustaba llamarlas.

Justo cuando introduje la llave en la puerta de la entrada, oí voces dentro. Voces airadas, coléricas. Abrí enseguida, con Diesel pisándome los talones.

Ezra Wardlaw estaba en el centro del salón, señalando a Justin con un dedo acusador. El chico, con la cabeza gacha, estaba sentado en el sofá. Estaban tan inmersos en su discusión que no repararon en nosotros.

—... Recoge tus cosas ahora mismo. Vas a volver a casa.

Ezra tenía la cara tan colorada que pensé que le iba a dar algo.

—No pienso irme. —Justin miró a su padre y le gritó—: ¡Y tú no eres mi padre!

—No te atrevas a hablarme así.

Ezra levantó el brazo.

Cerré los ojos cuando Ezra abofeteó a Justin. Le giró la cara y se abalanzó sobre él.

Me acerqué, decidido a impedir más actitudes violentas en mi casa.

—Basta. —Solté la correa de Diesel y, más que ver, oí a Diesel salir corriendo. Detestaba los gritos—. No vuelvas a pegar a ese chico.

Ezra se dio la vuelta y se encaró conmigo.

—Esto no es asunto tuyo. No te metas.

Justin se frotó la cara despacio. Me miró a los ojos. Articuló un «por favor» mudo.

—Es asunto mío. Estás en mi casa —dije con una voz y un tono firmes—. No vas a volver a pegar a nadie en esta casa o llamaré a la policía. ¿Entendido? —Di un paso más hacia él. Yo le sacaba media cabeza y también era más corpulento. Si no me quedaba otro remedio, le haría entrar en razón a golpes.

Ezra me fulminó con la mirada, pero no levantó las manos cuando se volvió hacia su hijo.

—Recoge tus cosas. Ya.

—Tengo dieciocho años. No tengo que ir contigo a ningún sitio.

Justin le sostuvo la mirada a Ezra sin titubear.

Ezra respiró agitadamente. Parecía que le faltara el aire.

—Ahora sería mejor que te fueras. —Aguardé, preparado para intervenir si hacía falta.

Ezra reculó, sin dejar de mirar a su hijo a los ojos.

—Esto no ha acabado —aseguró—. ¡Ese malnacido se pudrirá en el infierno antes de arrancarte de mí!

CAPÍTULO CUATRO

Con esa frase, Ezra salió hecho una fiera y, momentos después, dio un portazo tan fuerte que hizo temblar las ventanas del salón.

—Le odio.

La voz de Justin estaba cargada de desprecio. ¿Qué le habría hecho para que lo odiara tanto?

—Ven conmigo, hijo. Vamos a ponerte un poco de hielo en esa mejilla. Ya está hinchada.

Justin me miró perplejo. Creo que había olvidado que yo estaba allí.

—De acuerdo.

Se puso de pie, pero no se movió. Tomándolo suavemente del brazo, lo guie hasta la cocina. Después de haber perdido los estribos, parecía lánguido y me miraba con unos ojos apagados. Se apoyó en el fregadero mientras yo iba a buscar cubitos de hielo del dispensador y los envolvía en un paño.

—Toma —dije—. Ponte esto un rato en la cara. Ya verás como te alivia.

Tenía la mejilla todavía de un rojo rabioso. Iba a quedarle un buen moretón. Justin aceptó el paño y se lo acercó a la cara. Hizo un gesto de dolor, pero lo sostuvo en su sitio.

Mientras lo observaba, preocupado, preguntándome qué otra cosa podía hacer por él, empezó a llorar. Al principio en silencio, luego cada vez más fuerte; el llanto empezó a sacudir su cuerpo.

Pobre chico. Era más de lo que merecía soportar. Le pasé un brazo por los hombros y se agarró a mí con el brazo libre. Le hablé en voz baja, tranquilizándolo, y el llanto se calmó.

Al notar un roce en la pierna, vi que Diesel había salido de su escondite y ahora me observaba, deseoso de ayudar.

—Mira, Justin, Diesel está aquí. Quiere hablar contigo.

Sorbiéndose la nariz, Justin se apartó de mí y miró al felino expectante. Se sentó en el suelo, con el paño todavía en la mejilla. Diesel le frotó el mentón con la cabeza y se le subió al regazo. Sus ronroneos resonaron en la estancia. Inclinado hacia delante, Justin dejó que Diesel le lamiera la mejilla descubierta.

Salí de la cocina con una sonrisa en los labios, sabiendo que Justin estaba en buenas zarpas. Diesel podría darle consuelo, y el chico lo necesitaba.

Fui al cuarto de baño de la planta baja y me lavé las manos con parsimonia. Me miré al espejo. A pesar de insistir tanto en ocuparme de mis propios asuntos, me había metido de lleno en una situación complicada. ¿Cómo reaccionaría Julia cuando se enterase de lo que Ezra había hecho? Se dejaba llevar por su temperamento, de joven. Era capaz de encenderse con su marido igual que este se había encendido con su hijo. Qué desastre.

Cuando acabé de lavarme las manos, calculé que podía volver a la cocina.

Justin se había sentado en una silla, con Diesel en su regazo. Me miraron de reojo. Justin parecía más tranquilo y a Diesel ya no se le veía inquieto. Al chico le estaba saliendo un morado en la mejilla.

—¿Qué os parece si comemos algo, muchachos? —Fui hacia el frigorífico—. Diesel tiene sus galletitas crujientes si le apetecen, pero yo necesito algo más.

Eché un vistazo dentro de la nevera, esperando a que Justin contestara. Probablemente se sentía avergonzado, pobre chaval. Tenía dieciocho años, sí, pero en muchos sentidos aún era un crío.

—Todavía queda un buen trozo de la pierna de cerdo que preparó Azalea al horno. Creo que haré unos bocadillos. —Me volví hacia la mesa—. ¿Qué me dices, Justin? Hago un bocadillo de carne asada bastante bueno.

Justin agachó la frente un momento y acarició la cabeza de Diesel.

—Suena bien. Pero puedo hacerme el mío.

—¿Sabes qué? Cortaré la carne en lonchas, y tú te montas el plato como prefieras, ¿te parece bien?

—De acuerdo.

Diesel saltó desde sus rodillas y se alejó en busca de su almuerzo.

Justin se acercó y se lavó las manos en el fregadero, evitando todavía cruzar la mirada conmigo. Dejé la bandeja de la carne en la encimera, encontré un cuchillo y empecé a trinchar gruesas lonchas. Azalea preparaba una estupenda pierna asada y ya se me hacía la boca agua.

Justin sacó mostaza y mayonesa de la nevera, además de un tarro de los pepinillos caseros de Azalea. Lo colocó todo en la mesa, así como el pan y una gran bolsa de chips. A continuación, puso platos, cuchillos y servilletas para los dos.

—¿Me sacas una lata de Coca-Cola *light*? —le pedí.

Justin volvió a la nevera y trajo una Coca-Cola *light* para mí y otra normal para él.

Luego se sentó y esperó a que yo terminara. Ya tenía suficientes lonchas para cuatro o cinco bocadillos. Así estaba bien.

Llevé la carne a la mesa y me senté al otro lado, en diagonal a Justin. Me pasó el pan de molde y saqué cuatro rebanadas.

—No sé tú, pero creo que por lo menos me voy a comer un par de sándwiches.

—Yo también tengo bastante hambre.

Parecía sorprendido de no haber perdido el apetito. Aguardó a que me pusiera las salsas antes de prepararse su bocadillo.

Me serví unas cuantas patatas en el plato, observando cómo Justin extendía una gruesa capa de mayonesa en dos rebanadas de pan de trigo.

Seguía sin mirarme.

—Justin, quiero que sepas que puedes venir a hablar conmigo, si quieres. Haré lo que pueda por ayudarte y Diesel también.

Sonrió ante mi comentario y por fin me miró de frente.

—Gracias, señor Charlie. Es bueno saberlo.

Dio un bocado al sándwich e hizo un gesto de dolor. Cuando acabó de masticar, lentamente, añadió:

—Por suerte, ha llegado en el momento justo. —Se interrumpió un instante y apartó la mirada—. Si no, me habría dado una buena paliza.

Sentí un nudo de rabia en el estómago.

—¿Te ha pegado antes?

Justin asintió.

—Sí —dijo, con tanta naturalidad que se me encogió el corazón—. No le gusta que le lleve la contraria.

—No tienes por qué seguir permitiéndolo. No dejes que entre en casa cuando yo no estoy.

—De acuerdo, eso haré.

Justin comió un poco más de bocadillo. Se tocó la mejilla amoratada un par de veces; debía de dolerle bastante.

Procuré aparentar calma, aunque por dentro me hervía la sangre. Normalmente no soy violento, ni mucho menos, pero el maltrato infantil me saca de quicio. Mi padre, como Ezra Wardlaw, había sido un hombre de fe, muy religioso. Severo, exigente, pero ni una sola vez me levantó la mano. A menudo puse a prueba su paciencia, pero con su firme y entrañable sentido de la disciplina me enseñó todo lo que debía saber. Alguna vez mi madre me dio unos azotes en el trasero con el cepillo, pero nunca me golpeó tan fuerte como para dejarme marcas.

Justin carraspeó.

—Creo... que debería explicar por qué le he dicho que no es mi padre. —Jugueteó con unas patatas fritas que tenía en el plato—. No el biológico, al menos. Pero mamá sí es mi verdadera madre.

Me observaba con detenimiento para ver mi reacción.

Fingir sorpresa a esas alturas hubiera sido ridículo. Justin merecía la verdad.

—Lo sé —dije—. Tu padre biológico ha venido a verme esta mañana.

—¿Lo conoces? Supongo que sí, claro, ya que sois los dos de Athena.

Justin intentó aparentar despreocupación, pero su curiosidad saltaba a la vista.

—Crecimos juntos. Íbamos a la misma clase en la escuela, y en la universidad también.

—Ah, genial.

Justin continuó comiendo en silencio durante un par de minutos.

Podría haberle dado más información, pero pensé que era mejor que Justin me preguntara lo que quería saber. Tendría que ser diplomático, de todos modos. No quería decirle al chico que su padre biológico me parecía un memo.

Liquidado el primer bocadillo, ataqué el segundo después de tomar un sorbo de mi refresco. Mientras tanto, Diesel había vuelto. Se encaramó a la silla enfrente de la mía y se sentó, paseando la mirada entre Justin y yo.

—Es tan gracioso eso que hace —se rio Justin—. ¿Alguna vez le deja comer a la mesa?

—No, porque rara vez come lo mismo que la gente, ¿recuerdas? —le dije a mi inquilino, arqueando una ceja.

Justin asintió y una sombra de culpabilidad atravesó su cara.

—Sí. Prometo que no volveré a hacerlo más, salvo que me dé permiso.

—Gracias.

Diesel hizo unos ronroneos.

—Sí, estamos hablando de ti —le dije—. Y no creas que vas a sacarnos carne o patatas fritas a mí o a Justin.

Dudaba que los gatos supieran fruncir el ceño, pero habría jurado que Diesel acababa de hacerlo.

Justin soltó una risita. Después de tomar un poco de Coca-Cola, dejó la lata y me miró.

—¿Cómo es? Godfrey Priest, quiero decir. Le he visto en la tele e incluso he leído algún libro suyo, pero no sé mucho sobre él.

Era el momento de contestar con tacto.

—Siempre supimos que Godfrey llegaría lejos. —Me recliné en la silla y miré a Justin a los ojos—. Incluso de niño, hacía proyectos. Hablaba de viajar y dar la vuelta al mundo. Al principio quería ser reportero, y en la adolescencia decidió que sería un escritor famoso.

—Vaya, eso es alucinante —dijo Justin. En sus ojos brillaba la veneración que despierta un héroe. Godfrey tendría que estar a la altura de las expectativas de Justin.

—Cuando Godfrey se proponía una meta, la alcanzaba. —«Sin importar que los demás tuvieran que pagar un precio», añadí para mis adentros—. Nunca le faltó el impulso ni la ambición. Creo que nadie que lo conociera dudara de que triunfaría.

—¿Eran amigos?

—No exactamente. Yo también era bastante competitivo, y siempre rivalizábamos por destacar en la escuela. —Con una sonrisa nostálgica, reconocí—: Godfrey solía ganar. La única cosa en la que yo lo superaba era en matemáticas.

—Ya, sé lo que es eso. —Justin meneó la cabeza—. Había una chica en mi clase que siempre me ganaba en todo. Y yo detestaba ser el segundo.

—A mí me pasaba lo mismo —dije. Curioso, el recuerdo de aquellas pequeñas derrotas en ocasiones aún me dolía—. Pero tenía muchos otros méritos de los que sentirme orgulloso. Tú los tendrás también.

Justin asintió agradecido. Veía que estaba ansioso por hacer otra pregunta, pero tal vez le daba miedo.

Quise tranquilizarlo.

—Tiene ganas de conocerte. Sé que primero quería hablar con tu madre, pero estoy seguro de que vendrá a verte en cuanto pueda.

—Sí, supongo —dijo Justin—. Pero es un escritor rico y famoso, y yo soy un chico corriente de un pueblo perdido de Misisipi.

Reprimí una sonrisa.

—Se crio en este mismo pueblo. Ahora sabe que tiene un hijo, y eso es lo único que importa. Podrías ser de color morado y tener siete ojos, y no le importaría.

Justin se rio de mi ocurrencia y Diesel se sumó al jolgorio. El sonido de un teléfono interrumpió la diversión.

—Perdón —dijo Justin. Se levantó y sacó un móvil del bolsillo de los vaqueros—. Es mi madre —comentó, después de echar un vistazo a la pantalla—. Vuelvo enseguida.

Justin salió de la cocina y contestó la llamada.

—Hola, mamá.

Eso fue lo último que oímos Diesel y yo. Diesel lanzó una mirada de esperanza a las patatas fritas que quedaban en el plato de Justin.

—No, señor —le dije. Recogí el plato y lo llevé al fregadero—. Esa no es la comida de Diesel.

Volví a la mesa, donde Diesel estaba apoltronado. Cuando le rasqué la cabeza, empezó a ronronear como un motor.

—Señor Charlie.

Justin estaba en la puerta de la cocina, con cara de desolación.

—¿Qué ocurre?

—Mi padre... Ezra, quiero decir... Está en el hospital. Se ha metido en una pelea y ha salido mal parado. —Se le quebró la voz, le temblaba todo el cuerpo—. ¿Puede llevarme al hospital?

CAPÍTULO CINCO

Detesto los hospitales. He pasado ahí demasiado tiempo, primero con mis padres y luego con mi mujer. Al aparcar el coche en la zona de visitas del centro médico regional de Athena, recordé la última vez que había estado allí: cuando la tía Dottie sucumbió al cáncer de páncreas. Me quedé a su lado, intentando ver detrás de su cara y su cuerpo consumidos a la mujer alegre y sana a la que adoraba.

A mi lado, Justin se desabrochó el cinturón de seguridad, sacándome de mi ensimismamiento.

—No me gustan los hospitales, pero supongo que tengo que entrar —dijo.

En lugar de abrir la puerta, se pasó la mano un par de veces por la mejilla amoratada.

—A mí tampoco me gustan —le dije—. Pero tu madre quiere que estés a su lado. Necesita tu apoyo. —Abrí mi puerta—. Vamos.

Justin suspiró cansinamente, pero me hizo caso. Fue unos pasos por detrás de mí hacia urgencias. No podía reprocharle que no quisiera entrar, sabiendo lo que le había hecho Ezra antes.

No tenía la menor idea del grado de gravedad en que estaría Ezra. «Mal parado» podía significar muchas cosas. Julia no le había dado detalles a su hijo, pero yo dudaba que se encontrara en estado crítico.

Por otro lado, si Ezra se había metido en una pelea, ¿quién era el contrincante? La respuesta lógica era Godfrey Priest. ¿Estaría herido también?

Pasamos por el mostrador de urgencias para preguntar por Ezra, pero antes de que acabara la frase, Julia apareció a nuestro lado.

Iba más arreglada que de costumbre. Había cambiado sus habituales atuendos rectos de algodón o poliéster por un favorecedor vestido negro para cualquier ocasión. Pensé que seguramente era el que llevaba en los funerales. Le daba un aire digno, en marcado contraste con su pelo gris, recogido en la nuca en un moño tirante.

—Gracias por haberlo acompañado, Charlie —me dijo Julia.

Tocó suavemente el brazo de su hijo, y entonces ahogó un grito al verle la cara amoratada. Le pasó un dedo con cuidado por la mejilla, pero Justin se apartó.

—¿Qué te ha ocurrido, cariño?

—Me ha pegado. —Justin lanzó una mirada hosca a su madre.

Justin se giró en redondo hacia mí.

—¡Cómo te atreves a pegar a mi hijo!

Por el fuego de su mirada, vi que estaba a punto de pegarme.

—No he sido yo —dije, levantando las manos—. Cálmate, Julia.

—Entonces, ¿quién? —preguntó ella, volviéndose a Justin.

—Ezra.

Cargó de tanto desprecio ese nombre que incluso Julia se estremeció.

—Ha sido hace un rato. Quería hacerme volver a casa con él, pero me negué, mamá. Le he dicho que no era mi padre y que no podía obligarme. Y entonces me ha pegado.

Julia lo abrazó y lo estrechó contra su pecho.

—Pobrecito mío... Te juro por Dios que no sé qué le ha dado a este hombre. Esta mañana estaba muy disgustado, cielo. Es culpa mía. Debería haberle manejado mejor.

Justin se separó de su madre.

—No quiero volver a verle nunca más.

—Cielo, no digas tonterías —contestó Julia—. Ezra es tu padre, en lo que cuenta de verdad, aunque hoy haya perdido los estribos contigo. Dale la oportunidad de pedir perdón. Seguro que se arrepiente de haberte pegado.

—No tengo nada que decirle —insistió Justin con terquedad.

—¡Haz lo que te digo y punto! —El tono tajante de Julia nos sorprendió tanto a Justin como a mí.

—De acuerdo.

—Sígueme.

Julia dio media vuelta y se alejó. Justin, después de lanzarme una mirada, fue tras ella. Yo no estaba seguro de que obligar al chico a hablar con Ezra en ese momento fuera una buena idea, pero sin duda Julia no habría escuchado mis objeciones.

Fui a la sala de espera y me senté. Resignándome a girar los pulgares durante un tiempo indefinido, deseé haberme llevado un libro para entretenerme. O a Diesel.

Diesel pareció confuso cuando le dije que se tenía que quedar en casa. Iba prácticamente a todas partes conmigo, salvo a la iglesia, y sabía que no era domingo. Se quedó en la cocina para vernos salir por la puerta de atrás, que daba al garaje. Seguiría allí sentado esperándome cuando volviera a casa, lo sabía.

Eché una ojeada a mi alrededor. Solo había dos personas más en la sala de espera: una señora mayor con cara de inquietud y un hombre que debía de ser su hijo. Tenía la misma nariz, los mismos rasgos. Acariciaba la mano de su madre y le hablaba en voz baja, pero la mujer no parecía oírlo. ¿Por quién estarían allí?, me pregunté. ¿El marido de ella, el padre de él? Esperé que, quienquiera que fuese, todo acabara bien.

Julia reapareció frente a mí, tapando por un momento la luz del fluorescente. Cuando me fijé en su cara, no me sorprendió verla transida por el cansancio y la rabia.

—¿Cómo está Ezra? —le pregunté, poniéndome de pie.

Le hice un gesto para que se sentara a mi lado y se hundió en la silla como una anciana.

—¿Te encuentras bien?

La rigidez de sus movimientos me sobresaltó. Julia hizo una mueca.

—Me hago mayor, Charlie. Y estoy cansada.

—Tienes la misma edad que yo, no eres mayor.

Procuré adoptar un tono ligero, pero Julia detectó en mi voz un dejo de preocupación.

—No son los años, es el kilometraje, ¿no es eso lo que suele decirse? —El espectro de una sonrisa cruzó su cara—. Estoy bien. Solo cansada. Los dos últimos meses han sido bastante duros.

—Desde que Justin se fue de casa.

Julia asintió.

—Ezra lleva un tiempo fuera de sí. Quiere a ese chico con toda su alma, y que Justin se haya rebelado así con él, bueno, le ha roto el corazón. —Guardó silencio un instante—. De todos modos, pienso retorcerle el pescuezo por lo que ha hecho. No debería haber pegado a Justin. Aunque casi se echa a llorar cuando ha visto el moretón que le ha hecho.

Me abstuve de comentar el comportamiento de Ezra por el momento.

—Justin tiene el derecho de vivir su propia vida.

Probablemente hubiera debido callarme, dejar que hablara ella.

—Lo sé mejor que tú. Me tocó tomar una decisión cuando Justin me dijo que no quería ser pastor, y la tomé.

No me sentí ofendido por su respuesta airada. Me había metido en un terreno que no era de mi incumbencia.

—¿Y te arrepientes?

Era una pregunta indiscreta, pero el instinto me decía que Julia necesitaba desahogarse.

—No, en absoluto. —Julia cerró los ojos y se recostó en la silla de plástico duro—. Tú tienes hijos. ¿Te arrepentirías?

—No. —Aguardé un momento, pero no dijo nada—. ¿Cómo ha acabado Ezra en el hospital? Justin mencionó una pelea.

Julia volvió la cabeza hacia mí y me miró a los ojos.

—Godfrey me ha dicho que fue a verte esta mañana. Te lo ha contado todo.

—En efecto. ¿Habrías preferido que lo mantuviera en secreto?

—Está empeñado y decidido a convertirlo en una especie de espectáculo público, por lo que veo, pero si sueña con quitarme a Justin solo porque tiene dinero y es famoso, ¡se va a despertar de golpe!

Julia se irguió. No me sorprendió el desdén con el que hablaba; Godfrey solía causar ese efecto en los demás, por lo menos según mi experiencia.

—Si hay algo en lo que pueda ser de ayuda, cuenta conmigo.

No me entusiasmaba la idea de verme envuelto en aquel lío, pero por Justin estaba dispuesto a hacer lo que estuviera en mi mano.

—Gracias. Siempre has sido una buena persona, incluso de niño. Hacías lo que era justo y apoyabas a tus amigos. —Julia sonrió, disipando un poco de tensión y enfado. Sonó fatigada cuando añadió—: Qué pesadilla. Estaba almorzando con Godfrey en un restaurante, para hablar de Justin. Y de pronto Ezra entró. Empezaron a discutir. Yo intentaba separarlos, pero no podía.

—Dudo que hubieras sido capaz de hacer nada para detener a Ezra —dije, recordando la escena en mi casa—. Cuando un hombre está tan furioso...

—Ezra tiene un carácter terrible. Ha rezado tanto, pidiéndole a Dios que lo ayudara a controlarse, pero nunca lo consigue.

¿Descargaba aquel terrible carácter con su mujer igual que con su hijo? Después de lo que había presenciado antes, me temía que sí. ¿Eso habría podido explicar la rigidez de los movimientos de Julia?

Quizá Julia intuyó mi preocupación. Me miró de nuevo.

—Ezra nunca me ha pegado, si es lo que estás pensando.

—Me alivia oírlo. Pero ha pegado a Justin esta misma mañana. Muy fuerte.

Julia apretó los puños, y dio la impresión de que le costaba respirar. Por el destello en sus ojos, supuse que, si Ezra no hubiera estado ya en el hospital, Julia lo habría mandado de cabeza.

—Supongo que Ezra no está grave.

—No tanto como lo estará si vuelve a ponerle la mano encima a Justin. —Julia hizo un esfuerzo por recobrar la compostura. Por un momento temí que fuera a precipitarse a la habitación de su marido—. Perdona, Charlie, todo esto es tan sórdido...

—No te preocupes, nos conocemos hace mucho tiempo. —Le estreché la mano para tranquilizarla—. Ahora, cuéntame qué le ha pasado a Ezra.

—Fue ridículo, un hombre de su tamaño atacando a un hombre como Godfrey de ese modo. Godfrey le dio un par de puñetazos, uno en la nariz y otro en el ojo, y se acabó la pelea: no creo que ni siquiera se haya hecho nada, salvo quizá magullarse un poco los nudillos.

—¿Le ha roto la nariz? ¿Le ha lastimado mucho el ojo?

No me costó nada imaginar la escena. Me había peleado con Godfrey un par de veces, en la locura de la adolescencia. Me ganó las dos veces, pero afortunadamente no me quedaron marcas en la cara.

—Aunque tiene la nariz bastante hinchada, igual que el ojo, no creo que le deje cicatrices, salvo en su orgullo. Había varios miembros de la iglesia en el restaurante. Ezra se ha puesto en evidencia delante de todo el mundo.

El deje de satisfacción malsana en la voz de Julia no auguraba nada bueno para su marido. Por mi parte, cualquier compasión que pudiera haberme inspirado se evaporó en el momento en que había pegado a Justin.

—¿Cómo te puedo ayudar? —le pregunté.

—Me las arreglaré —contestó Julia—. Siento que te hayas visto mezclado en todo esto, pero sé que ayudarás a Justin cuando haga falta. Basta con que estés ahí si necesita hablar con alguien, siempre que no te importe.

—Por supuesto.

Guardé silencio un momento. Había una pregunta que sentía que debía plantear, aunque quizá Julia no quisiera contestarla.

—¿Qué te llevó a ponerte en contacto con Godfrey, después de tanto tiempo, y hablarle de Justin?

Julia me lanzó una mirada extraña, pero la respuesta quedó frustrada por la irrupción de Justin en la sala de espera. Su expresión tempestuosa lo decía todo. El encuentro con su padre no había acabado bien. Julia se puso de pie y abrió los brazos. Justin se lanzó hacia ella y se abrazaron. Me di la vuelta para respetar aquel momento de intimidad. La anciana y su hijo ya se habían ido. Me levanté y fui hacia la otra punta de la sala. Julia y Justin conversaban en voz baja.

Al cabo de unos minutos, mientras miraba el aparcamiento desde la ventana, Julia me llamó. Volví con paso tranquilo hacia ellos.

—Gracias por venir —me dijo Julia, rodeando todavía con un brazo a su hijo—. Creo que Justin ya puede irse. Aprecio sinceramente que lo hayas acompañado hasta aquí.

Madre e hijo parecían extenuados. Lo mejor que podía hacer era llevar a Justin a casa y dejarlo a solas, o quizá que pasara un rato con Diesel. Mi gato tenía un efecto relajante en la gente y eso era justamente lo que Justin necesitaba.

—Con mucho gusto —dije. Tomé su mano libre entre las mías unos instantes. Julia sonrió—. Avísame si hay algo más que pueda hacer.

Julia asintió.

—Ponle un poco de hielo en ese moretón, si le duele.

Justin le dio un beso rápido y me siguió hasta la salida. Una vez en el coche, no dijo nada. Se abrochó el cinturón, se echó hacia atrás y cerró los ojos. Guardé silencio. Si quería hablar, le escucharía.

Justin se incorporó, abrió los ojos y miró por la ventanilla.

—Me ha pedido perdón por haberme pegado.

Se tocó la mejilla fugazmente y dejó resbalar la mano sobre el asiento.

—Ha dicho no me pegaría nunca más. Lloraba. —Justin se volvió para mirarme—. ¿Cree que ha sido sincero?

—Eso espero, desde luego.

Ante la perspectiva de perder a su hijo, quizá Ezra estaba intentando cambiar.

—No dejaba de repetirme que es mi padre, que se ha ocupado de mí durante dieciocho años. Como si quisiera que le diera las gracias.

—Tal vez intenta decirte, a su manera, que te quiere y que te considera su hijo —dije, eligiendo con cuidado las palabras—. No creo que busque gratitud, en el fondo. No quiere perderte, pero tal vez no sabe cómo expresarlo.

Justin frunció el ceño.

—No me escucha cuando intento explicarle las cosas. Solo me sermonea y me dice lo que debería hacer, en lugar de tratar de entenderme. Yo no soy como él.

—No, no lo eres. Pero a veces a los padres les cuesta dejar que sus hijos se hagan hombres y elijan su camino. Algunos padres desean que sus hijos sean como ellos para justificar las decisiones que han tomado en la vida. ¿Entiendes lo que quiero decir?

Justin abrió los ojos, asombrado.

—Nunca lo había visto así. Entonces también por eso quiere que sea pastor, ¿no?

Se volvió a mirar por la ventana otra vez, con la cabeza apoyada contra el vidrio.

Le había dado bastante para que reflexionara. Salí marcha atrás de la plaza del aparcamiento y puse rumbo a casa. Justin se quedó en silencio todo el camino.

Al doblar la esquina para entrar en mi calle, se me escapó entre dientes una palabrota al ver un coche desconocido, un modelo antiguo de Jaguar, justo delante de mi casa. Solo podía ser Godfrey.

CAPÍTULO SEIS

Me sentí tentado a pasar de largo. Justin necesitaba tiempo para él, pero este encuentro con Godfrey era inevitable. Quizá lo mejor era zanjarlo de una vez.

Al llegar a la altura del Jaguar, eché un vistazo al interior. Efectivamente, Godfrey saludó con la mano cuando giré en el sendero. Abrí la puerta del garaje con el mando a distancia. A mi lado, Justin se puso en guardia.

Paré el coche y pulsé de nuevo el botón. Detrás de nosotros, la puerta volvió a cerrarse.

Observé a Justin, a la luz tenue que entraba por dos ventanas en lo alto de la pared de enfrente. Aún se le notaba en la cara la tensión que había pasado con Ezra.

—Era él, aparcado ahí fuera en el coche, ¿verdad? —Justin se desabrochó el cinturón.

—Si no estás preparado para hablar con él, no tienes por qué hacerlo.

Justin parpadeó varias veces seguidas.

—No, quiero hablar con él, pero... ¿Cómo debería llamarle?

—Como prefieras. Entenderá que le llames «señor Priest». Los dos necesitáis conoceros mejor antes de pasar a otras cosas.

Sonreí. Justin asintió. Abrió la puerta y salió del coche.

Le seguí adentro de la casa, y cómo no, Diesel estaba esperando junto a la puerta de la cocina. Justin se arrodilló en el suelo a su lado y le frotó la cabeza.

—Quédate unos minutos con Diesel —le propuse—. Haré pasar a Godfrey. Quiero cruzar unas palabras con él antes, si no te importa.

—De acuerdo —dijo Justin.

Diesel trepó a sus rodillas y empezó a restregar la cabeza contra el mentón del chico. Justin me pareció mucho más joven de los dieciocho años que tenía, y me inquietó pensar en la carga que debería soportar.

Godfrey esperaba en el umbral. Lo invité a entrar.

—Hola, Charlie. ¿Dónde estabais?

A primera vista, no advertí ninguna señal de su pelea con Ezra cuando pasó a mi lado.

—En el hospital —dije, cerrando la puerta—. Julia llamó para avisar a Justin.

—¿El hospital? —Godfrey sacudió la cabeza—. Hombre, no habrá sido para tanto, ¿no?

—Querían asegurarse de que no tenía rota la nariz —contesté.

Lo acompañé hasta el salón, y le indiqué a Godfrey que se sentara en uno de los mullidos sillones. Yo me acomodé en el otro, y nos miramos un momento en silencio.

—Ezra saldrá de esta —dije—. Aunque no creo que Julia lo admire mucho en este momento. Ni a ti.

—Julia... —Godfrey se arrellanó en la butaca—. No la hubiera reconocido; ha cambiado tanto desde la última vez que la vi... —comentó, ceñudo.

—Tenemos cincuenta años —dije en un tono deliberadamente áspero—. Tú no pareces el mismo de hace treinta años, ¿sabes?

Godfrey me fulminó con la mirada.

—¿Crees que no lo sé? No estaba criticando a Julia, ni mucho menos. Solo me impactó un poco verla.

—Olvidémonos un momento de Julia y Ezra. Hablemos de Justin.

—¿Dónde está? Me gustaría verlo, de verdad.

Se giró en el sillón, irguiéndose a medias, y miró hacia la puerta.

—Está con Diesel en la cocina. Vendrá enseguida. Pero antes me gustaría hablar algo contigo.

Levanté una mano y Godfrey volvió a sentarse y cruzó los brazos.

—Pues habla. ¿Con qué me vas a sermonear ahora?

—No voy a sermonearte —dije, conteniendo las ganas de añadir un epíteto o dos—. Julia ha dejado a Justin a mi cargo, y simplemente quería decirte que vayas despacio con él. Ha tenido un día bastante complicado y no necesita que entres en su vida como un elefante en una cacharrería. Es importante que te concentres en lo que necesita Justin, más que en lo que tú quieres.

—Sí, señor Harris. Gracias por decirme lo que tengo que hacer.

Godfrey pretendía burlarse de mí, pero no le hice caso.

—No tengo razones para esperar que haya cambiado mucho en treinta años, señor Priest —dije, en el mismo tono burlón—. Nunca pensabas demasiado en nadie más que tú. Pero ahora tienes un hijo y eso debe cambiar.

Godfrey me miró fijamente.

—Dios, no tenía ni idea de que me despreciaras tanto. ¿Qué te hice para que tengas ese concepto de mí?

Casi me reí en su cara. El tipo tenía un ego colosal.

—No hay tiempo para entrar en eso. Solo párate a pensar por un momento en lo que le hiciste a Julia hace diecinueve años: dejarla embarazada y largarte, sabiendo que probablemente se casaría con Ezra. Ya es hora de que asumas las consecuencias de tus actos.

Godfrey palideció, y supe que había acertado de lleno. Me mintió al decir que no sabía que Julia estaba embarazada cuando la dejó. Por lo menos no intentó negarlo ahora.

—Iré a buscar a Justin —dije, levantándome del sillón—. Y ve con calma con él, por favor.

Godfrey no contestó, y lo dejé contemplando la pared.

En la cocina, Justin y Diesel estaban todavía en el suelo. El chico tenía la cara enterrada en el cuello del gato, que no paraba de ronronear.

—¿Todo bien?

Me quedé a unos pasos de ellos. Justin me miró, con la cara ligeramente surcada por las lágrimas.

—Sí, sí.

—¿Por qué no vas a refrescarte un poco? —le sugerí—. ¿Todavía quieres ver al señor Priest?

Asintiendo mientras se ponía de pie, Justin fue al fregadero y se echó un poco de agua por la cara. Después de secarse con cuidado con un paño, se lavó las manos.

—Estoy listo —dijo, volviéndose hacia mí.

Le puse una mano en el hombro y lo acompañé hasta el salón. Caminaba despacio, pero con paso firme. Hicimos una pausa en la puerta. Godfrey se levantó al vernos. Justin se detuvo a unos pasos de distancia, y su padre biológico miró ávidamente al muchacho, su hijo, como alguien que no hubiera comido desde hacía semanas.

—Justin, te presento a Godfrey Priest. Godfrey, este es Justin Wardlaw.

—Me alegro de conocerle, señor —dijo Justin.

Dio un paso adelante, con la mano tendida, pero Godfrey no se movió. Justin titubeó, y entonces Godfrey intentó hablar. Se atragantó y tuvo que aclararse la garganta.

—Me alegro de conocerte también.

Finalmente le tendió la mano y Justin se acercó a dársela.

Godfrey estrechó la mano de su hijo, con los ojos fijos todavía en la cara del chico. Ahora que los veía juntos, advertí cierto parecido en sus rasgos. Justin tenía el color de piel y los ojos de Julia, pero había sacado la nariz y los pómulos de Godfrey.

Este lo guio hasta el sofá y se sentaron, aunque ninguno de los dos habló; simplemente se miraron en silencio.

—¿Qué te ha pasado en la cara? —preguntó Godfrey.

Di media vuelta y me marché discretamente, dejando a solas a padre e hijo. Sería mejor que Justin se lo explicara.

De regreso en la cocina, descolgué el teléfono y marqué el número de Melba Gilley. La había llamado previamente, antes de llevar a Justin al hospital, para avisarla de que quizá no iba a volver por la tarde. Mientras Diesel se frotaba contra mis piernas, miré el reloj. Eran ya casi las dos y media.

—Eh, Melba, soy Charlie. —Escuché un momento, apoyado en la encimera de la cocina—. No estoy seguro. Quizá vuelva un poco más tarde. Ah, ¿entonces ya te has enterado?

No debería haberme extrañado que la noticia del encontronazo de Ezra y Godfrey hubiera corrido como la pólvora. Y sabía perfectamente que a Melba le encantaban los fuegos artificiales.

—Sí, sé de qué va todo. Me sorprende que tu informante no te contara eso también.

Melba me chilló algo en la oreja.

—¡Pronto lo sabrás!

Detestaba la idea de que aquel escándalo no tardaría en propagarse por todo el pueblo y la universidad. Justin y Julia merecían que se respetara su intimidad, pero gracias a Ezra y a Godfrey, habían perdido ese privilegio.

—Ya te lo contaré cuando nos veamos —le dije.

Mejor que supiera la verdadera historia por mí que a través de los rumores disparatados que debían de ir pasando de boca en boca.

Diesel me puso una pata en la pierna. Maulló.

—Ahora tengo que dejarte. Hablamos más tarde.

La escuché pacientemente un rato más y colgué el teléfono.

—¿Qué te pasa, muchacho?

Diesel no paraba de mascullar. En ese preciso momento oí que se cerraba la puerta principal. Diesel me siguió desde la cocina hasta el pasillo. En el salón no había nadie.

—¿Justin? ¿Dónde estás?

No hubo respuesta. Me acerqué a la ventana y llegué justo a tiempo de ver a Justin subiendo al coche con Godfrey.

—Vaya, se han ido —le comenté a Diesel—. Era eso lo que intentabas decirme, ¿a que sí?

Diesel me miró como diciendo «Por supuesto».

—Hubiera preferido que no se marcharan así —dije, encaminándome de nuevo hacia la cocina—. Pero ahora ya no puedo hacer nada. Supongo que habrá que volver al trabajo, ¿verdad, muchacho?

Un cuarto de hora más tarde estábamos en mi despacho y nos acomodamos para pasar allí el resto de la tarde. Trabajaría hasta eso de las seis y luego iría a casa para cambiarme antes de la gran cena de la velada, a pesar de que no me despertaba excesivo entusiasmo.

Apenas me había dado tiempo a sentarme cuando Melba se presentó sin avisar, impaciente por conocer la primicia. Le hice un breve resumen de los acontecimientos y se quedó boquiabierta un par de veces.

—¡Pobre Julia! —se lamentó cuando terminé—. Ese Godfrey es un miserable, qué quieres que te diga. Echar a correr así, dejándola embarazada...

No me hizo falta entrar en detalles con Melba. Cualquiera que conociera a Godfrey en los tiempos del instituto no se sorprendería ni pizca.

Melba se fue, tras lanzar algunos comentarios más sobre Godfrey y su comportamiento, y después pude trabajar por fin un rato sin interrupciones.

Alrededor de las cuatro, me entró sed, y al hurgar en mi cartera me di cuenta de que no había traído agua embotellada. Cogí una taza de plástico y me dirigí a las escaleras, para ir a la sala de personal a buscar agua del dispensador que había allí. Diesel, con un bostezo, me dejó claro que no quería acompañarme.

Bajar y subir las escaleras me iría bien. Pasaba tantas horas encorvado frente al ordenador que, por las noches, al llegar a casa, normalmente me dolía la espalda. Casi nunca me acordaba de levantarme y estirar un poco los músculos.

Rodeé el pie de la escalera y recorrí el corto pasillo hasta el fondo del edificio. La sala que antiguamente había sido el estudio y el despacho del dueño de la casa se había remodelado en un espacio de convivencia donde los empleados de la biblioteca podían almorzar, tomar café y relajarse.

No esperaba encontrar a nadie en la sala a esa hora de la tarde, pero Willie Clark estaba sentado a una de las mesas, enfrascado en las anotaciones de un cuaderno. Dejó la pluma cuando me oyó entrar y me miró hoscamente.

Puesto que ese era el saludo habitual de Willie con todo el mundo, no me lo tomé a mal. También había sido compañero mío de clase en el instituto. Nunca había sido simpático, aunque seguramente no por culpa suya. Era el chico al que siempre dejaban en ridículo, con quien se metían todos en el equipo de fútbol, donde Godfrey fue el capitán en el último curso. Incluso los pocos que, como yo, intentábamos ser amables con él, no llegamos muy lejos. Era triste reconocer que con los años no había cambiado demasiado.

—¿Cómo estás, Willie?

Le miré con una sonrisa mientras me llenaba la taza del dispensador.

—Bien —me contestó secamente. Para ser el jefe del servicio de consultas de la biblioteca, Willie carecía de don de gentes—. Intentando trabajar, si me dejan.

Desde que lo conocía, Willie siempre andaba de aquí para allá garabateando en cuadernos. Me imaginaba que quería ser escritor, pero que yo supiera nunca había llegado a publicar nada.

—Perdona, no era mi intención molestarte —dije.

Giré sobre mis talones para irme, pero Willie habló de nuevo y me volví.

—Godfrey Priest ha venido a verte —dijo Willie—. Y he oído que se ha metido en una pelea.

Sonrió burlonamente.

—Sí, has oído bien —dije—. Supongo que, a estas alturas, lo sabe todo el pueblo.

—Lástima que no fuese Ezra quien mandara a Godfrey al hospital —dijo Willie, con una mirada oscura de odio—. O al cementerio, donde merecería estar.

CAPÍTULO SIETE

Willie había sido tan a menudo el blanco de las bromas de mal gusto de Godfrey en el instituto, que no me sorprendió que le despertara tanto rencor, pero... ¿desearle la muerte?

—Eso es un poco fuerte —dije, procurando mantener un tono suave.

Willie succionó a través de sus incisivos prominentes (una desagradable costumbre) fulminándome con la mirada. Recordé que Godfrey empezó a llamarle Willie *Bugs* por esos dientes. Desgraciadamente, a Willie se le quedó el apodo.

—Godfrey es un tremendo patán, y lo sabes. —Willie dio una palmada en su cuaderno—. Te hizo quedar como un tonto más de una vez.

—Sí, es cierto —reconocí—. A mí tampoco me cae bien, pero eso no significa que me gustaría verlo muerto.

—Pues eres más tonto aún, entonces. —El desdén de Willie me sorprendió—. No sabes todo lo que ha hecho. Nadie lo sabe. Salvo yo.

Se levantó, echando atrás la silla con violencia, agarró su cuaderno y su pluma y se marchó airadamente.

Bugs era un apodo tan cruel como atinado, porque Willie, físicamente, parecía un conejo. Godfrey y yo le pasábamos una buena cabeza, y me daba cuenta de que Willie sentía celos de nosotros por eso. Sin embargo, Godfrey no se había contentado con la superioridad física. Disfrutaba atormentando a Willie, porque siempre saltaba. Y eso no hacía más que darle alas a Godfrey.

Otros intentaron como yo que dejara en paz a Willie, pero Godfrey no quería o no podía parar. Que hubiera vuelto a Athena estaba reavivando muchos recuerdos desagradables del pasado, y tenía el presentimiento de que vendrían más disgustos mientras Godfrey se quedara por allí. Fugazmente, me pregunté a qué se había referido Willie al hablar de «todo lo que había hecho». Era obvio que tenía cuentas pendientes con Godfrey y no me cabía duda de que la lista era larga.

Abandoné la sala y estaba a punto de subir las escaleras cuando una voz me llamó. Al volverme vi a Peter Vanderkeller, el director de la biblioteca, plantado en la puerta del despacho ejecutivo.

—Buenas tardes, Peter —dije—. ¿Querías verme?

—Sí, por favor —contestó antes de dar media vuelta y desaparecer.

Reprimí un suspiro de irritación y lo seguí. Las conversaciones con Peter a veces se alargaban una hora o más. Melba me miró con cara de circunstancias cuando pasé por delante de su mesa: la señal que me hacía cuando el jefe estaba de un humor peculiar.

—Por favor, cierra la puerta —me pidió cuando entré en su oficina.

Hice lo que me pedía y fui hacia su escritorio. Peter se había apostado al otro lado, con las manos en las caderas. Me recordó a Gumby, aquel viejo personaje de plastilina que salía en la televisión: si hubiera sido de color verde, el parecido habría sido asombroso. Descarté aquella idea absurda cuando Peter me indicó que me sentara en una de las cómodas butacas delante de su escritorio.

Aquella era mi estancia favorita de la casa. Originalmente, el despacho de Peter y Melba había sido una sola sala, más amplia, de recepción. Los techos altos con las molduras ornamentales eran testimonio de la época en que se construyó la casa. Una espléndida mesa de caoba le servía a Peter de escritorio, aunque la combinaba con una silla de oficina actual. Envidiaba esa mesa. Los aparatos de la tecnología moderna —ordenador, impresora y teléfono— parecían tristemente fuera de lugar. Si cerraba los ojos un instante, me resultaba fácil conjurar la figura de una dama con miriñaque y a su enamorado haciéndole la corte.

—Tú dirás, Peter.

Tomé un sorbo de agua mientras esperaba que hablara. Peter se quitó las gafas de concha y empezó a darles vueltas distraídamente por una patilla. Me miró, parpadeando.

—He tenido conocimiento de que nuestro insigne antiguo alumno e hijo pródigo del pueblo desea donar a nuestro archivo sus papeles personales, acompañados de una considerable suma de dinero. También he tenido conocimiento de que ha tratado contigo del asunto.

—Así es en ambos casos —dije. Escuchar a Peter me impulsaba a ser tan parco en palabras como el personaje de una novela de Dashiell Hammett—. Debería habértelo comentado justo después de que Godfrey hablara conmigo, pero estaba ocupado y no lo pensé.

—No hay ningún problema —Peter movió la mano, como quitándole importancia a mi disculpa—. Sin duda está convencido de que con ese gesto concede un grandísimo honor a su *alma mater*. —Su boca se torció en una mueca—. Si por mí fuera, le diría al señor Priest que no tenemos el menor deseo de albergar la obra de un hombre que ha prostituido su oficio para figurar en las listas de los más vendidos.

Jamás se me habría pasado por la cabeza que Peter tuviera un concepto tan bajo de Godfrey y su trabajo. Tampoco tenía a Peter por un esnob en materia de literatura. Leía toda clase de libros de ficción, y entre sus autores favoritos había varias escritoras de novela negra de Misisipi, como Carolyn Haines y Charlaine Harris. Ambas habían dado charlas en la Universidad de Athena y durante sus visitas Peter estuvo desbordante de entusiasmo.

¿A qué venía entonces ese rechazo hacia Godfrey Priest?

—No creo que el presidente se pusiera muy contento si hicieras algo así —dije.

—No, no lo creo —contestó Peter—. Por desgracia. La Universidad de Athena siempre ha podido enorgullecerse de su patrimonio literario. —Sonrió apenado—. Y vernos obligados a incorporar ahora el trabajo de un escritorzuelo a nuestros archivos es una triste humillación y una evidencia nada sutil de las prioridades que tiene hoy en día nuestra administración.

—Tampoco es tan grave. Contamos también con la poesía completa de aquel doctor chiflado de los años cincuenta que se creía el próximo Walt Whitman.

Ciento veintitrés volúmenes escritos y encuadernados a mano de versos tan execrables que, en comparación, harían que el rap sonara como los sonetos de Shakespeare; pero el artífice en cuestión había donado setecientos cincuenta mil dólares a la universidad junto con su presunta obra artística.

Peter ignoró mi comentario.

—Debería agradecerte, supongo, que hayas confirmado la espantosa verdad. Y te lo agradezco. Sé que puedo dejar el asunto en tus expertas manos, Charles.

—Desde luego, Peter —dije. Peter nunca llegaba tan lejos como para llamarme Charlie. Me levanté—. Si eso es todo...

Peter asintió.

—¿Supongo que nos veremos esta noche en esa absurda fiesta que ha montado el presidente?

—Sí, allí estaré.

Inclinando nuevamente la cabeza, volvió a prestar atención a los papeles que tenía encima de la mesa.

Salí, tomando la precaución de cerrar con suavidad la puerta. Cuando me di la vuelta, vi a Diesel encaramado en el escritorio de Melba. Mujer y felino estaban enfrascados en plena conversación.

—Se sentía solo, supongo —dijo Melba, asomándose por encima de la cabeza del gato.

—¡Diesel, baja ahora mismo de ese escritorio! —le ordené—. Ya sabes que no debes subirte ahí.

El gato murmuró mientras volvía al suelo de un salto. Avanzó hasta la puerta y se sentó para acicalarse.

—El pobre te estaba buscando —dijo Melba.

—Ya lo sé, no le gusta pasar mucho tiempo solo.

—¿Peter te ha hablado de Godfrey Priest? —Melba se reclinó en la silla.

—Sí. Quizá debería haber venido a comentárselo justo después de que Godfrey pasara por aquí esta mañana.

Ahora me sentía un poco culpable. Peter debería haber sabido la noticia por mí.

—Ya sabes que no soporta ser el último en enterarse de algo. —Melba echó una ojeada hacia el despacho de Peter y susurró—:

Como cuando descubrió que su mujer estaba teniendo una aventura con Godfrey.

—¿Qué? —me acerqué más a su mesa—. ¿Y eso cuándo fue?

—Hace unos diez años —dijo Melba—. No mucho antes de que Peter llegara a Athena, de hecho.

—Antes estaba en una pequeña universidad de California, ¿verdad?

Ella asintió con la cabeza.

—Cerca de Los Ángeles. ¿Y adivinas de quién se hizo amiga la señora Vanderkeller?

—De Godfrey. ¿Cómo se conocieron?

—Por lo visto ella tenía grandes ambiciones de convertirse en una fantástica guionista de Hollywood. —Melba arrugó la nariz, indignada—. Según me contaron, siempre arrastraba a Peter a todas las fiestas en las que conseguía invitación. Era muy atractiva, por lo que dicen, y conoció a Godfrey en una de esas fiestas.

—¿Y dejó a Peter por él?

Empezaba a sonar como una trama de telenovela.

—Tal cual. Se divorció de Peter y se casó con Godfrey. Su segunda mujer, creo. —Melba se paró a pensar un momento—. Sí, la segunda. Su primera mujer era una actriz de baja estofa que en realidad hacía películas porno, por lo que he oído. —La expresión escandalizada de su cara era impagable.

—¿Cómo pudo Peter aterrizar precisamente aquí? ¿No sabía que Godfrey había nacido en Athena?

—No, pobre, ¡qué mala pata! —Melba volvió a bajar la voz echando una ojeada hacia la puerta de Peter—. Supongo que quiso alejarse de California tanto como pudo, pero hasta más adelante no supo que Godfrey era de aquí.

Peter me dio lástima, tenía la negra. No me extrañaba que estuviera tan resentido con Godfrey.

—¿Existe alguien a quien Godfrey no le haya arruinado la vida? —pregunté, mirando a Melba con una sonrisa triste.

—Empiezo a pensar que no.

Sonó un interfono. Melba puso cara de fastidio.

—Más vale que vaya a ver qué quiere. Nos vemos esta noche.

—Allí estaremos —dije, yendo hacia la puerta—. Vamos, Diesel. Acabemos arriba y vayamos a casa.

Diesel subió dando brincos delante de mí. Reconocía la palabra «casa».

Terminé de catalogar un par de artículos más y, cuando me acordé de mirar el reloj, me sorprendió darme cuenta de que marcaba las 17:37.

—¡Huy, hora de irse!

Diesel estaba listo; prácticamente tiraba de mí escaleras abajo una vez cerré la puerta del archivo al salir.

Cuando llegamos a casa, liberé a Diesel del arnés y fue directo a por agua y comida. Subí a mi dormitorio, en la planta de arriba, para darme una ducha rápida. Me detuve en el rellano y traté de escuchar si había alguien en la buhardilla, donde estaba la habitación de Justin.

—¿Justin, estás ahí?

Esperé un momento y volví a llamarlo. No hubo respuesta, solo silencio. Supuse que estaría aún con Godfrey, aunque lo esperaban a las siete para la recepción. Subí las escaleras y di unos golpecitos a la puerta de Justin. Repetí su nombre, pero nadie contestó.

Al cabo de unos segundos más, probé a abrir la puerta. No estaba cerrada con llave. Normalmente no lo habría hecho, porque respetaba la intimidad de mis huéspedes, pero no podía desprenderme de la sensación de que quizá Justin estaba en apuros.

No había nadie en la habitación; la cama estaba deshecha.

Cerré la puerta y bajé despacio de nuevo las escaleras hasta mi cuarto, repitiéndome que no debía preocuparme. Seguro que había una explicación inocua para la ausencia de Justin.

Veinte minutos más tarde, al salir del cuarto de baño, todavía secándome el pelo con la toalla, atisbé a Diesel tumbado en el centro de mi cama. Ladeó la cabeza, como si me hiciera una pregunta.

—Sí, voy a salir, y sí, tú vienes conmigo.

Fruncí el ceño, al darme cuenta de que hablaba mucho con Diesel. Tal vez a cierta gente le parecía extraño, pero la verdad es que no me importaba, así que hablaba con mi gato.

Me disponía a hacerme el nudo de la corbata cuando sonó el teléfono. A lo mejor era Sean, mi hijo. A veces llamaba sobre esa hora.

—¿Hola?

La voz exaltada de Melba me retumbó en los oídos:

—No te lo vas a creer. La fiesta se ha cancelado.

CAPÍTULO OCHO

—¿Cancelado? —me quedé perplejo—. Pero ¿por qué?

—He oído que Godfrey telefoneó al despacho del presidente hace media hora y les dijo que no se encontraba bien para asistir. Peter acaba de llamarme, y te he llamado enseguida.

—Gracias por avisarme. Pero Godfrey parecía encontrarse perfectamente hace un rato.

—Es extraño, desde luego —dijo ella, y pensé lo mismo.

—Oye, Melba, tengo que irme. Diesel me reclama la cena. —Sabía que era la manera más fácil de poner fin a la conversación—. ¡Hasta mañana!

Colgué y miré a Diesel, que seguía tumbado en mi cama, medio dormido. Giró la cabeza para mirarme, y luego guiñó los ojos y bostezó.

¿Qué le habría ocurrido a Godfrey? Le encantaba ser el centro de atención, así que debía de haber una razón de peso para que cancelara una fiesta en su honor. ¿Tendría algo que ver con Justin?

Dándole vueltas a esa posibilidad, salí del dormitorio y volví a subir al cuarto del chico. Quería asegurarme de que no había vuelto mientras estaba en la ducha. Diesel me adelantó y pasó a toda prisa. Cuando llegué arriba, me esperaba sentado delante de la puerta de Justin.

Llamé, pero nada. Abrí: no había rastro del muchacho.

—Vamos, amigo —le dije a Diesel, y cerré de nuevo—. Aquí no está.

Diesel bajó las escaleras brincando por delante de mí. Me dirigí hacia la cocina, barajando la idea de prepararme algo de comer, pero mi inquietud al pensar en la ausencia de Justin crecía por momentos.

No podía evitar un mal presentimiento. ¿Por qué Godfrey se había saltado su propia fiesta? ¿Dónde estaba Justin?

Aunque resultara ser una pérdida de tiempo y hubiera una explicación muy simple para todo aquello, decidí que no me quedaría en casa cruzado de brazos.

«Menos mal que no iba a implicarme en este lío...» Debía de ser mi instinto paternal, supongo.

Diesel me siguió hasta la puerta de atrás, pero le dije que esta vez no podía acompañarme. Adoptó una expresión desamparada, como si lo estuviera abandonando.

—No tardaré mucho —le dije—: Espero... —añadí por lo bajo.

La Casa Farrington, el hotel más lujoso de Athena, era mi destino. Sin duda Godfrey se hospedaba allí, en la mejor *suite,* a buen seguro. El hotel ocupaba media manzana en la plaza del pueblo, a unos diez minutos en coche de mi casa. Ya había oscurecido, y encendí los faros al salir del garaje.

Esperaba que Justin estuviera allí, sano y salvo con Godfrey, probablemente todavía hablando con su padre biológico, conociéndose.

No había sitio libre para aparcar delante del hotel, así que tuve que dejar el coche en el otro lado de la calle, el que daba a la plaza. Al apagar las luces, al tiempo que me disponía a salir del vehículo, observé a alguien sentado en las sombras de la antigua glorieta, unos diez metros más allá.

La silueta se movió y me di cuenta de que era Justin. Me observó, visiblemente nervioso, al acercarme. Hacía una noche fresca y Justin iba en manga corta. Temblaba un poco, y apartó la cara cuando me senté a su lado. Noté el frío del banco de piedra incluso a través de los pantalones de lana.

—¿Qué estás haciendo aquí fuera? —le pregunté con suavidad—. ¿No te estás quedando helado?

—Un poco, sí. —Le castañeteaban los dientes—. No... no puedo volver ahí dentro.

—¿Al hotel? ¿Por qué no?

—Porque no puedo.

La desesperación en su voz me alarmó. Le puse una mano en el hombro, intentando calmarlo un poco.

—¿Qué ha pasado? Puedes contármelo —le aseguré, con mi actitud más paternal y bondadosa.

—No, es horrible.

El chico se estremeció; si era por el frío o no, se me escapaba.

—¿Le ha pasado algo a Godfrey? —pregunté, sin alterar la voz.

Justin asintió. Seguía sin poder mirarme.

—¿Necesita un médico? —me levanté—. Más vale que vayamos a ver cómo está, entonces.

—No serviría de nada —dijo Justin en un susurro.

—¿Por qué no?

—Porque no, ya está.

Empezaba a darme muy mala espina.

—¿Has pedido ayuda?

Justin negó con la cabeza. Aún parecía demasiado aturdido para hacer nada.

Saqué el teléfono, marqué el número de emergencias y avisé de un posible herido.

—¿En qué habitación está? —le pregunté a Justin.

Se encogió de hombros.

—En la *suite* Lee, creo.

Le di el dato a la operadora y colgué antes de que quisiera mantenerme en la línea.

—Vamos. —Le agarré con delicadeza del brazo para ayudarlo a levantarse—. A lo mejor podemos hacer algo.

Temía que fuera demasiado tarde para Godfrey, pero había que intentarlo.

Esperaba que Justin se resistiera, aunque por algún motivo me siguió dócilmente. A pesar de que le lancé varias preguntas por el camino, no decía nada más.

A la luz radiante del vestíbulo, vi que Justin estaba pálido y era obvio que sufría. Me embargó una urgencia todavía mayor. ¿Y si a Godfrey le había dado un ataque al corazón?

—Me dio una llave —dijo Justin cuando me dirigí al mostrador.

—Estupendo.

Fui hacia el ascensor, sosteniendo todavía con firmeza del brazo a Justin. Una vez dentro, Justin pulsó el botón del cuarto piso.

Allí había cinco *suites* grandes. Era la última planta. Cada una tenía el nombre de un general confederado. Justin se encaminó hacia la más lujosa de las cinco, la Robert E. Lee (cómo no), y se detuvo delante de la puerta.

Tomé la tarjeta que tenía el chico y la inserté en la cerradura. Abrí la puerta y me aparté a un lado. La cara de Justin estaba aún más pálida que antes. Se apoyó en la pared.

Una vaharada de efluvios a través de la puerta abierta acentuó mi malestar. Apenas di un par de pasos hacia dentro, supe por intuición que aquello era la escena de un crimen. Tendría que moverme con cuidado y sin tocar nada, pero debía comprobar en qué estado se encontraba Godfrey.

Las lámparas del techo iluminaban la entrada de la *suite*. Los olores eran más intensos, y me acerqué a uno de los dos sillones con temor, seguro de lo que iba a encontrar.

Tres pasos más y pude asomarme por encima del respaldo del sofá.

Godfrey estaba tendido bocabajo en el suelo, inmóvil, con la nuca hendida y sanguinolenta.

El regusto metálico de la sangre se había mezclado con el hedor de los intestinos al vaciarse en el momento de la muerte.

Sentí un zumbido en la cabeza; no podía arrancar la vista del cadáver de Godfrey. Sin duda estaba muerto, con una herida como aquella, pero aferrándome a un hilo de esperanza, me armé de valor para dar la vuelta al sofá y acercarme a aquel cuerpo inerte. Me agaché y levanté ligeramente el brazo izquierdo para colocar dos dedos en el punto justo de la muñeca. A pesar de que la sostuve durante lo que me pareció una eternidad, no detecté pulso.

Cuando volví a colocar el brazo con cuidado sobre la moqueta, atisbé algo que sobresalía por debajo de la cintura de Godfrey. Mi cerebro no lo registró inmediatamente. Si no me alejaba enseguida de aquella atrocidad, vomitaría.

De nuevo en el pasillo, respiré hondo. Cerré los ojos un momento, pero solo podía ver a Godfrey con el cráneo hundido.

Y el teléfono móvil de Justin junto al cadáver.

Tenía que ser el suyo. Aquel teléfono era morado, y él tenía uno idéntico.

Justin, rodeándose el cuerpo con ambos brazos, temblando, me miró con los ojos llenos de miedo.

¿Qué había pasado entre padre e hijo en aquella habitación? ¿Habían discutido? ¿Sobre qué? Hasta ese día no se habían conocido.

Pero me bastó con mirar a Justin para saber que no podía ser el culpable. Aquel pobre chico triste y asustado no era un asesino.

Aunque ya había llamado a urgencias, saqué el teléfono y marqué el número de la comisaría. Cuando me atendió un agente, le di mi nombre e hice un rápido relato de lo ocurrido.

—Estaré abajo en el vestíbulo, esperándolos.

Justin lloraba en silencio. Me sentí dividido entre el impulso de consolarlo y el de volver a entrar en la habitación de Godfrey para recuperar el teléfono móvil. No podía creer que se me pasara por la cabeza hacer algo así, pero lo último que Justin necesitaba en ese momento era que el comisario lo considerara el principal sospechoso del asesinato de Godfrey.

La comisaría quedaba a solo tres calles de allí. Iban a llegar en cinco minutos, como mucho. El personal de emergencias médicas aparecería en cualquier momento también, aunque ya no se pudiera hacer nada por el pobre Godfrey.

Mientras me debatía, la cuestión se zanjó por sí sola cuando se abrieron las puertas del ascensor y salió una pareja de ancianos.

—Anda, hijo, bajemos —dije, pasándole un brazo por los hombros a Justin.

La pareja nos miró con curiosidad cuando pasamos a su lado, pero no hice caso. Quería acompañar a Justin abajo y buscar una bebida caliente y dulce para los dos: la cura favorita de mi tía ante cualquier disgusto.

El ascensor se me hizo eterno y la música anodina que sonaba en el interior tensó más todavía mis nervios crispados. Por fin las puertas se abrieron en el vestíbulo y conduje a Justin hacia el restaurante.

La camarera vio mi cara y al adolescente lloroso que me acompañaba y preguntó:

—¿Qué necesitan?

—Café caliente, dos tazas, con mucho azúcar.

Llevé a Justin a la mesa más cercana y la camarera volvió enseguida con el café.

—Toma, muchacho, bébetelo. Te hará bien.

Justin me miró desconcertado por un momento, pero con manos temblorosas agarró la taza y empezó a beber. La camarera se quedó rondando cerca de nuestra mesa, con aire de preocupación.

—¿Se va a poner bien? —preguntó.

Asentí.

—Solo está un poco impactado.

Tomé un sorbo de mi café, sintiendo que un agradable calor invadía mi cuerpo.

—De acuerdo. Si necesitan algo más, aquí me tienen —insistió ella.

Le di las gracias observando la cara de Justin, que recuperaba poco a poco el color. Saqué un pañuelo del bolsillo y se lo ofrecí. Se secó las lágrimas y se sonó la nariz.

—Gracias —dijo. Se sonó de nuevo—. Creo que cuando me lo encontré así, me he dejado llevar por el pánico.

—Lo comprendo. Y no te culpo. A mí también me ha entrado un poco el pánico. —Tomé otro sorbo de café—. ¿Cuánto tiempo llevabas ahí fuera, sentado en la plaza?

—No lo sé —dijo Justin—. Bueno, no estoy seguro. —Tomó un poco de café—. ¿Quién ha podido matarlo? Es una locura.

—Desde luego —dije—. Ahora mismo no tiene ningún sentido, y seguramente nunca lo tenga.

Dudé si mencionarle el teléfono móvil. ¿Sería mejor que lo supiera de antemano? Aunque si se lo contaba, tal vez luego su reacción parecería sospechosa. Probablemente era mejor no decir nada, para que las respuestas que le diera al comisario no pareciesen ensayadas.

Qué desastre, Dios.

—¿Crees que lo ha matado mi padre, o sea Ezra? Antes estaba tan fuera de sí...

La expresión de su cara era desoladora.

«Dios mío —rogué—, que no sea Ezra, por favor. Ni Julia. No creo que Justin pudiera soportarlo».

¿Cómo podía contestar para consolar al chico en ese momento? No tenía ninguna certeza. Aquel brutal suceso lo haría crecer a marchas forzadas.

—Te confieso que no lo sé —dije al fin.

Antes de poder añadir nada más, advertí movimiento en el vestíbulo.

—No te muevas de aquí, y pide más café si lo necesitas —le dije—. Los servicios de urgencias y los agentes acaban de llegar, y debo ir a hablar con ellos.

—De acuerdo —dijo Justin—. No pienso ir a ninguna parte.

En un arranque de lucidez, le di a Justin mi teléfono móvil.

—Llama a tu madre. Pídele que se reúna contigo aquí lo más rápido posible. No sé cuánto voy a tardar y no quiero que te quedes solo.

Justin asintió. Cogió mi teléfono, lo examinó un instante y marcó un número.

Lo dejé en la mesa y me preparé para el interrogatorio inminente. Había estado tan inquieto por Justin que ni siquiera me había parado a avisar al personal del hotel del suceso. La directora del establecimiento, por lo que veía, estaba reaccionando mal ante la noticia. Entregó una llave a uno de los paramédicos y se dirigieron a los ascensores acompañados por un par de agentes.

Cuando me acerqué al mostrador, una mujer negra, alta y esbelta de uniforme se volvió hacia mí. Su expresión era enigmática, como poco. Llevaba el pelo peinado hacia atrás y recogido en un moño tirante, y me miró con unos ojos oscuros y fríos.

—Señor Harris —dijo, en un tono de voz neutro—. Usted ha dado parte de este incidente.

—Sí, agente Berry, así es.

Me detuve a un par de pasos de ella.

Kanesha Berry y yo teníamos una relación difícil, principalmente asociada al hecho de que su madre era mi asistenta doméstica. Tras la muerte de mi tía Dottie, Kanesha había intentado convencer a su madre de que se retirara. Azalea no le hizo caso a su hija. No estaba dispuesta a dejar de trabajar y, el día que me mudé a la casa, me anunció que iba a ocuparse de mí y que no tenía ningunas ganas de meterse en discusiones.

Como hacía falta un hombre más valiente que yo —o más imprudente— para discutir con Azalea, me limité a sonreír y le di las gracias.

Kanesha, que tampoco pudo discutir con su madre, optó por culparme a mí. Cada vez que me la encontraba, sentía que me metía en la boca del lobo.

Después de escrutarme un momento, Kanesha llamó a otro agente.

—Bates —dijo secamente—. Aquí está el señor Harris, que dio el aviso. Ve con él y tómale una declaración preliminar.

—Sí, señora.

Bates contestó mirando a lo lejos, en lugar de hacia Kanesha. Su tono rozaba la insubordinación. Kanesha entornó los ojos, pero no contestó. Dio media vuelta y fue hacia el ascensor.

—Acompáñeme —me dijo Bates—. Usaremos la oficina de la directora.

Había visto a Bates por el pueblo, pero no lo conocía. Aparentaba más o menos la edad de Kanesha, treinta y tantos.

Confiando en que Julia no tardaría en llegar, seguí a Bates hasta el otro lado del mostrador. La directora entró en su despacho con nosotros y revoloteó alrededor, todavía visiblemente alterada. Bates la tranquilizó y le pidió que esperara fuera.

Cuando estuvimos a solas, Bates se sentó detrás de la mesa y me hizo un gesto para que me sentara delante.

Me hundí en la silla, con el estómago revuelto. Imágenes de Godfrey, muerto en el suelo, me venían a la cabeza como fogonazos. Dios, necesitaba algo que me calmara. Un buen trago de *brandy* hubiera sido ideal, pero dudaba que Bates me dejara pedirlo.

Empezó por preguntarme mis datos: nombre, dirección y demás. Luego fue al grano. Después de un par de intentonas, fui capaz de dar un relato ordenado de cómo había descubierto el cadáver. Con cautela, por el momento omití que no iba solo.

—¿Cómo entró en la habitación? —preguntó Bates.

—Tenía una llave.

—¿Y de dónde la sacó? —Bates me escrutó con recelo.

—El hijo de Godfrey me la dio. Godfrey se la había dado a él.

Hasta ahí, era verdad.

Bates anotó algo, antes de pedirme que volviera a contarlo todo, empezando con por qué había ido a ver a Godfrey.

Expliqué una vez más que la fiesta se había cancelado y que me preocupaba que Godfrey estuviera enfermo porque, que yo supiera, jamás perdía una oportunidad de atraer tanta atención.

—Intenté llamar, pero nadie contestó.

—¿Y no le pidió a nadie que viniera a echarle un vistazo?
—Bates me observó, con un aire impasible.

—No, no se me ocurrió —dije—. Mi casa no está tan lejos, así que me subí al coche y vine.

Bates asintió, y relaté la historia por segunda vez.

Seguía preocupado por Justin. Julia ya debía de haber llegado. La noticia también sería un golpe para ella, pero ahora mismo lo más importante era ocuparse de su hijo.

Bates continuaba examinando sus notas, y me arriesgué a preguntar:

—¿La agente Berry está al frente de esta investigación?

Bates asintió, con una expresión indescifrable.

—La comisaria en funciones Berry —matizó—. El comisario, Dan Stout, ahora mismo está de baja por problemas de salud.

—Ya veo.

Y tanto que lo veía: si Kanesha conseguía resolver este caso rápidamente, daría un gran salto en su carrera. Era la única mujer afroamericana del departamento, y la conocía bastante bien para entender lo ambiciosa que era.

A Justin y a mí sin duda nos esperaban unos días difíciles. Kanesha no iba a andarse con miramientos con nosotros, aunque me atreví a confiar en que su madre le diría unas cuantas cosas si nos presionaba demasiado.

La puerta se abrió y Bates se puso de pie. Me di la vuelta en la silla.

Kanesha estaba a un par de pasos del umbral. Sostenía una bolsa de plástico con un teléfono móvil dentro. Un teléfono móvil morado.

—Señor Harris, ¿ha perdido esto?

CAPÍTULO NUEVE

Miré fijamente el teléfono móvil que estaba metido en la bolsa de plástico.

—No, no es mío.

Me adentraba en un campo de minas y debía intentar no pisarlas.

—¿Y sabe de quién es?

Kanesha bajó la mano, sin apartar la vista de mi cara.

—No lo sé.

Hasta ahí, no mentía. Creía que era de Justin, pero no estaba seguro.

—¿Conoce a un tal Justin?

Tardé un momento en contestar. Kanesha debía saber perfectamente que en mi casa se alojaba un inquilino llamado Justin. Vivía con su madre, y me parecía impensable que Azalea no se lo hubiera mencionado.

—Sí —acabé por decir—. Justin Wardlaw. Se aloja en mi casa.

—¿Dónde está ahora? —preguntó.

—No lo sé.

Era la verdad. Justin quizá estaba todavía esperando en el restaurante del hotel, pero podía ser que Julia hubiera llegado y se lo hubiese llevado a casa.

—Si quiere pasar por mi casa esta noche o mañana, probablemente lo encontrará allí.

Kanesha asintió. Se acercó a la mesa y depositó la bolsa. El agente Bates dejó la silla libre y Kanesha ocupó su lugar. Tendió una mano y Bates le entregó el cuaderno. Leyó sus notas y vi que fruncía el ceño un par de veces.

Cuando acabó, apartó el cuaderno hacia un lado y Bates lo recuperó. Kanesha se acomodó en la silla y me observó con suspicacia. Traté de no delatar mi incomodidad.

—Creo que es todo lo que necesitamos por ahora —me dijo.

«¿Qué demonios? —pensé—. Seguro que no va en serio.»

—Tendré otras preguntas para usted y el joven Wardlaw más tarde, pero sé dónde viven.

El fantasma de una sonrisa bailó en sus labios, un fantasma nada benevolente.

—Muy bien —dije—. Estaré en casa esta noche.

Al levantarme, los saludé con la cabeza. Sabía que, tarde o temprano, Kanesha pondría el grito en el cielo por ocultarle que no estaba solo cuando descubrí el cadáver de Godfrey, pero tampoco habría actuado de otra manera. Justin necesitaba recuperarse un poco del suceso atroz antes de enfrentarse a las fuerzas del orden. Aun a riesgo de meterme en problemas, le había conseguido un tiempo precioso.

Fui directamente al restaurante del hotel, pero la mesa en la que había dejado a Justin estaba desocupada. Me apresuré a volver al coche y, cuando llegué a casa unos minutos después, vi un viejo Honda aparcado junto a mi buzón.

Julia y Justin estaba sentados a la mesa de la cocina. Diesel se había aposentado en las rodillas del chico, que lo acurrucaba contra su pecho. Tetera, tazas, cucharillas y jarrita de la crema estaban pulcramente dispuestas entre madre e hijo.

Julia me miró compungida.

—Ay, Charlie, qué desgracia, qué desastre... Estoy terriblemente disgustada de que Justin y tú hayáis tenido que ver una cosa así.

—Por mí no te preocupes —le dije, poniéndole una mano tranquilizadora en el hombro—. Justin, ¿cómo estás tú?

—Bien —dijo con una voz ahogada, frotando la cabeza contra el cuello del gato. El ronroneo de Diesel resonaba en la estancia.

Fui a buscar una taza y un plato del armario, y cuando me senté Julia me sirvió un poco de té. Le añadí un poco de crema de leche y azúcar y tomé un sorbo. El calor del té fue relajante y reconfortante, como siempre.

Después de unos sorbitos, dejé la taza. Ni Julia ni Justin habían hablado, quizá esperando a que yo rompiera el silencio. La tensión que ambos desprendían se notaba en el aire.

—He hablado con los detectives de la comisaría —les conté—. Kanesha Berry está al frente de la investigación.

—¿La hija de Azalea? —Julia frunció el ceño—. No sabía que la hubieran ascendido. Supongo que me alegro por ella.

—Es temporal, por lo visto. El jefe está de baja médica y Kanesha se ha quedado al mando hasta que vuelva —dije, encogiéndome de hombros.

—¿Por qué no se ocupa la policía? —preguntó Justin.

—En una ciudad, sería así —contesté—. Pero aquí es la comisaría del condado la que investiga los homicidios. Nuestro departamento de policía no está equipado para delitos tan graves.

—Gracias a Dios que no pasan a menudo cosas como estas en Athena. —Julia acunaba la taza de té entre ambas manos, contemplándola.

—No le he contado a la agente Berry que Justin estaba conmigo en el hotel —dije. Ir con tapujos no valía la pena.

—Gracias. —Julia sonrió, pero las líneas que cruzaban su frente se hicieron más profundas.

—Aunque por supuesto se van a enterar de que Justin ha estado hoy con Godfrey en esa habitación —dije.

—Sí, ha estado, pero otra gente podría haber ido también a visitarlo. Evidentemente, alguien más lo hizo.

El tono de Julia era tan cortante como la mirada que me lanzó.

—Evidentemente. —Miré a Justin—. ¿Cuándo has usado tu teléfono por última vez?

Justin, con la mirada huidiza, se recostó en la silla y metió las manos en los bolsillos. Sacó mi teléfono móvil y me lo devolvió sin decir una palabra.

—Gracias —dejé el teléfono en la mesa—. Y ahora ¿qué tal si contestas a mi pregunta?

Mi tono fue tan tajante como había sido el de Julia momentos antes. Que Justin no me contestara me crispó.

—No le hables así. —Julia me miró hoscamente—. No ha hecho nada malo.

—Yo no he dicho que lo haya hecho. —Le devolví a Julia una mirada feroz—. Pero tiene que contestar a mi pregunta. Es importante.

Julia se echó atrás en el respaldo y se cruzó de brazos. Pensé que iba a añadir algo más, pero respiró hondo y se quedó callada.

Le repetí a Justin la pregunta.

Diesel le pasó la frente por la barbilla, y finalmente el chico me miró.

—No lo sé... esta tarde, en algún momento, supongo.

—¿Y ahora tienes el teléfono?

Julia me observaba atentamente.

—No. —Justin se apartó de la cara los mechones oscuros del flequillo—. Lo perdí.

—¿Por qué es tan importante? —Julia apoyó los codos en la mesa y entrelazó las manos—. La gente pierde el teléfono, es de lo más normal...

—Porque han encontrado el teléfono móvil de Justin junto al cadáver de Godfrey.

Los observé con detenimiento para ver cómo reaccionaban. Julia parpadeó, perpleja, y Justin se quedó mudo.

—Justin, ¿estaba vivo Godfrey cuando lo dejaste esta tarde?

Adopté un tono neutro, inofensivo.

—Desde luego —dijo el chico.

—Pero volviste a su habitación y lo encontraste muerto. ¿Cuánto tiempo pasó desde que te marchaste la primera vez hasta que volviste?

Justin se lo pensó un momento.

—Más o menos una hora, calculo.

Le lanzó una mirada a su madre, claramente preocupado por algo, pero ella la evitó.

—¿Por qué volviste?

—Quería seguir hablando con él.

Justin volvió a poner en mí toda su atención.

—No me abrió la puerta, así que usé la llave y entré. —Se le quebró la voz—. Pensé que a lo mejor había salido, y solo quería escribirle una nota. Pero... —Dejó la frase en suspenso y me pareció que iba a echarse a llorar.

—Cuando encontró a Godfrey muerto, sacó el teléfono para llamar, pero entró en pánico —dijo Julia con cara de desolación.

—Y entonces se le cayó el teléfono y no lo recogió.

Vi claramente la escena.

—Exacto —dijo Justin. Había recuperado el control de la voz—. Me asusté de verdad. Salí del hotel, pero no sabía qué hacer. Así que crucé la calle y me quedé allí hasta que usted llegó.

—¿Qué vamos a hacer, Charlie? —Julia sonaba enojada—. Probablemente Kanesha pensará que Justin es culpable. Y no lo es. La idea es un completo disparate. ¡No pienso permitir que nadie trate a mi hijo como si fuera un asesino!

—Yo no he matado a nadie.

Justin abrazó a Diesel contra su pecho. Me pareció que miraba a su madre con cautela.

—Te creo —dije, con tanta confianza en la voz como pude—. Y, además, ¿qué motivo podías tener?

Justin cambió de postura en la silla y Diesel protestó. Le acarició la cabeza al gato, pero luego lo levantó y lo dejó en el suelo. Diesel soltó un maullido antes de alejarse hacia el lavadero.

—Perdón. —Justin me miró de frente—. Discutí con él y supongo que le grité un poco.

Se interrumpió para mirar a su madre.

Julia suspiró.

—Godfrey quería que Justin volviera con él a California y pasara unos meses allí, pero le ha dicho que no quería. Godfrey... bueno, ya sabes cómo era cuando no se salía con la suya. Y tampoco es que yo le fuera a consentir que se llevara a Justin...

—Me acuerdo demasiado bien. —Recordaba las rabietas de Godfrey cuando se frustraba—. Podía ser sumamente desagradable.

—En efecto —dijo Justin, con los ojos tristes—. Se calmó un poco cuando le contesté también a gritos, pero me di cuenta de que aún estaba enfadado. Así que me marché.

—Y cuando Justin volvió, ¡Godfrey estaba muerto!

El espanto en la voz de Julia hizo que la horripilante escena me viniera de nuevo a la mente. Me retorcí en la silla. Pasaría mucho tiempo antes de que esa visión se me borrara de la cabeza.

Tomé un sorbo de té, confiando en que me asentara un poco el estómago.

—Tendrás que contárselo todo a la agente Berry.

Justin pareció contrariado, y a Julia tampoco se la veía muy contenta.

—Sé que no quieres —dije—. Y a mí me gustaría dejar a Justin al margen de todo esto, pero no creo que sea posible.

Julia parecía dispuesta a lanzarme la tetera encima.

—Si tú no dices nada, no van a saber que Justin estuvo allí.

Estaba decidida a proteger a su hijo a toda costa, por lo visto. No actuaba de manera racional.

—Por favor, sé sensata. —Empezaba a perder la paciencia con los dos. Había intentado ganar tiempo para que Justin se recuperara, pero de ninguna manera iba a mentir o a seguir ocultando su presencia en el hotel—. Tienen su teléfono móvil y probablemente van a encontrar sus huellas por todas partes, ¿cómo pensáis explicarlo?

—Supongo que tienes razón —dijo Julia, tras un momento de silencio—. Cariño, hemos de contar la verdad. Deben averiguar quién ha sido el culpable. Y, si les mentimos, solo complicaremos más las cosas.

—¿Puedo irme ya a mi cuarto? —Justin se puso de pie—. Estoy agotado.

—Claro que sí, cariño —dijo Julia—. Descansa un poco. Pero no has cenado nada, ¿no tienes hambre?

—Tengo algo para comer en mi cuarto —dijo Justin—. ¿Puedo irme ya, mamá?

—Sí, puedes irte. —Julia se levantó y abrió los brazos. Justin se acercó a ella para que lo abrazara, pero no duró mucho. Se apartó de su madre y se escabulló de la cocina. Momentos más tarde, lo oímos subir la escalera con andar pesado.

Julia y yo nos sentamos de nuevo y nos miramos durante un momento. Todavía estaba disgustada conmigo, pero yo tampoco estaba especialmente contento con ella. Proteger a su hijo era una cosa, pero actuar como si nunca hubiera puesto un pie en el hotel era completamente absurdo.

—¿Y tú? —le dije—. ¿Has comido algo? Yo no he probado bocado.

Una manera como otra de firmar la paz.

—No, todavía estaba en el hospital cuando Justin me llamó. He ido al hotel tan rápido como he podido para sacarlo de allí.

Julia se relajó lo suficiente como para recostar la espalda en la silla.

—¿Ezra sigue en el hospital?

Me había olvidado de él hasta ese momento.

—Sí. —Julia desvió la mirada.

—¿Tan mal estaba? —Fruncí el ceño. Había algo que no encajaba—. Godfrey no pudo hacerle tanto daño...

—No —dijo Julia con un tono monocorde—, pero meterse en una pelea no le ha ayudado en nada.

—¿Qué le ocurre?

—Se está muriendo.

Julia rompió a llorar.

CAPÍTULO DIEZ

—Lo siento mucho. No sabía nada —dije, consciente de que las palabras se quedaban cortas.

Me levanté a buscar una caja de pañuelos para Julia. Sacó un par y se secó los ojos mientras yo volvía a sentarme.

—Nadie lo sabe, salvo Ezra y yo y los médicos —exhaló Julia, con la voz enronquecida por el llanto.

—¿No se lo habéis dicho a Justin?

—No —dijo ella—, pero sé que tenemos que hacerlo. Quería aplazarlo hasta que conociera a Godfrey, pero ahora...

No llegó a terminar la frase.

—¿Es cáncer? —pregunté. Cuando Ezra estuvo en mi casa discutiendo con Justin, lo vi más delgado y envejecido de lo que lo recordaba.

Julia asintió.

—Cáncer de páncreas.

—Cuánto lo siento. Mi mujer murió de lo mismo.

—Lo sé —dijo Julia en voz baja.

—¿Adónde ha ido a hacer el tratamiento?

—A Memphis —dijo—. Querían mandarlo a Houston, a ese gran hospital oncológico, pero Ezra no quiso ir.

En aquel gran hospital oncológico de Houston, el M. D. Anderson, hicieron por Jackie todo lo que había estado en sus manos, pero el cáncer había ganado.

—El porcentaje de supervivencia es muy bajo —comenté.

—Sí, es verdad.

Julia se frotó las sienes, como si le doliera la cabeza.

—Entonces tampoco hay mucho que se pueda hacer —dije.

—No, no lo hay. —Julia sonrió con tanta tristeza que deseé haber podido hacer algo por reconfortarla—. Y los milagros parecen escasear en estos momentos.

Antes de que pudiera añadir nada, sonó el timbre de la puerta.

Julia me miró, sobresaltada.

—Probablemente sea Kanesha —dije, levantándome.

Julia palideció.

—Habría preferido no tener que hablar con ella esta noche.

—Es mejor zanjarlo de una vez. Quizá pueda quedarme contigo mientras hablas con ella.

Le sonreí antes de salir de la cocina. Eché un vistazo por la mirilla de la puerta principal. Kanesha Berry, acompañada por el agente Bates, estaban en el porche de la entrada. No podía posponer más aquello, por mucho que quisiera. Abrí la puerta.

—Hola de nuevo, señor Harris —me saludó Kanesha, inclinando levemente la cabeza—. Tengo más preguntas para usted. Por ejemplo, por qué se olvidó de mencionar el hecho de que no estaba solo en el hotel.

—Con mucho gusto se lo explicaré. Pasen, por favor —dije, haciéndome a un lado.

—También quiero hablar con Justin Wardlaw. ¿Está aquí?

Kanesha se quedó en el umbral.

—Sí, y su madre también. Creo que a ella le gustaría hablar con ustedes primero.

La invité a pasar, y esta vez aceptó. Kanesha se volvió hacia mí después de que cerrara la puerta.

—¿Cuánto tiempo lleva aquí la señora Wardlaw?

Reflexioné.

—Alrededor de media hora.

Kanesha hizo una mueca, y me di cuenta de que eso no le gustaba. Sin duda pensó que Julia y yo habríamos estado preparando coartadas juntos.

—Por aquí, por favor —dije—. La señora Wardlaw está en la cocina, si no les importa hablar con ella ahí.

—Donde prefieran.

Kanesha y Bates me siguieron.

Julia estaba de pie junto a la mesa cuando entramos. Diesel había desaparecido; probablemente estaría arriba con Justin. Julia parecía serena, pero yo sabía bien lo nerviosa que debía de estar.

—Buenas noches, señora Wardlaw —dijo Kanesha, deteniéndose al otro lado de la mesa—. Este es el agente Bates.

—Señora —saludó Bates, quitándose el gorro para ponérselo bajo el brazo.

—Buenas noches —contestó Julia, saludándolos a cada uno con un gesto—. ¿Tienen inconveniente en que el señor Harris se quede conmigo?

—Puede quedarse. —El tono de Kanesha era tan cortante como para atravesar la piedra—. Estoy segura de que ya ha oído todo lo que usted tiene que decirnos.

Julia frunció el ceño ante ese comentario, y yo me encogí de hombros. El mal estaba hecho. De todos modos, cualquier investigador con un mínimo de inteligencia no se tomaría nada de lo que dijéramos al pie de la letra.

—¿Por qué no nos sentamos? —propuse, indicando las sillas libres—. ¿Quieren beber algo?

Ambos agentes declinaron mi ofrecimiento. Una vez nos sentamos Julia y yo, se instalaron ellos dos. Bates sacó su cuaderno y un lápiz de un bolsillo y se dispuso a tomar notas.

—Charlie me ha dicho que está usted a cargo de la investigación —dijo Julia. Tenía toda su atención puesta en Kanesha.

—Así es —contestó ella—. Seguro que a estas alturas ya sabe que Godfrey Priest ha aparecido muerto en circunstancias sospechosas. Estamos investigando su muerte, y tengo algunas preguntas para usted y para su hijo. —Me señaló levantando la barbilla—. Y también para el señor Harris.

—Estoy dispuesta a contestarlas —dijo Julia.

Kanesha la observó con una expresión anodina.

—Señora Wardlaw, ¿qué relación tenía con el fallecido?

—Lo conocía casi de toda la vida —dijo ella—. No estábamos particularmente unidos, al menos estos últimos años. —Se ruborizó un poco—. Pero supongo que podría decirse que éramos amigos.

—Entiendo —dijo Kanesha—. ¿Y su hijo? ¿Qué relación tenía con el señor Priest?

¿Ya lo sabría? Por cómo corrían los rumores en Athena, supuse que sí. Pero entonces, ¿por qué no se lo preguntaba directamente?

—Godfrey era el padre biológico de Justin. —Las mejillas de Julia seguían sonrojadas—. Hoy se vieron por primera vez y se conocieron.

—¿Su marido está al corriente de eso?

Kanesha debía de ser una excelente jugadora de póquer.

—Sí —dijo Julia.

—¿Y qué opina al respecto?

—No está contento —dijo Julia, en un tono que indicaba que aquella le parecía una pregunta estúpida—. Siempre ha considerado a Justin su hijo.

—¿Sabía que no era el padre biológico del chico? —Kanesha no dudaba en meter el dedo en la llaga... y sin ninguna delicadeza.

—Sí, lo sabía. Siempre lo ha sabido.

A Julia se le subieron aún más los colores.

—¿Dónde está el señor Wardlaw? —preguntó Kanesha.

—En el hospital —dijo Julia—, donde ha estado desde la una de la tarde de hoy. He estado con él hasta hace media hora.

Julia acababa de declarar su coartada y la de Ezra con mucha claridad, pero a Kanesha no pareció interesarle.

—Hoy hubo un altercado entre su esposo y el señor Priest.

Kanesha parecía bien informada de los acontecimientos del día.

—Tuvieron unas palabras. —Julia frunció el ceño y cruzó los brazos en el pecho—. Mi marido golpeó a Godfrey y Godfrey le devolvió el golpe. En la cara. Mi marido estaba sangrando y con dolor, así que lo llevé a urgencias.

—¿Ha vuelto a ver al señor Priest después de eso?

Julia titubeó.

—No, no he vuelto a verlo.

Era la primera pregunta que Julia no respondía con decisión. ¿Acaso mentía?

—¿Está segura?

Kanesha había notado el titubeo, también. Parecía dispuesta a saltar sobre su presa.

—Segura.

Esta vez, Julia no vaciló.

—Así pues, ¿no tiene constancia de cuáles han sido los movimientos del señor Priest después de verse con él a la hora del almuerzo?

Kanesha se echó hacia atrás en la silla y, por primera vez desde que había comenzado la entrevista, aflojó un poco la rigidez de su postura.

—Únicamente lo que Justin y Charlie me han contado. —Julia esbozó una sonrisa—. Pero estoy segura de que preferirá que ellos mismos se lo cuenten.

—Sí —contestó Kanesha—. Además, voy a tener que hablar con su marido. ¿Hasta cuándo estará en el hospital?

—Es posible que mañana le den el alta. —Julia dejó resbalar las manos sobre el regazo—. Pero está enfermo. Procure no alterarlo.

Kanesha sacó una tarjeta con sus datos de un bolsillo de la camisa.

—Llámeme a este número mañana, por favor, y dígame cuándo puedo hablar con él.

Julia tomó la tarjeta y la dejó encima de la mesa.

—De acuerdo.

—Gracias. Tal vez tenga alguna otra pregunta para usted más adelante, pero ahora me gustaría hablar con su hijo.

—Iré a buscarle, si quieres —le ofrecí a Julia.

—Si no te importa, sí. Gracias, Charlie.

—Vuelvo enseguida.

Me levanté y, al salir de la cocina, dejé de oír la conversación. ¿Kanesha iba a seguir el interrogatorio en mi ausencia? Me preocupaba Julia, por aquel titubeo que había tenido al contestar. Dudaba que Kanesha fuera a pasarlo por alto.

«Tampoco puedo hacer nada para remediarlo ahora», pensé mientras subía las escaleras hasta la buhardilla.

Llamé a la puerta de Justin y, al ver que no contestaba, abrí la puerta. Justin, todavía vestido y con los zapatos puestos, parecía estar profundamente dormido en la cama. Diesel, echado a su lado, levantó la cabeza y me miró parpadeando.

Entré en la habitación sin hacer ruido. Vi el envoltorio de tres chocolatinas en el suelo, al pie de la cama de Justin. Vaya cena, pobre chico. Había tenido un día terrible, y aún no había acabado.

Poniéndole una mano en el hombro, lo zarandeé con suavidad y susurré su nombre. Abrió los ojos y me miró confundido.

—¿Señor Charlie? ¿Qué...?

El recuerdo de los sucesos del día volvió, evidentemente, y se incorporó, restregándose la cara.

—Siento despertarte, pero han venido de la comisaría. Has de bajar ahora.

—De acuerdo —dijo Justin, con voz apagada.

Diesel saltó al suelo y se frotó contra mis piernas cuando me disponía a marcharme.

—Espere, por favor. Necesito preguntarle algo.

Me volví hacia Justin, que se levantó. Diesel empezó a gorjearme y me agaché a acariciarlo. El gato empujó la cabeza contra mi mano y lo acaricié con un poco más de vigor. Le encantaba que le masajearan el cráneo.

—¿Qué te inquieta, Justin?

—No sé lo que hacer —dijo, pasándose una mano por el pelo.

—¿Con qué?

Diesel se acercó a Justin y se frotó contra sus piernas.

—¿Y si hubiera encontrado algo en la habitación? —me preguntó Justin—. ¿Algo que pudiera meter a alguien en líos?

CAPÍTULO ONCE

—¿En la habitación del hotel?

Examiné su cara. Era evidente que estaba preocupado.

Justin asintió.

—Deberías contárselo a los agentes, ya lo hemos comentado antes —dije con firmeza—. Vale más ser honesto. Quizá lo que encontraste podría ayudarles a resolver el caso.

—Me da miedo. —Justin parecía acongojado—. Y usted es la única persona con quien puedo hablarlo.

—¿Qué es lo que has encontrado? —pregunté. ¿A quién temía incriminar? Tuve el desagradable presentimiento de que lo sabía.

Entonces Justin sacó algo el bolsillo y me lo mostró. Era una pluma de oro.

—Es de mi padre.

—¿De tu padre? ¿Te refieres a Ezra?

Me quedé tan impresionado que no supe cómo reaccionar.

—Exacto —dijo Justin—. Se la regalé por su último cumpleaños. La mandé grabar.

Levantó la pluma un poco, señalando las iniciales del capuchón con la mano libre. De pronto recordé la pregunta de Justin cuando estábamos en el restaurante del hotel. Me había preguntado si creía que Ezra había matado a Godfrey. Ahora entendí por qué: la prueba del delito obraba en su poder.

Pero ¿cómo habría podido Ezra salir del hospital y llegar hasta el hotel sin que nadie supiera nada? Julia decía que había estado con él todo el día, y desde luego en el hospital se habrían percatado de su ausencia.

—¿Qué debería hacer? —me preguntó Justin, mientras los dos contemplábamos la pluma.

—Tienes que enseñársela a los agentes.

—No puedo. Ni siquiera después de lo que me hizo —repuso él.

Hecho un mar de dudas, miré la pluma. Las huellas de Justin ahora estaban por toda la pluma y probablemente cubrían las anteriores. La agente ya sabía que el chico había estado en la habitación.

Tomé una decisión repentina; con el corazón, no con la cabeza. No pretendía eliminar ninguna prueba, pero, hasta que supiera cómo había ido a parar la pluma a la habitación de Godfrey, continuaría protegiendo a Justin... y a sus padres.

—Guárdatela de nuevo y no les digas todavía que la encontraste. Veamos por dónde van sus preguntas.

Aliviado, Justin asintió. Se metió la pluma en el bolsillo.

—Supongo que será mejor que bajemos.

—Sí.

Abrí la puerta y aguardé a que salieran.

—Vamos, muchachos.

Diesel salió disparado, y Justin y yo fuimos detrás de él. Cuando llegamos a las escaleras, el gato ya había desaparecido de vista.

Al entrar en la cocina, encontramos al agente Bates observando a Diesel con asombro.

—¿De verdad es un gato?

—Sí. Es de la raza Maine Coon, y llegan a crecer hasta alcanzar entre trece y quince kilos.

—Caramba, es más grande que mi perro —comentó Bates, meneando la cabeza.

Kanesha le puso mala cara a su subordinado, mientras Julia y yo cruzábamos una mirada divertida. La reacción de Bates al ver a Diesel por lo menos había rebajado un poco la tensión.

—Agente Berry, este es mi hijo, Justin Wardlaw —dijo Julia, adelantándose para pasarle un brazo al chico por la cintura y atraerlo hacia ella.

Kanesha saludó a Justin y le presentó a Bates, y luego le indicó que se sentara.

—Me gustaría hablar con Justin a solas —dijo Kanesha.

—No —Julia negó con la cabeza—. No, tengo que estar con él.

Kanesha frunció el ceño.

—¿Qué edad tienes, Justin?

—Dieciocho años —dijo él.

Kanesha asintió.

—En tal caso, señora Wardlaw, insisto en hablar con Justin sin que usted esté presente. Es un adulto.

Julia se refrenó. Parecía una leona a punto de atacar.

—Eso es ridículo. Si no me va a dejar quedarme con él, no creo que deba hablar con usted.

Kanesha abrió la boca para contestar, pero yo me adelanté y hablé primero.

—Julia, la agente Berry tiene razón. Justin ya es un adulto y creo que es mejor que la dejes hablar con él ahora. De lo contrario, imagino que acabará teniendo que declarar en la comisaría. ¿No prefieres evitarlo?

Kanesha me lanzó una mirada severa. No le hizo gracia mi intromisión, pero pensé que era mejor hacer algo antes de que Julia se exaltara de verdad.

—Muy bien. Tienes razón, quiero evitarlo. —Julia soltó a Justin, y con una sonrisa le dijo—: Estaré cerca si me necesitas.

Justin bajó la cabeza. A pesar de que era un adulto ante la ley, cuando lo miré, vi a un chico cansado y asustado. Confié en que Kanesha lo tratara con tacto. Había tenido un día muy difícil.

Le ofrecí el brazo a Julia y la acompañé hasta el salón, cruzando el pasillo. Se hundió en un sillón y enterró la cara entre las manos. Yo no sabía cómo consolarla más allá de darle unas palmaditas en el hombro. Acerqué una silla y me senté a su lado.

—Julia, todo irá bien —dije, esperando que sonara convincente.

Ella dejó caer las manos sobre el regazo. Tenía la cara bañada en lágrimas.

—¿Qué vamos a hacer, Dios mío?

—No van a detener a Justin —dije, y para mis adentros añadí: «Al menos, esta noche, espero».

—Dios, no, por favor —suplicó Julia en voz baja. Se recostó en la butaca, aparentando de golpe muchos más de sus cincuenta años—. Ezra se llevará un disgusto enorme cuando se entere de todo esto.

—Tendrá que enterarse —dije, y ella asintió—. Y ya que hablamos de él, tengo una pregunta.

Julia me miró con recelo.

—¿Has estado con él en el hospital todo el día? ¿Hasta que te marchaste para ir a buscar a Justin al hotel?

La observé con atención. Bajó la mirada un momento.

—Sí, así es.

—Entonces, ¿no cabe ninguna posibilidad de que Ezra haya salido del hospital?

Dando un respingo, Julia se irguió.

—Por supuesto que no, ¿cómo se te ocurre preguntar algo así? —Frunció el ceño—. Ezra no ha matado a Godfrey. Ya puedes quitarte esa idea de la cabeza ahora mismo.

Julia se estaba enfadando conmigo otra vez, pero no pensaba echarme atrás.

—De acuerdo —dije—. Me lo quitaré de la cabeza por un momento. Pero déjame preguntarte otra cosa.

Detestaba actuar así, pero al menos para mí era obvio que Julia mentía sobre el tiempo que había pasado en el hospital.

—Bien, adelante —dijo, escrutándome con la mirada.

—Si le preguntara a Ezra si has estado con él todo el día en el hospital, ¿qué diría?

Julia entornó los ojos.

—¿Qué se supone que significa esa pregunta? Por supuesto, Ezra diría que he estado con él.

—Entonces uno de los dos estaría mintiendo —dije, tan delicadamente como pude—. Y es inútil, porque sé que uno de los dos ha estado hoy en la habitación de Godfrey.

Guardé silencio unos instantes para que calara el sentido de mis palabras. Julia palideció, y supe que estaba en lo cierto. No sentí ninguna satisfacción.

—¿Cómo?

—Justin encontró en esa habitación algo que pertenece a Ezra —dije—. Cuando volvió y descubrió a Godfrey muerto.

—Oh, no. —Momentáneamente, pareció perder cualquier ánimo de lucha—. ¿Justin va a entregar a los agentes eso que ha encontrado?

—No, le he dicho que por ahora no se lo diera —dije—. Estaba muy preocupado, pero antes me gustaría averiguar quién lo dejó allí. Tú todavía no le has contado que fuiste allí, ¿verdad?

—No, no se lo he contado. —Julia meneó la cabeza—. Ahora veo que debería haberlo hecho.

—A mí también tienes que contarme la verdad, si quieres que pueda ayudar a Justin —le dije.

—Lo haré —me aseguró firmemente.

—La cuestión es... —empecé—. Hay dos cuestiones, en realidad. Primera: ¿quién de vosotros dos fue al hotel? Y segunda: ¿cuándo?

Volvió a recostarse en el sillón.

—Fui yo. Ezra no ha salido del hospital en ningún momento. ¿Qué me he dejado allí?

—La pluma de Ezra, una que Justin le regaló.

—Claro. Qué estupidez por mi parte. —Hizo un gesto de impotencia—. Godfrey quería darme un cheque, pero no tenía con qué escribir. Yo llevaba en el bolso las cosas de Ezra, así que he debido sacar la pluma y me la he olvidado.

—¿Godfrey estaba vivo cuando te fuiste? —Detestaba preguntárselo, pero no tenía más remedio.

—Sí. —Los ojos de Julia centellearon—. Vivo y fuera de sí.

—¿Por qué?

—Porque acababa de leerle la cartilla —dijo Julia—. Fui allí esperando encontrar a Justin con él, y no lo encontré. Cuando le pregunté a Godfrey dónde estaba mi hijo, me contó que habían discutido y el motivo.

—Así que te pusiste como una furia con él, ¿no?

Disimulé una sonrisa. Recordaba que Julia tenía un temperamento de mil demonios de jovencita.

—Desde luego —admitió con un deje de complacencia en la voz—. Le dije que tenía que pensar más en lo que era bueno para Justin que en lo que quería él. Captó la idea.

—No me cabe duda —dije—. ¿Cuánto tiempo estuviste allí?

Julia pensó durante un momento.

—Quince minutos, tal vez diez. Tenía que volver al hospital.

—¿Y eso a qué hora fue?

—Volví un poco después de las tres. Estaban cambiando el turno.

—O sea que Godfrey seguía vivo cuando lo dejaste, poco antes de las tres.

Quería tener clara la cronología en mi cabeza.

—Sí.

—¿No intentaste encontrar a Justin antes de volver al hospital? —pregunté.

—No. Estaba preocupada por él, pero debía vigilar a Ezra y quería parar en el banco a depositar el cheque de Godfrey. Justin me hubiera llamado si me necesitaba. —Apartó la cara un momento—. O eso creí.

—Vas a tener que contarles todo esto a los investigadores.

—Lo sé. Pensarán que Justin o yo lo hemos matado. O que lo hicimos entre los dos. —Julia se pasó una mano por los ojos antes de volverse de nuevo hacia mí—. Dios, me gustaría saber lo que están hablando en la cocina ahora mismo.

—Sí, a mí también —dije—. Pero en este momento no podemos hacer nada, salvo esperar.

Julia asintió.

—Es posible que sospechen de Justin o de ti. Dependerá de si creen que existe un móvil —aventuré—. La venganza, quizá.

—¿Por qué iba a querer vengarme ahora? —resopló Julia—. Si hubiera querido perjudicar a Godfrey porque me dejó embarazada y se largó, lo habría hecho hace años.

—Tal vez. Pero ahora que tu marido está en fase terminal, Godfrey aparece y quiere llevarse a tu hijo a California, y quizá, con la ansiedad que tienes, pierdes el control y lo dejas tieso.

Julia se quedó lívida.

—No había pensado en eso. Suena plausible, cuando lo expones así. Dios sabe que mi nivel de ansiedad está por las nubes.

—Y no me extraña —dije comprensivamente—. Cualquiera estaría igual, con lo que estás pasando con Ezra.

Julia sonrió con gratitud.

—Pero yo no maté a Godfrey, y mi marido y mi hijo tampoco.

—Entonces hemos de buscar en otra parte. —Hice una pausa—. En este tiempo, ¿con qué frecuencia ha venido Godfrey a Athena?

Julia reflexionó un instante.

—Cada dos o tres años, yo diría. Algunas veces coincidía con las giras promocionales de sus libros, y otras veces para hacer algún tipo de investigación.

—Al acabar los estudios, y después de que sus padres se marcharan de Athena, ¿seguía teniendo tantos vínculos aquí?

Julia no pareció haberme oído.

—¿Qué hay? ¿Has recordado algo?

Me incliné un poco hacia ella.

—Pensaba en las presentaciones promocionales —dijo Julia por fin, prestándome de nuevo atención—. Hoy, cuando he salido del hotel, vi a alguien en el mostrador de la entrada con una caja de libros. —Se encogió de hombros—. Al menos, pensé que lo eran, porque vi el título del último libro de Godfrey escrito en la caja.

—¿Quién era?

Si aparecía un posible nuevo sospechoso, tanto mejor para Justin y Julia.

—Jordan Thompson, la dueña de la librería de la plaza —dijo Julia—. Y sé de buena fuente que odiaba a Godfrey con toda el alma.

CAPÍTULO DOCE

—Creía que la mujer de un predicador no hacía caso de las habladurías —dije bromeando.

Julia, sin embargo, no se lo tomó a broma.

—No voy por ahí hablando de nadie —replicó con un tono tan frío que eché de menos llevar puesto un jersey—, pero la gente me cuenta cosas sin que yo se lo pida. Además, la sobrina de Melba Gilley, Patty, trabaja allí desde que acabó el instituto hace cinco años. Cuando Justin era pequeño le hacía de niñera, y ahora, siempre que me la encuentro, tiene ganas de hablar.

Asentí. Conocía a la sobrina de Melba, Patty Simpson. Y, además, conocía a Melba. Si Patty se parecía a su tía, estaba al corriente de todas las novedades que hubiera en diez kilómetros a la redonda.

—De acuerdo, supongamos que ocurrió algo entre Godfrey y Jordan Thompson. —Miré a Julia con cautela—. Algo que indignara tanto a Jordan como para querer ver muerto a Godfrey. ¿Cómo demonios vamos a descubrir lo que era? Aparte de llamar a Patty Simpson y preguntárselo, puesto que parece saberlo todo.

—No estoy sugiriendo nada parecido —gruñó Julia—. Aunque no me cabe duda de que Patty te contaría de buena gana ese y unos cuantos chismes más. —Marcó una pausa—. Sé que tú vas a esa librería. Te he visto allí varias veces.

—Sí, voy a menudo. Cada dos semanas, por lo menos.

Siempre me han encantado las librerías y, aunque puedo acceder fácilmente a los libros de las dos bibliotecas en las que trabajo y soy voluntario, no puedo resistir la tentación.

—Pues pásate mañana por allí y habla con Jordan —me propuso Julia—. Siente debilidad por los hombres mayores, por lo que he visto. Seguro que podrás tirarle de la lengua.

—Julia, no me puedo creer que estés insinuando algo así.

Fingí que estaba asombrado, pero me parecía más divertido que otra cosa. No podía imaginarme en el papel de *homme fatal*, engatusando a una mujer joven y atractiva para que me revelara sus secretos.

No me contestó. Intranquila, se dio la vuelta en la silla y atisbó hacia la cocina.

—¿Por qué tardan tanto? ¿No deberían haber acabado ya?

Hizo ademán de levantarse, pero le indiqué que se quedara allí.

—Ya voy yo. A Kanesha no le gustará que la interrumpa, seguro, pero está tan molesta conmigo que creo que ni se notará la diferencia.

A unos metros de la cocina pude escuchar un rumor de voces. Entonces una se alzó por encima del resto: la de Justin.

—Sí, volví, pero estaba muerto. Se lo estoy diciendo. ¿Por qué sigue preguntándomelo?

La nota casi histérica en la voz del chico me preocupó. Cuando entré a la cocina, pude ver a Diesel en el regazo de Justin, mirando enfadado a Kanesha. Daba la sensación de que estaba a punto de abalanzarse sobre ella.

—Diesel, no.

Al oír mi voz el gato murmuró y supe que estaba disgustado, pero se relajó un poco y volvió a sentarse sobre Justin. Los signos de agotamiento en la cara de Justin me envalentonaron.

Kanesha se levantó y me miró.

—Le agradecería que sacara a ese gato de aquí.

No me importó el desdén con que dijo «ese gato».

—Esta es su casa también y si quiere estar en esta habitación, puede estar. ¿Qué está haciendo para molestarlo así?

La sorpresa en el rostro de la agente me complació. Obviamente no se esperaba la respuesta. Aproveché mi ventaja sin dejar que replicara.

—Creo que ha tenido tiempo de más para hacerle sus preguntas a Justin —continué—. Hoy ha sido un día largo y difícil para este chico. A menos que vaya a acusarlo de algo, creo que esta entrevista debería concluir.

Por encima del hombro de Kanesha, vi que Bates sonreía con aire burlón. No era buena señal. Quizá Kanesha la tomaba con Justin porque sabía que tenía que reafirmar su autoridad delante de su subordinado, a la vieja usanza.

—Llevo la investigación de lo que parece un posible homicidio, señor Harris. —Kanesha pronunció cada palabra con tanto cuidado que me di cuenta de que estaba furiosa—. Una investigación que pienso llevar como crea conveniente, y por eso debo interrogar a cualquier persona que guarde algún vínculo con la víctima.

La intensidad de su mirada me hizo querer dar un paso atrás.

—¿Lo entiende?

—Sí.

Un hombre más inteligente habría huido con el rabo entre las patas. Teníamos a una agente cabreada, pero me bastó volver a mirar la cara de Justin para mantenerme firme.

—El tema es que ha cuestionado a Justin y a su madre. Ha ido demasiado lejos, teniendo en cuenta que Justin ni siquiera ha podido consultar a un abogado. Ambos están muy afectados por lo sucedido, y si tuvieran una pizca de humanidad les darían tiempo para reponerse. Ni siquiera han cenado todavía, y yo tampoco. Pueden continuar con esto mañana.

Bates se levantó y se acercó a Kanesha. Estaba listo para interponerse entre Kanesha y yo.

Debí de parecerles más amenazante de lo que pensaba, porque los dos agentes me fulminaron con la mirada. Retrocedí con las manos en alto, para demostrar que no iba con malas intenciones.

Kanesha hizo un gesto con la cabeza y Bates se apartó.

—Tengo más preguntas para usted, señor Harris. —Kanesha se cruzó de brazos—. Pero pueden esperar a mañana. Estoy segura de que también tendré más preguntas para Justin y la señora Wardlaw. Buenas noches.

Pasó de largo a mi lado y Bates la siguió con una sonrisa arrogante.

Momentos después de que se cerrara la puerta, Julia apareció en la cocina. Miró a Justin y corrió a su lado. Diesel saltó de las rodillas del chico y vino a frotarse contra mis piernas.

—¡Cariño! ¿Cómo estás? ¿Te han tratado mal?

Julia lo observó y le tocó la cara con dedos temblorosos. Justin se inclinó hacia ella, recostando la cabeza en su vientre. Julia le acarició el pelo.

—No, estoy bien, mamá. Ha sido intenso. Seguía haciéndome las mismas preguntas una y otra vez.

Fui a la nevera y saqué una lata de Coca-Cola para Justin.

—Gracias —me dijo—. Tendrías que haber oído al señor Charlie, mamá. Entró y le pidió a la inspectora que parara de una vez. Y le hizo caso, pero, ¡uf, se puso como una furia!

Abrió la lata y bebió un buen trago de Coca-Cola.

—Gracias.

Julia me lanzó una mirada llena de gratitud.

—No hay de qué —dije—. Bueno, ¿alguien tiene hambre? ¿Qué tal si pido una *pizza*?

Tanto Julia como Justin negaron con la cabeza.

—No, gracias —dijo Justin.

Cuando un adolescente rechaza una *pizza,* es señal de que está agotado.

—No pasa nada —dije—. ¿Por qué no te vas a la cama? Y si te da hambre por la noche, tienes comida en la nevera.

—Vale. —Justin se levantó, con los hombros tensos—. Mamá, ¿vienes arriba unos minutos? Necesito hablarte de algo.

Me miró y asentí. Vi que se relajaba. Sabía que quería hablar con Julia sobre la pluma que había encontrado. Julia podría explicárselo y luego decidirían cómo encarar las cosas.

—Si necesitáis algo, avisadme.

Vi cómo salían de la habitación, Julia abrazando a su hijo. Diesel los persiguió, pero lo llamé.

—Ahora no, muchacho. Justin y su madre necesitan estar a solas. Tú quédate conmigo.

El gato me miró y luego se sentó y empezó a lamerse la pata izquierda. Nunca había tenido una mascota que pareciera entenderlo todo. A veces me asustaba. Seguí mirando a Diesel hasta que los retortijones del hambre reclamaron mi atención.

Descarté la *pizza* y me decidí por unos huevos revueltos con queso cheddar y un par de tostadas. Cuando la comida estuvo lista, serví un vaso de agua y me lo llevé todo a la mesa.

Diesel olió los huevos con queso y se acercó gorjeando. Le encantaban los huevos revueltos y acostumbraba a darle unos bocaditos. Si no, me ponía la pata en la rodilla para recordármelo.

Cené con calma y luego recogí la cocina: Azalea vendría por la mañana y no quería que se la encontrara patas arriba. Bastante tendría ya con limpiar el polvo, aspirar y hacer la colada.

Julia aún no había bajado cuando terminé. Estaba cansado y con ganas de meterme en la cama con un libro, pero no quería irme arriba sin acompañarla antes hasta el coche. La tía Dottie me rondaría en sueños si descuidaba mis deberes como anfitrión.

Subí a buscar el libro que estaba leyendo, con la idea de volver abajo a esperar a Julia. Diesel vino trotando a mi lado. Cogí el libro de la mesilla de noche, y el gato me siguió al salir de la habitación y caminar de nuevo hasta la escalera.

Desde arriba me llegó la voz de Julia dándole las buenas noches a Justin. Momentos después empezó a bajar, así que fui a interceptarla en el descansillo. Julia se detuvo, con la mano en la baranda.

—Debes de estar deseando irte a dormir —me dijo—. Vaya día...

—Y que lo digas.

Me daba la sensación de que hubieran pasado tres días, pero había sido aquella misma mañana cuando Godfrey Priest había aparecido en el archivo.

—Solo quería despedirme y saber si puedo hacer algo más.

Julia me puso una mano en el hombro mientras bajábamos las escaleras juntos. Diesel había pasado volando y desaparecido de vista antes de que llegáramos a la mitad.

—Eres un buen amigo —me dijo Julia—. Y lo siento mucho si antes he sido grosera contigo. La verdad es que me da miedo lo que pueda salir de todo esto. —Me estrechó el brazo con más fuerza—. Debo proteger a Justin.

—¿Cómo está?

—Muy cansado y confundido, pobrecito. —Julia suspiró—. Igual que nosotros dos, supongo. Hemos hablado y le expliqué lo de la pluma.

—Bien.

Quería preguntarle si habían decidido mencionárselo a Kanesha, pero Julia parecía exhausta.

Llegamos al pie de la escalera y me volví hacia ella justo cuando me soltó el brazo.

—No le quitaré ojo —le aseguré—. Y aguzaré el oído también. Alguien tenía un motivo de peso para ir a por Godfrey y estoy seguro de que la verdad saldrá a la luz. Solo hay que desenterrarla.

—Eres un buen tipo, Charlie Harris.

Julia me sorprendió con un beso en la mejilla y noté que me ruborizaba un poco.

—Enseguida vuelvo; voy a por mi bolso.

Esperé, confiando en que el rubor hubiera desaparecido a su regreso.

Cuando volvió, con el bolso bien agarrado en una mano, me adelanté para abrirle la puerta. Quise acompañarla por el sendero, pero insistió en que no hacía falta.

—El coche está ahí mismo, no te preocupes. Me pasaré por el hospital para ver cómo está Ezra y luego me iré a casa. Caeré desplomada.

Sonrió antes de dar media vuelta y bajar por el sendero hasta la calle.

—¡Venga, buenas noches!

Esperé a que su coche arrancara y se alejara y cerré la puerta.

Apagué las luces de la planta baja y busqué a Diesel, pero no lo vi por allí. Lo encontré echado en mi cama cuando subí a mi habitación.

Después de dejar de nuevo el libro en la mesilla de noche, me desvestí y me preparé para acostarme. Estaba cansado, pero mi cabeza era un torbellino donde los sucesos del día no dejaban de dar vueltas.

Leí un rato, haciendo esfuerzos para concentrarme en el libro, hasta que lo abandoné y apagué la luz. Diesel se acurrucó junto a mis piernas.

Rezando para que no me asaltaran pesadillas con cadáveres toda la noche, procuré conciliar el sueño.

CAPÍTULO TRECE

Si soñé con cadáveres, cuando me desperté a la mañana siguiente no recordaba nada. Emergí de un profundo sueño al notar que una pata jugueteaba con mi nariz y luego una cabeza me embestía suavemente el mentón.

Con Diesel no necesitaba ponerme ninguna alarma en el reloj. Solía venir a despertarme alrededor de las seis y media de la mañana, y ese día no fue una excepción.

Después de salir del cuarto de baño, con el albornoz encima del pijama, bajé a la cocina, donde sabía que Diesel estaría esperando. Le puse agua en el cuenco y comida en el plato. Empezó a desayunar con entusiasmo.

No me había acordado de llenar la cafetera la noche anterior y programarla para tener el café a punto cuando me levantara. Y tampoco me sorprendía. Me sentí aturdido al rememorar los acontecimientos del día anterior.

Mientras esperaba a que el café estuviera listo, fui hasta la puerta a recoger el periódico. De pie en el umbral, respirando el aire fresco de la mañana, sentí que iba despertándome poco a poco. Ojeé la primera página, pero no vi ninguna mención a la muerte de Godfrey. Al día siguiente coparía el periódico, estaba seguro, y probablemente el pueblo se inundaría de los medios informativos a escala nacional. La misteriosa muerte de un escritor popular atraería la atención de todo el país.

Estaba haciendo el crucigrama y tomando café cuando se abrió la puerta de atrás, y levanté la vista para saludar a Azalea Berry. Era miércoles, uno de los tres días que trabajaba en mi casa, porque tenía otros clientes los martes y los jueves.

Azalea, con su más de metro ochenta de altura, era imponente. Tenía un porte majestuoso y rara vez sonreía, aunque era amable, capaz de mostrarse cariñosa bajo su aparente reserva. Era solo tres o cuatro años mayor que yo, pero irradiaba el aire de una gran dama octogenaria.

—Buenos días.

—Buenos días, señor Charlie. —Cerró la puerta, antes de dejar el bolso y las llaves en la encimera—. Hace una mañana preciosa.

—La verdad es que sí.

Me pregunté si se habría enterado de la muerte de Godfrey Priest. Kanesha sin duda se la debió de mencionar a su madre.

—Qué terrible lo que le ha pasado a ese pobre hombre —dijo.

Azalea descolgó el delantal de un gancho junto a la puerta y se lo puso.

—Desde luego. Me parece más una pesadilla que algo real.

—Y que lo encontrara usted en ese estado... —añadió Azalea, consternada—. Es casi un milagro que no haya pasado la noche en vela.

—Fue bastante truculento.

Tomé un sorbo de café.

—¿Cómo está Justin esta mañana? —Sacudió la cabeza—. Pobre chico...

—No lo he visto esta mañana. Anoche estaba agotado.

—Entonces va a necesitar un buen desayuno. Para reponer fuerzas. Usted también.

Fue a la nevera y empezó a sacar huevos, salchichas y leche. Luego bajó el tarro de la harina y supe que iba a hacer tortitas. Se me hizo la boca agua. Azalea preparaba unas tortitas fabulosas.

Diesel entró en la cocina y se sentó cerca de Azalea. Ella le lanzó una mirada penetrante y él se la sostuvo sin inmutarse.

—No necesito tu ayuda —dijo Azalea.

Diesel le respondió con un gorgorito y Azalea le dio la espalda, disponiéndose a preparar el desayuno.

—Diesel, vamos a ver si Justin se ha levantado. —Dejé la taza de café a un lado y me puse de pie—. Vamos, muchacho.

Diesel salió como un rayo. Le seguí sin prisa.

Cuando llegué a la habitación de Justin, encontré la puerta abierta y a Justin sentado a su ordenador con Diesel acomodado en su regazo. Golpeé ligeramente la puerta y Justin me miró.

La expresión de cansancio y miedo había desaparecido de su cara, y me alegró ver que parecía el mismo de siempre.

—Buenos días. —Sonreí—. Azalea está abajo preparando tortitas para el desayuno.

La cara de Justin se iluminó.

—Tengo hambre, desde luego. —Agachó la cabeza un momento. —Mmm... sobre lo de ayer...

—¿Sí? —pregunté, alentándolo a acabar la frase.

—Gracias —dijo Justin, levantando la cabeza para mirarme—. Me alegro de que estuviera allí.

—De nada.

En ese momento aparentaba menos de dieciocho años. El día antes se había llevado varias impresiones profundas y solo Dios sabía cómo le afectaría todo eso a la larga.

—Baja cuando estés listo. El desayuno estará pronto en la mesa.

—De acuerdo. Enseguida voy.

Justin frotó la cabeza de Diesel y el gato ronroneó de felicidad.

Llegué a la cocina a tiempo para contestar al teléfono. El apetitoso olor que salía de los fogones me hizo rugir el estómago. Justin no era el único que tenía hambre.

—¿Hola?

—Buenos días, señor Harris. Soy Ray Appleby, de la *Gaceta de Athena.* Me gustaría hablar con usted sobre el asesinato de Godfrey Priest.

Miré el reloj. Eran solo las siete y cuarto.

—Llama muy temprano, señor Appleby. Todavía no he desayunado. —Mi tono era cortante, pero no me importó.

—Disculpe si lo he despertado —dijo Appleby. No sonó a disculpa—, pero necesito hablar con usted cuanto antes. Según mis fuentes, usted encontró el cuerpo.

—Si quiere volver a llamar a una hora más civilizada, quizá pueda atenderle. Hasta entonces, no tengo nada más que decir.

Colgué el teléfono y, al volverme, encontré a Azalea mirándome con una expresión inquisitiva.

—Alguien del periódico, que quiere hablar conmigo sobre lo de ayer.

Me senté a la mesa.

—Vaya grosería, llamar a una casa tan temprano. —Se volvió hacia los fogones—. Cada vez hay más gente maleducada.

—Pues es solo el principio —dije.

Cogí mi taza y, al ver que estaba vacía, fui a rellenarla.

—Supongo que era alguien importante —comentó Azalea, dando la vuelta hábilmente a un par de tortitas mientras yo me servía el café.

—Sí, y por eso seguramente se van a desplazar hasta aquí equipos de televisión y noticias de todo el país. —Me puse un poco de sacarina—. Y parece que tu hija va a estar bajo los focos, puesto que está a cargo de la investigación.

Azalea chasqueó la lengua.

—Es una gran oportunidad para ella —añadí sentándome a la mesa; di un sorbo al café.

—Si esa chica quisiera salir en la televisión, debería haberse hecho actriz.

Azalea me sirvió un plato con tres tortitas y tres salchichas.

—Gracias —dije, alcanzando el sirope que había puesto en la mesa, junto con una servilleta y los cubiertos.

Justin apareció unos minutos después, cuando Diesel estaba pidiendo otro bocado de tortita. Sonrió al ver la escena.

—Buenos días, chico. —Azalea le regaló una de sus escasas sonrisas—. Ven, siéntate aquí y toma algo de desayunar. Necesitas fuerzas.

—Sí, gracias, Azalea —dijo Justin, mirando las tortitas y las salchichas con avidez—. Estoy hambriento.

Azalea se quedó de pie, con los brazos cruzados, mirando a Justin comer durante un momento. Luego revisó mi plato.

—¿Qué tal, un poco más?

Aparté el plato con un gemido.

—No, gracias. Estaba delicioso, pero si como más tendré que salir a correr un par de horas.

La asistenta enarcó una ceja. Sabía que yo no era ningún atleta.

—Suba y baje las escaleras algunas veces. Con eso bastará.

Sonó el timbre de la puerta y me levanté para ir a abrir.

—No se mueva. —Azalea me indicó que volviera a la silla—. Yo me encargaré del salvaje que se presenta aquí a esta hora de la mañana.

—Gracias —dije. Sabía que era mejor no discutir con ella.

Observé a Justin llevarse la comida a la boca mientras Diesel aguardaba esperanzado junto a su silla. Entonces oí voces airadas en el pasillo. Reconocí una de ellas y suspiré. Luego las voces se acercaron.

—Ya te he dicho, chica, que no vas a entrar en la cocina. Ve y espera en el salón. El señor Charlie irá cuando acabe de desayunar.

—Mamá, esto es ridículo —dijo Kanesha Berry, enfadada.

—Ve ahí, como te he dicho. No te va a pasar nada por esperar cinco minutos.

—Dios mío. Esto es el colmo.

Justin me miró, con los ojos como platos, y me esforcé por no echarme a reír. La agente de la ley severa y autoritaria de la noche anterior estaba empezando a sonar como una adolescente quisquillosa.

Azalea entró en la cocina y me apresuré a tomar un poco de café para disimular una sonrisa. Justin bajó la cabeza y engulló otro bocado de tortita y salchichas.

—Su alteza la Investigadora está esperando para hablar con usted, señor Charlie, cuando termine de desayunar.

Azalea continuó tan campante, como si Justin y yo no la hubiéramos oído discutir con Kanesha.

—Gracias, Azalea —dije—. No estoy presentable para recibir visitas, pero no creo que ella quiera esperar a que me duche y me vista.

Oí que chasqueaba la lengua, y me encogí de hombros mirando Justin.

—¿Vas a ir a clase esta mañana?

Justin miró su plato por un momento.

—Supongo que sí. ¿Cree que debería, o sería mejor que fuera al hospital?

—¿Por qué no llamas a tu madre y lo comentas con ella? Supongo que preferirá que vayas a clase y sigas con tus actividades.

—De acuerdo.

Justin pareció aliviado. Lo último que necesitaba era quedarse dando vueltas por la casa todo el día. Yo esperaba que los medios de comunicación no supieran aún quién era, así que lo dejarían en paz.

—Pero si la gente empieza a molestarte con preguntas... —dije, pensándolo sobre la marcha— vuelve aquí y no te preocupes por las clases, ¿de acuerdo?

—¿Se refiere a los periodistas?

Asentí con la cabeza. Justin puso mala cara.

—No voy a hablar con ellos. No quiero salir en las noticias.

—Entonces no tienes por qué hablar. Recuérdalo.

—Vale.

Me puse de pie.

—Ahora será mejor que vaya a hablar con la agente Berry.

Mientras salía de la habitación, me volví y vi que Azalea le servía a Justin más tortitas con salchichas. Diesel seguía a su lado, esperanzado. «Ah, si yo tuviera un metabolismo así...», pensé con nostalgia.

Me ajusté el cinturón del albornoz antes de entrar en el salón. Debería haberme lavado las manos; me di cuenta demasiado tarde. En fin.

—Buenos días, agente. ¿Quería verme?

Kanesha dejó de inspeccionar los libros de la estantería que había en la pared del fondo. El cansancio de la noche se le marcaba en la cara. Me pregunté si habría pegado ojo.

—Buenos días, señor Harris—. Kanesha frunció el ceño. ¿Todavía estaba enfadada por la discusión con su madre? No habría podido saberlo—. Efectivamente, sí.

—¿Por qué no nos sentamos? —le ofrecí, señalando el sofá y los sillones. Kanesha eligió una de las butacas y yo me senté en la otra, preparándome para una avalancha de preguntas.

—He venido a pedirle que no hable con ningún periodista. —Kanesha me fulminó con la mirada—. No quiero que la investigación se vea comprometida porque alguien filtre los detalles.

—No tengo ninguna prisa por hablar con periodistas —dije, un poco dolido por su tono cortante—. Ya me ha llamado uno esta mañana, pero le colgué.

—¿Y quién era?

—Ray Appleby, del periódico local.

Kanesha me lanzó una mirada suspicaz.

—Ya le he dado una declaración oficial. Si vuelve a molestarle, hágamelo saber. Y lo mismo vale para cualquier otro reportero.

—Gracias, lo haré. No tengo ningunas ganas de que ni yo ni nadie de esta casa salga en las noticias.

Me crucé de brazos y le devolví la mirada con indiferencia.

—Por ahora nadie sabe que Justin Wardlaw estuvo con usted anoche. —Kanesha cambió de postura en la silla—. Me gustaría que siguiera siendo así el mayor tiempo posible. Aunque al final lo descubrirán.

—No se enterarán por mí —dije—. Justin quiere ir hoy a clase. ¿Cree que es una buena idea?

Kanesha lo sopesó un momento.

—No veo por qué no. Tengo que volver a interrogarlo, pero antes debo resolver otras cosas a lo largo de la mañana.

Se puso de pie.

—¿Eso es todo? —me sorprendí, encogiéndome de hombros—. Pensaba que querría hacerme más preguntas.

—Sí, pero pueden esperar. Ya tendrá noticias mías.

Me levanté para acompañarla a la puerta.

—Sé cómo salir, gracias.

Asentí mientras pasaba de largo hacia el pasillo. Momentos después oí que la puerta se abría y se cerraba.

Volví a la cocina. Justin ya no estaba y Diesel tampoco. Azalea recogía la mesa, metiendo los platos en el lavavajillas. Probablemente no iba a preguntarme qué me había dicho Kanesha, así que se lo conté.

—Si vienen a husmear por aquí, les daré un manguerazo.

Me reí imaginando la escena.

—Adelante, ¡no lo dudes!

Al ir a servirme más café, me di cuenta de que Azalea me miraba inquieta.

—¿Ocurre algo? —le pregunté.

—Esa chica va a necesitar ayuda.

Desde que la conocía, era la primera vez que Azalea parecía preocupada.

—¿Kanesha?

Azalea asintió.

—A mí me parece muy capaz —dije—. Da la impresión de que sabe lo que se hace.

—Es una chica inteligente, lo sé. Siempre ha trabajado mucho. También es ambiciosa. —Azalea se alisó el delantal y esperé a que continuara—. Pero no van a hablar con ella. Ya sabe cómo es la gente...

Azalea me miró, expectante.

—Porque es negra, quieres decir.

¿Para qué andarse con tapujos? Sabía perfectamente a lo que se refería. Las viejas costumbres son difíciles de erradicar y en Athena a muchos les costaría acostumbrarse a la idea de una mujer joven negra representando a la autoridad. Y eso podría traerle problemas a Kanesha.

—Ni más ni menos —dijo Azalea. Sus ojos se clavaron en los míos—. Por eso tiene que ayudarla. Solo que habrá de hacerlo sin que ella se dé cuenta...

CAPÍTULO CATORCE

Duchado, afeitado y vestido, contemplé el día que tenía por delante. El miércoles es el día que reservo para los recados. Trabajaba en la biblioteca de la universidad los lunes, martes y jueves, y los viernes era voluntario en la biblioteca pública.

Justin se había ido a clase, y Azalea estaría la mayor parte del día trabajando y vigilando las cosas. Ya había atendido otra llamada del reportero local, Ray Appleby, y dudaba que volviera a llamar pronto.

Antes de subir, Azalea me hizo prometer que ayudaría a Kanesha con la mayor discreción posible. Sabía que había algo de verdad en lo que decía Azalea, y no podía evitar la curiosidad por saber quién había matado a Godfrey y por qué. Todo el mundo en la ciudad estaría hablando de ello, así que no había razón para que yo no pudiera, también. Y dejar caer alguna que otra pregunta.

¿Fue así como empezaron los Hardy? Me reí de mí mismo en el espejo. No tenía un detective famoso por padre, pero había leído cientos de novelas de misterio. Husmearía un poco por ahí, pero no pensaba investigar casas en acantilados, viejos molinos o cuevas secretas.

Diesel me siguió a la habitación contigua a mi dormitorio, un cuarto que la tía Dottie había convertido en su salita particular, y después yo la había convertido en una especie de oficina, con unos pequeños cambios, que básicamente consistieron en instalar mi ordenador y la impresora.

El gato saltó al escritorio, su lugar habitual, y observó cómo encendía el ordenador y me acomodaba en la silla. Mataría el tiempo (caramba, qué expresión desafortunada) revisando el correo electrónico antes de que abrieran las tiendas.

El primer mensaje que leí fue el de mi hija Laura, que se había mudado a Los Ángeles hacía dos años para emprender una carrera como actriz.

Al parecer, la noticia sobre Godfrey había llegado a California la noche anterior, porque el mensaje de Laura estaba lleno de preguntas. Desde luego ella no tenía ni idea de lo involucrado que estaba en el caso. Miré la hora de su mensaje. Lo había enviado alrededor de las dos de la mañana, hora del Pacífico.

Respondí a su mensaje con cierto grado de detalle, explicando lo que sabía sobre la muerte de Godfrey y cómo me había visto envuelto en el suceso. Sabía que haría muchas preguntas, porque a Laura le gustaban los misterios tanto como a mí. Cuando tenía diez años empezó a escribir obras de teatro basadas en los libros de Nancy Drew, naturalmente protagonizados por ella. Si me descuidaba, antes de darme cuenta se subiría al primer avión y vendría a ayudarme.

Entonces recordé que en ese momento estaba actuando en una obra de éxito, así que iba a librarme de recibir su entusiasta ayuda. Sonriendo, pulsé el botón de enviar.

No había ningún mensaje de mi hijo, Sean, pero eso no era inusual. Mucho más taciturno que su hermana menor, Sean me escribía un correo electrónico a la semana, más o menos, y llamaba con la misma frecuencia. Siempre había estado muy unido a su madre, igual que lo estábamos Laura y yo, y todavía le costaba asimilar la muerte de Jackie.

Terminé con el correo electrónico y apagué el ordenador. Diesel bostezó y estiré la mano para rascarle la cabeza.

—¿Estás listo para salir, muchacho? Son casi las diez.

El gato bajó al suelo de un salto y se frotó contra mis piernas. Conocía la palabra «salir».

Abajo oí que Azalea pasaba la aspiradora en el salón. Le abroché a Diesel su arnés y enseguida nos pusimos en marcha con el coche. Había decidido no ir andando esta mañana, a pesar del buen tiempo, por si tenía que ir a algún sitio rápidamente.

Mi primer destino era Atheneum, la librería independiente local. A algunos lugareños y visitantes quizá les desconcertara el nombre, pero a mí me parecía que era inteligente. Ahora estaba en la plaza del pueblo, enfrente de la Casa Farrington, pero había iniciado su andadura unos veinte años atrás, en una vivienda de una calle cerca del centro. La actual propietaria, Jordan Thompson, la había heredado de su padre. Y fue un placer, cuando volví a vivir a Athena, encontrar que la librería estaba prosperando.

Pasaban unos minutos de las diez cuando aparqué mi coche justo delante de la tienda. El cartel de neón abierto estaba encendido. Diesel bajó del vehículo, ansioso por entrar. Jordan siempre lo colmaba de atenciones y le daba una o dos golosinas para gatitos. O cinco. Diesel a veces hacía ver que estaba famélico delante de ella y yo fingía que no me daba cuenta.

Me detuve frente al escaparate. Tenían expuesta una gran pila de la última novela de Godfrey, un libro de tapa dura con una cubierta llamativa. Probablemente se venderían aún más ejemplares ahora que había muerto.

Con ese pensamiento morboso, entré en la librería, Diesel se adelantó a mí. La campanilla que colgaba del pomo de la puerta tintineó y, como de costumbre, Diesel se puso a darle zarpazos hasta que lo aparté.

—Buenos días.

Saludé en voz alta, porque no vi a nadie del personal.

La cabeza de uno de los ayudantes de Jordan asomó por detrás del mostrador.

—Avíseme si necesita ayuda.

La cabeza desapareció.

—Gracias.

La cabeza pertenecía al hermano menor de Jordan, Jack, que tenía más o menos la misma edad que Justin. Siempre tenía prisa, al parecer, y no me ofendí por su brusquedad.

El Atheneum era un local de cerca de cuatrocientos metros cuadrados, con miles y miles de libros colocados en sus estantes. Podía pasarme fácilmente dos horas aquí... y a menudo lo hacía, tal era la riqueza de la palabra impresa disponible. Me dirigí a la sección de misterio, por donde suelo empezar. Había estado allí el sábado anterior, así que seguramente no habría nada nuevo. Sin embargo, nunca estaba de más mirar.

Estaba comprobando la sección de la «H» para encontrar a tres de mis autores favoritos (Haines, Harris y Hart) cuando oí una voz detrás de mí.

—Buenos días, Diesel. Pero qué guapo eres.

Diesel tiró de la correa y lo solté mientras me giraba para saludar a Jordan.

—Buenos días, Charlie —dijo ella, agachándose para saludar cariñosamente a mi gato.

Jordan llevaba su larga melena pelirroja recogida en una coleta y aparentaba menos de los treinta y un años que tenía. Alta y esbelta, con una piel impecable y unos llamativos ojos verdes, era una mujer despampanante.

—Buenos días —le dije—. ¿Cómo estás?

—Bien, bien —dijo poniéndose de pie—. ¿Diesel puede tomar un par de golosinas?

—Claro —dije—. Lo tienes muy mimado, ¿sabes?

Jordan se rio.

—Es un tipo grande. Necesita mantener su fuerza.

Le pasé la correa y Diesel siguió felizmente a Jordan. Esperaba que para cuando Jordan trajera a Diesel de vuelta pudiera encontrar una forma de sacar el tema. Miré los estantes de libros como si allí pudiera encontrar la inspiración.

Oí la campanilla de la puerta y una voz que decía:

—Buenos días a todos. He traído dónuts.

Al reconocer la voz de Patty Simpson, sonreí. Con Patty presente no debería ser muy difícil conseguir que la conversación acabara girando en torno a la muerte del famoso escritor local.

Abandoné la sección de misterios para dirigirme al mostrador. De espaldas a mí, Patty estaba dejando una caja de dónuts junto con un bolso y una bolsa de libros. Jack Thompson había desaparecido de detrás del mostrador.

—He acabado la nueva novela negra que me pasaste en aquella edición promocional —dijo Patty sin girar la cabeza—. Me pareció mala, así que no creo que debas pedir más de un ejemplar.

Entonces se giró y me vio.

—Huy, lo siento, pensé que era Jordan. ¿Cómo está, señor Harris? ¿Quiere un dónut?

Me hubiera encantado aceptar, pero después del desayuno que me había tomado, sabía que no debía.

—No, gracias —dije, sorprendido cuando las palabras salieron de mi boca.

—¡Hay muchos! —insistió Patty.

—No, en serio, no me apetecen. Gracias de todos modos.

—Ahora mismo vuelvo.

Patty agarró su bolso y salió apresurada en dirección a la trastienda.

Mientras esperaba, les di la espalda a los dónuts para no caer en la tentación. En su lugar, me centré en un expositor cercano de libros de recetas saludables. Debía comprarme uno, pero sabía que nunca lo pondría en práctica.

Cuando Patty regresó, miró la caja de dónuts. Tomó uno y se metió la mitad en la boca. A juzgar por lo rolliza que estaba, no le interesaban los libros de cocina mucho más que a mí.

—¿Se ha enterado de la noticia?

Engulló el resto del dónut mientras esperaba mi respuesta. No tenía sentido andarse con evasivas. Tarde o temprano todo el mundo sabría que yo había descubierto el cadáver.

—Sí, desde luego. Pobre Godfrey.

Patty terminó de tragar. Su expresión se volvió agria, y no creí que fuera por el dónut.

—Era un completo imbécil, ya se lo digo yo.

Patty alcanzó un segundo dónut, pero acabó retirando la mano.

—Estudiamos juntos —dije—. No siempre se portaba bien con los demás. ¿Lo conocías?

—Solo a través de la librería. Y por cosas que mi tía Melba me ha contado de él. —Me lanzó una mirada pícara—. Sé que usted conoce a mi tía Melba. ¿No cree que está estupenda para la edad que tiene?

Contuve la risa. Patty era de todo menos sutil.

—Estupendísima.

Ella esbozó una amplia sonrisa, y supe que en cuanto se marchara llamaría a Melba por teléfono para retransmitirle mi comentario.

—Entonces Godfrey venía aquí a firmar sus libros, supongo...

Si no orientaba de nuevo la conversación hacia él, ¿quién sabía lo que Patty era capaz de decir sobre Melba a continuación con tal de hacerme reaccionar?

—No tan a menudo como debía. —Patty frunció el ceño—. Hubiera sido de esperar que el señor Autor Todopoderoso Superventas se dignara a echar una mano a la librería de su pueblo natal, pero no lo hacía. ¡Era demasiado importante!

—¿Quieres decir que no quería venir a firmar libros?

Si eso era verdad, me parecía un gesto bastante feo por parte de Godfrey.

—Bueno, sí que firmó un par de veces —dijo Patty—. Pero la última vez que iba a venir, lo canceló en el último momento y en su lugar fue a esa sucursal de la gran cadena de librerías que hay en la carretera principal. Menudo imbécil.

—¿De qué estáis hablando? —preguntó Jordan, que venía directa con Diesel hacia nosotros; cuando me devolvió la correa, noté que no estaba de buen humor. Diesel nos miró a ambos, sintiendo una tensión repentina en el aire.

—De Godfrey Priest —dijo Patty, sin inmutarse lo más mínimo por la expresión censuradora de Jordan—. Y de la jugarreta que nos hizo la última vez que supuestamente iba a venir a firmar libros.

—Creo que todos tenemos mejores cosas que hacer que hablar de ese cretino —dijo Jordan—. Has de acabar de revisar los pedidos de fondo editorial, ¿no?

Dio media vuelta y se alejó con paso airado.

Patty aguardó hasta que Jordan no pudiera oírnos y se acercó un poco más a mí y a Diesel.

—Había estado enamorada de él, es por eso...

—¿En serio?

Me sentí incómodo. Era la clase de información que había ido a buscar allí, pero de pronto me parecía un poco embarazoso.

A Patty no le incomodaba.

—Uy, sí. Jordan iba a aquellas convenciones de novela negra, en la época en que Priest todavía se presentaba, y creo que vivieron un intenso romance. Pero al final debió de dejarla.

—Qué lástima. Pero es verdad que Godfrey tenía muy mala fama entre las mujeres.

No le quitaba ojo a la trastienda. Jordan podía reaparecer en cualquier momento y no quería que nos sorprendiera chismorreando.

—Y fue entonces cuando dejó de venir a la librería. —Patty sonaba triunfal, como si acabara de resolver un rompecabezas.

Ese era un dato interesante. «No hay furia en el infierno como la de una mujer despechada.» Por no mencionar la pérdida de ventas que puede suponer para una librera la deserción de un autor de éxito.

Jordan asomó la cabeza por la puerta de la trastienda.

—Patty, ¿has empezado ya con ese pedido?

—¡Ahora mismo me pongo! —contestó Patty alegremente. Me guiñó un ojo—. Si necesita ayuda con algo, avíseme.

Volvió al mostrador a por un impreso, que blandió delante de mis narices.

—Tengo que revisar toda la sección de novela romántica y decidir qué pedimos. Soy la experta de esa sección.

Cuando se dio la vuelta, tropezó y se me echó encima. Diesel la esquivó de un salto y yo alargué una mano para que no se cayera.

—Ay, gracias —me dijo—. ¿Qué hace esto aquí?

Se agachó y recogió una caja de libros que había en el suelo, detrás del mostrador. Cuando la dejó encima, junto a los dónuts, vi en la etiqueta el nombre de Godfrey y el título de su nuevo libro.

Recordé las palabras de Julia la noche antes.

—¿Podría echar un vistazo a uno de estos? Todavía no lo he leído.

Encogiéndose de hombros, Patty sacó un ejemplar de la caja y me lo dio.

—Es francamente malo. Leí cincuenta páginas y abandoné.

Apenas la estaba escuchando mientras abría el libro. Allí, debajo del nombre impreso en la portadilla, estaba la firma de Godfrey.

Y la fecha del día anterior.

CAPÍTULO QUINCE

—Mira qué interesante... —dije, tendiéndole el libro a Patty.

Me lo arrebató y echó un vistazo a la portadilla.

—¡Uf! Esto va a valer una buena pasta, créame.

Cerró el libro y volvió a meterlo en la caja.

—Supongo que sí.

Me quedé contrariado al ver que no me devolvía el libro, pero quizá estaba tan sorprendida que ni se dio cuenta de su grosería.

—Ahí está otra vez... —siseó Patty, aunque alcancé a oírla.

Ninguno de los dos habíamos oído a Jordan acercarse:

—¿Qué estáis haciendo?

Patty miró a su jefa como una zorra sorprendida en el gallinero, mientras yo esbozaba una sonrisa de lo más inocente.

—Solo miraba esta caja de libros —dije—. Estaba pensando en comprarme uno, porque aún no lo he leído.

Jordan nos escrutó a Patty y a mí con recelo.

—Esos no están en venta.

—¿Y qué vas a hacer con ellos entonces?

Me pareció una pregunta razonable. Seguro que podría venderlos mucho más caros de lo que costaban: ejemplares firmados por un famoso escritor de novelas de misterio el mismo día en que lo asesinaron. Vaya una pieza de colección.

—Me refería a que están todos apalabrados —dijo Jordan en un tono más conciliador—. Son encargos especiales.

Se volvió para coger la caja.

—Ayer por la mañana vi a Godfrey, ¿sabes? —dije—. Me contó que tenía planes para el almuerzo, ¿fue entonces cuando los firmó?

Jordan se apartó de la caja y me fulminó con la mirada.

Patty observaba ávidamente la escena entre su jefa y yo.

—No, no fue entonces —dijo Jordan, sonrojándose—. Ya que tanto te interesa, los firmó ayer por la tarde. Pasé a verlo por su habitación del hotel.

—¡Anda, pues entonces quizá fuiste la última persona que lo vio con vida! —Patty a duras penas podía contener la emoción—. Apuesto a que la policía querrá hablar contigo.

Jordan, al ir a coger la caja de nuevo, se desplomó contra el mostrador. Cuando se volvió, tenía la cara blanca como la cera. Por un momento pensé que iba a desmayarse, pero se recuperó. Acercó un taburete y se sentó.

—¿Qué ha ocurrido?

—¿No te has enterado? —Me quedé sorprendido. Probablemente era la única persona de Athena que no lo sabía—. Godfrey fue hallado muerto en la habitación de su hotel anoche. En la comisaría creen que se trata de una muerte sospechosa.

—Ay, Dios mío… —repetía Jordan sin cesar.

Patty, arrepentida de repente, parecía inquieta.

—¿Quieres que te traiga café o alguna otra cosa?

Jordan la ahuyentó con un gesto de la mano.

—No, no, solo ve a hacer tu trabajo de una vez.

El gesto enfurruñado de Patty no prometía una gran dedicación a la tarea, pero se alejó sin decir nada. Jordan aún parecía muy afectada.

—¿Te encuentras bien? —le pregunté, preocupado.

Diesel, sintiéndola afligida, se irguió sobre las patas traseras y le plantó una zarpa en el muslo. Jordan lo miró con una sonrisa trémula y le rascó la cabeza.

—Si a Patty alguna vez le toca hacer penitencia por algo, será por esa lengua viperina que tiene.

Jordan guardó silencio y respiró hondo.

—Ya se me pasará, sí. Me he quedado de piedra con la noticia. Algo completamente inesperado.

Siguió frotándole la cabeza a Diesel.

—¿De verdad no sabías nada?

¿Era una actriz consumada que solo fingía estar estupefacta? Jordan negó con la cabeza.

—No, ¿cómo iba a saberlo? Nunca llego a las noticias de las diez, siempre me caigo de sueño. Y tampoco me llamó nadie —soltó un bufido—. Aunque me sorprende que Patty no lo hiciera.

—¿Erais muy amigos Godfrey y tú? —No estaba seguro de cómo reaccionaría. Si no iba con tacto aquella podría ser mi última visita a su librería, y desde luego no era eso lo que quería—. Perdona la indiscreción, pero es que te veo desolada.

—¿Más de lo que me correspondería estar por un escritor que no se ha dignado a pisar mi librería en cinco años?

Jordan dejó escapar una risa triste. Diesel se sentó y la miró.

—Visto así, supongo que sí, en cierto modo.

Quizá debería haberme disculpado y largado de allí, pero me podía la curiosidad.

—Te diré una cosa: no siento que ese desgraciado esté muerto. —Jordan se levantó, y Diesel se escabulló detrás de mí—. Me dejó en ridículo al no presentarse aquí en dos ocasiones a unos actos que ya se habían anunciado. Por no mencionar el dinero que perdí al devolver los cientos de ejemplares de sus libros. Libros que yo habría podido vender perfectamente si él hubiera tenido las agallas de dar la cara.

—Eso estuvo fatal. No me extraña que te molestaras con él. —No sabía qué otra cosa decirle. La pasión que se delataba en su voz me impresionó. En ese momento parecía suficientemente encolerizada para haberlo matado.

Pero ¿una emoción tan intensa por esas rencillas profesionales? ¿O habría algo más personal detrás, como insinuaba Patty? No se lo podía preguntar directamente sin que me desterrara de la librería para siempre, y en ese momento no se me ocurrió una forma sutil de sonsacarle la información.

—Y bien, ¿puedo ayudarte en algo? —Jordan adoptó un aire muy pragmático.

—Me interesaría conseguir un ejemplar de la última novela de Godfrey. —Indiqué la caja de libros firmados—. Si esos no están en venta, me conformaré con uno sin firmar.

Jordan echó una ojeada a la caja antes de sacar un libro.

—Está bien. Puedes comprar uno.

—Gracias.

Rodeé el mostrador, con Diesel pisándome los talones. Mientras Jordan registraba la compra en la caja y me la ponía en una bolsa, saqué la tarjeta de débito. Una vez terminada la transacción, Jordan me devolvió la tarjeta y me entregó la bolsa.

—Muchas gracias.

No me sonrió como de costumbre, pero tampoco me dio a entender que no quería verme nunca más por allí. Fue un alivio.

—Vamos, Diesel, tenemos que acabar con los recados.

Esbocé una sonrisa cuando nos encaminábamos hacia la puerta, pero Jordan ya se había dado la vuelta.

Una vez fuera, me detuve un instante. Diesel se sentó y me observó. Me quedé mirándolo, absorto en mis pensamientos.

¿Por qué Jordan había cambiado de idea y me había dejado comprar uno de los ejemplares firmados? ¿Debía interpretarlo como una especie de soborno? Porque probablemente el libro pronto costaría mucho más que los 26,95 dólares más impuestos que acababa de pagar por él. ¿O era la manera de Jordan de decirme que no tenía nada que ver con la muerte de Godfrey? A menos que le hiciera esas preguntas a bocajarro, por el momento no sabía cómo contestarlas.

Diesel me sacó de mis elucubraciones con un gemido.

—Hora de seguir, ya lo sé.

Dejé el libro en el coche y fui andando con Diesel hasta la panadería.

Helen Louise Brady, otra de mis antiguas compañeras de clase en el instituto, había abierto una pastelería y cafetería unos años antes de que yo volviera a Athena. El negocio enseguida prosperó, frecuentado por muchos de los alumnos y profesores de la facultad, además de mucha gente del pueblo, e iba viento en popa. La repostería y las tartas de Helen Louise eran un pecado delicioso, y yo nunca me podía resistir a entrar y llevarme algo a casa.

Otro punto a favor de la panadería era que a Helen Louise no le molestaba que llevara a Diesel conmigo. Las primeras veces que entramos, algunos de los habituales nos pusieron mala cara, pero Helen Louise era conocida por prohibir la entrada a los clientes que la molestaban. Si ella decidía que Diesel podía estar allí, nadie iba a discutírselo.

Alta y delgada como un palo de escoba, y con el pelo negro azabache, a Helen Louise se le iluminó la cara de alegría en cuanto vio a Diesel.

—Ah, *mon chat très beau.* —Helen Louise mezclaba a menudo palabras en francés. Había vivido en París durante casi diez años, antes de volver a Athena y abrir la pastelería—. Espera, que voy a buscar algo para ti.

A veces me maravillaba que Diesel no pesara el doble con tanta gente que le daba de comer. Procuraba vigilar esos caprichitos, de todos modos, y en casa teníamos sesiones de juego pensadas para que quemara aquellas calorías de más.

Helen Louise salió del mostrador con un glaseado cremoso en la punta de los dedos y se agachó para que Diesel lo tomara a lametazos. Ronroneó, y Helen Louise volvió a sonreír.

—Gracias —le dije, devolviéndole la sonrisa—. Sé que Diesel también te lo agradece. Va a tener que subir una o dos veces más las escaleras en casa, pero estoy seguro de que merece la pena.

—¡Eso espero! —se rio Helen Louise.

Volvió a un fregadero detrás del mostrador y se lavó las manos. Mientras se las secaba, me preguntó:

—¿Y qué te puedo ofrecer hoy, Charlie?

Hacía una tarta de chocolate deliciosa, y señalé una de la vitrina.

—Esa tiene muy buena pinta. ¡Y yo también tendré que subir y bajar las escaleras unas cuantas veces! —dije, con una sonrisa traviesa.

—*Quel dommage.* Pero cada bocado es un pedazo de paraíso en la lengua.

Helen Louise envolvió hábilmente la tarta y la cobró en la caja.

—*Oui, certainement* —contesté, con mis nociones de francés, y Helen Louise se rio.

—¡Vuelve pronto! —dijo—. ¡Tú también, Charlie!

Guie a Diesel hasta la puerta, con la sonrisa en los labios. Helen Louise era encantadora y su personalidad era el ingrediente esencial de su éxito.

Puse la tarta con cuidado en el asiento de atrás del coche, mientras Diesel se metía de un brinco en el de delante. Tras cumplir con los dos recados más importantes de la mañana, pensé que Diesel y yo podíamos dejarnos caer por la biblioteca municipal unos minutos. Estaba a pocas manzanas de allí, y nos quedaba de camino a casa.

Me disponía a salir marcha atrás del aparcamiento cuando mi teléfono sonó. Puse punto muerto y saqué el móvil del bolsillo de la camisa. Al ver la pantalla, me extrañó ver un número de la universidad que no reconocía.

—Charlie Harris, ¿dígame?

—Hola, Charlie, soy Rick, ¿qué tal estás?

Rick Tackett era el encargado de logística de la biblioteca de la universidad.

—Todo bien, ¿qué tal tú?

—Bastante liado —dijo Rick—. Tengo una entrega grande para ti y me preguntaba si quieres que te la suba al despacho o prefieres que la deje en otro sitio.

—¿Cómo de grande? —pregunté, desconcertado. No esperaba ningún envío.

—Cincuenta y cuatro cajas, nada menos —dijo Rick—. Bastante pesadas. Puede que sean los papeles personales de un autor o algo así.

¿Papeles personales?

Por un instante no pude recordar ningún acuerdo reciente para acoger esa clase de material en el archivo. Entonces caí.

¿Podría tratarse de los manuscritos de Godfrey Priest?

CAPÍTULO DIECISÉIS

¿De quién si no iban a ser los papeles? Godfrey me había hablado de unas cincuenta o sesenta cajas, entre papeles y libros, para donar al archivo de la universidad.

Pero ¿cuándo las había enviado?

—Charlie, ¿sigues ahí?

La voz de Rick me devolvió a la conversación.

—Sí, sí, aquí estoy. Me he quedado un poco descolocado, nada más.

Rick soltó una risita.

—Sí, es un envío enorme. Y pesa lo suyo, además. Probablemente el transporte costó un par de miles de dólares.

—Si son de quien creo que son, el dinero es lo de menos.

Seguro que eran los papeles de Godfrey. Debió de llamar para que los enviaran justo después de nuestra conversación del día anterior.

—Qué suerte tienen algunos. —Rick volvió a reírse—. De todos modos, tienes aquí las cajas, en el muelle de carga. Ah, y también hay una carta.

Hubo unos instantes de silencio.

—El remitente es Godfrey Priest. —Rick recuperó el habla, con un tono sombrío—. He oído que murió anoche.

—Sí, así es.

¿Qué debía hacer con las cajas del difunto escritor? La comisaría sin duda querría confiscarlas si se enteraba de su existencia, aunque no alcanzaba a imaginar qué utilidad podían tener para la investigación de Kanesha Berry. Técnicamente, ahora eran propiedad de la Universidad de Athena. A pesar de que dudaba que Godfrey hubiera firmado todavía ningún documento oficial, tal vez en la carta declaraba sus intenciones en ese sentido.

—Será mejor que vaya para allá. Nos vemos en el muelle de carga en unos minutos.

—Claro —dijo Rick—. Aquí te espero.

Terminé la llamada y volví a meter el teléfono en el bolsillo. Diesel me embistió el codo con la cabeza.

—No, no me he olvidado de ti —le dije—. Pero tenemos que dar un rodeo. Siéntate.

Diesel se sentó en el asiento del copiloto. Tenía ganas de comprarle uno de esos capazos de coche para mascotas, pero como suelo conducir dentro de la ciudad y tampoco corro mucho, seguía posponiéndolo.

Cinco minutos más tarde aparcaba en la zona de carga de la Biblioteca Hawksworth. Construida en la década de 1920 y ampliada varias veces en las ocho décadas siguientes, llevaba el nombre de un célebre presidente de la universidad que había servido en el Ejército justo después de la guerra de Secesión. El conjunto ocupaba la mitad de la manzana de la calle al norte de la mansión colonial que albergaba el archivo y algunas oficinas administrativas.

Rick Tackett, un tipo jovial y fornido que tendría unos diez años más que yo, estaba en el muelle de carga junto a un palé de cajas.

Bajé un poco las ventanillas delanteras antes de cerrar el coche.

—Quédate en el coche, muchacho. No tardaré.

Diesel bostezó y se acurrucó en el asiento. A veces, como ahora, era de lo más obediente. Otras veces era terco como una mula. Nunca sabía cómo reaccionaría a una orden. O a una sugerencia, desde el punto de vista de un felino.

Me subí al muelle de carga y le estreché la mano a Rick.

—Buenos días, Charlie —dijo. Señaló con la cabeza la pila ordenada de cajas envueltas en una película de plástico transparente—. Aquí está la carta.

La sacó del bolsillo trasero. Era un sobre de buen gramaje que parecía proclamar a gritos su «lujo», igual que la dirección del membrete donde se leía el nombre de Godfrey Priest en relieve dorado, o más exactamente, de Godfrey Priest, S. A. Supongo que ser un autor de tanto éxito era un poco como dirigir una empresa.

—Gracias. Voy a abrirla para echar un vistazo ahora mismo, si no te importa.

—Por supuesto que no —dijo Rick—. Toma.

Me dio una navaja. Abrí el sobre y le devolví la navaja a Rick antes de sacar los dos gruesos folios que había dentro.

El primero, con fecha del miércoles de la semana anterior, era una carta de una tal Gail Enderby, aparentemente la secretaria personal de Godfrey. La señorita Enderby explicaba que había preparado las cajas para el envío siguiendo las instrucciones de su jefe. Cada caja, dijo, contenía un inventario de su contenido, y la caja número uno —comprobé que las cajas del palé estaban numeradas— contenía el inventario completo.

Con la cantidad de tiempo que le habría llevado organizar todo el material, era evidente que Godfrey llevaba meses planeando aquella donación.

El segundo folio era una carta del propio Godfrey, fechada el día anterior a la nota de su secretaria. Declaraba formalmente la donación de sus papeles y manuscritos al archivo de la Universidad de Athena. No mencionaba nada de una aportación económica para cubrir los costes del trámite y el almacenamiento de la colección, pero su carta por lo menos demostraba claramente que la universidad adquiría los derechos de propiedad.

—¿Buenas noticias? —me preguntó Rick cuando levanté la vista.

—Sí. Creo que ahora puedo responder a tu pregunta sobre qué hacer con estas cajas.

—Genial. ¿Dónde las quieres? ¿En tu edificio?

Miré el palé, intentando calcular de cuánto espacio disponía en uno de los almacenes asignados al archivo.

—¿Podrías pedir que lleven a mi despacho las cajas numeradas del uno al diez? Creo que el resto cabrá en el almacén del archivo.

—No hay problema —Rick miró su reloj—. Mis chicos pronto van a ir a almorzar. ¿Qué tal si te las suben a las dos? ¿Te va bien?

Estaba deseando abrir la primera caja y echar un vistazo al inventario general de la señorita Enderby, pero eso podía esperar.

—Me va perfecto —dije—. Gracias.

Rick sonrió, y al bajar del muelle de carga me reuní con Diesel en el coche.

Me quedé sentado un momento, contemplando las cajas por encima de nosotros. Qué extraño era todo. Y, a la vez, qué típico de Godfrey: con su incontenible ego, estaba tan seguro de que la universidad querría sus papeles que los tenía ya embalados y a punto para despacharlos. ¿Qué habría hecho ayer, me pregunté, si alguien le hubiera dicho que la universidad no estaba interesada?

Seguro que les habría encontrado un hogar en algún otro sitio, pero la verdad era que la Universidad de Athena, igual que la mayoría de los centros privados en estos tiempos, no podía permitirse rechazar la donación de un antiguo alumno del calado de Godfrey. Athena aceptaría cualquier cosa con la esperanza de recibir más dinero.

Diesel se frotó contra mi brazo y gimió, interrumpiendo mis pensamientos.

—Vamos a casa a almorzar —dije, rascándole la cabeza—. Ya volveremos esta tarde a echar una ojeada a esas cajas.

Llegamos en coche y, en cuanto entramos en la cocina y le quité el arnés, Diesel fue derecho a la caja de arena del lavadero. Abrí el frigorífico, pensando en picar algo. Después del generoso desayuno que había tomado, no quería un gran almuerzo.

Azalea se había anticipado, porque en el estante de arriba descubrí un cuenco de ensalada con mezcla de hojas verdes, huevo picado y queso. Añadiéndole un poco del aderezo casero de Azalea, sería perfecto.

Aliñé la ensalada, me serví un vaso de té frío de la jarra de la encimera y me lo llevé todo a la mesa. Diesel regresó y se acomodó en el suelo, junto a mi silla. La casa estaba en silencio y supuse que Azalea había ido a hacer la compra, una de las tareas de las que solía encargarse los miércoles.

Un cuarto de hora más tarde, cuando terminé de comer, dejé los platos sucios en el fregadero. Arriba, me lavé los dientes mientras Diesel se tumbaba en la cama, recién hecha y con sábanas limpias. Cuando me mudé, al principio me hacía la cama también los días que Azalea venía a casa, porque me daba un poco de apuro. No tardó nada en advertirme que, si quería que yo hiciera su trabajo, me lo haría saber. A partir de entonces dejé que se encargara ella. De todos modos, se le daba mucho mejor que a mí.

Miré el reloj: faltaban unos minutos para las doce y media. No valía la pena volver corriendo al archivo, porque no entregarían las cajas hasta una hora más tarde, por lo menos. Al ver el último libro de Godfrey en la mesita de noche, decidí que podía leer un poco para pasar el rato.

Cogí las gafas de leer y el libro y me arrellané en un cómodo sillón cerca de la ventana. Diesel parecía dormir profundamente, y se lo agradecí. A veces insistía en sentarse en mi regazo mientras leía y, con lo que pesaba, al final me resultaba incómodo.

El libro de Godfrey se titulaba *La luna del cazador*. Preferí no leer la contraportada, porque a veces revelaba demasiado la trama. Pasé las páginas de cortesía y empecé a leer los agradecimientos. Siempre me parecían interesantes. De vez en cuando un autor se deshacía en halagos con todo el mundo. Otros dedicaban palabras conmovedoras a sus seres queridos. A veces eran simplemente comentarios divertidos.

Godfrey, en cambio, era pomposo. Daba las gracias a sus diversos agentes —en Nueva York, Hollywood y Londres— junto con los miembros de su equipo en California, incluyendo a Gail Enderby, por garantizar que su vida marchara sobre ruedas. Mencionaba a un par de expertos a los que había consultado aspectos técnicos de la novela, y eso era todo.

Desde la última vez que leí uno de sus libros habían pasado seis o siete años y, mientras leía la primera página, recordé por qué lo dejé. La violencia gráfica de los párrafos iniciales era de una intensidad estremecedora, pero en cierto modo absorbente.

No me gustó el hecho de que me absorbiera y me empujara a seguir leyendo, pero lo pasé por alto y seguí pasando las páginas. Godfrey sabía dar ritmo a una historia.

Cien páginas más tarde me acordé de mirar el reloj. Eran casi las dos menos cuarto. Cuando llegara al archivo, las cajas de libros y papeles de Godfrey ya debían de estar esperándome. Puse el punto en el libro y, un poco a regañadientes, lo dejé a un lado. *La luna del cazador* era la historia de un asesino en serie que atraía a mujeres jóvenes a su cabaña, aislada en las montañas del este de Tennessee, y la hermana de una de sus víctimas, decidida a seguirle la pista y matarlo.

Me hubiera quedado un par de horas más en el sillón hasta terminar el libro, pero me podía la curiosidad por las cajas de Godfrey. Me levanté y, desperezándome, me acerqué a la cama.

—Anda, muchacho, vamos.

Diesel bostezó y se puso boca arriba. Me agaché para frotarle la tripa y ronroneó de satisfacción, agradecido.

—No voy a quedarme dos horas aquí contemplándote —le advertí antes de retirar la mano—. Vamos.

Minutos antes de que dieran las dos, abrí la puerta del almacén del archivo. Los ayudantes de Rick habían traído las cajas y quedaba poco espacio libre en la sala. Hice un recuento rápido mientras Diesel olfateaba alrededor. Había cuarenta y cuatro cajas, todas numeradas. Las demás, de la uno a la diez, debían de estar en mi despacho.

Aparté a Diesel de sus indagaciones y seguí el pasillo hacia el despacho. Dentro, con las luces encendidas, solté la correa. Diesel empezó a inspeccionar las cajas, colocadas en tres pilas delante de mi escritorio, y subió de un salto a la primera pila de tres cajas. Ahí me di cuenta de que había once cajas, no diez. Las otras dos pilas tenían cuatro cajas cada una.

Y entonces me fijé en que diez de las cajas estaban numeradas del uno al diez, pero la undécima no tenía número.

Vaya, qué interesante. Sin duda era parte del envío, porque aquella mañana Rick no había mencionado ninguna otra entrega para el archivo.

Justo cuando me acerqué para sacar la misteriosa caja de la base de la pila del medio, sonó mi teléfono móvil. Al sacarlo del bolsillo vi que llamaban de la comisaría, así que contesté.

—Buenas tardes, señor Harris. —La voz de Kanesha Berry era fría y profesional—. Me gustaría hablar con usted ahora mismo, ¿puede pasar a verme, por favor?

Maldita sea. Con las ganas que tenía de indagar en aquellas cajas, empezando por aquella que venía curiosamente sin numerar... Sin embargo, pensé que llevarle la contraria a la agente no sería una buena jugada. Más valía zanjar aquel asunto de una vez.

—De acuerdo, estaré allí en unos minutos.

Colgué, me guardé el teléfono en el bolsillo y bajé a Diesel de la pila de cajas.

—Venga, chico. Vamos a la cárcel.

CAPÍTULO DIECISIETE

A parqué cerca de la entrada de la comisaría de Athena. Si alguna vez había estado allí dentro, no lo recordaba. El edificio databa de antes de la Segunda Guerra Mundial, pero detrás había una cárcel moderna, construida hacía unos cinco años.

—Va a ser una nueva experiencia para los dos —le dije a Diesel al llegar a la puerta.

El hocico de Diesel aleteó con expectación. Siempre sentía curiosidad por los lugares desconocidos.

En el interior, el aire frío y la iluminación de los fluorescentes me recordaron a un hospital. Diesel tiraba de la correa varios pasos por delante de mí. Había visto a un hombre uniformado tras el mostrador de recepción y quería ir a saludarlo.

—Buenas tardes —dije al acercarme—. Soy Charles Harris. Vengo a ver a la agente Berry. Me está esperando.

El guardia del mostrador se había quedado mirando a Diesel con tal fijación que ni siquiera había reparado en mí. Carraspeé un par de veces y finalmente me miró.

—Perdone, señor, ¿decía? —Antes de que pudiera responder, añadió—: ¿Qué clase de gato es?

—Es un Maine Coon. Son bastantes imponentes.

Su reacción al ver a Diesel me hizo sonreír. Repetí mi nombre y el motivo de mi visita.

—Claro —dijo el agente—. Tiene a alguien en el despacho ahora mismo. ¿Por qué no se sientan allí un momento? En cuanto termine, les acompañaré a verla.

—De acuerdo —dije, desconcertado.

Llevé a Diesel hacia las sillas que me indicaba el agente y me senté. Diesel se subió a la silla de al lado y miró alrededor.

Si Kanesha quería verme enseguida, ¿por qué me hacían esperar?

¿Sería una pequeña demostración de poder por su parte? ¿O había aparecido alguien para hablar con ella antes de que yo llegara?

Cada tanto, consultaba el reloj. Pasaron cinco minutos. Luego diez. Quince.

Finalmente, veintiún minutos después de sentarme, al levantar la mirada vi a Julia Wardlaw saliendo por la puerta detrás de la zona de recepción.

El agente la dejó pasar por la puerta de seguridad y ella vino directamente hacia mí. Me levanté para saludarla.

—Hola, Charlie.

Sus ojeras delataban que apenas había dormido desde la noche anterior. Se agachó a acariciar la cabeza de Diesel.

—¿Estás bien? Pareces agotada.

No era un comentario muy galante, pero era la verdad.

—Sí, sí —dijo Julia—. Me pasé casi toda la noche en vela en el hospital, con Ezra. Ayer lo trasladaron a una habitación y ahora mismo no anda muy bien.

—Lo siento mucho.

Las palabras servían de tan poco...

—Gracias —dijo, Julia con una débil sonrisa—. Me voy a casa un rato, intentaré dormir un poco.

—Buena idea —dije—. ¿Kanesha te ha pedido que vinieras? A mí me ha llamado.

Julia asintió.

—Quería hacerme más preguntas. Y le he contado que ayer fui al hotel a ver a Godfrey. No se ha puesto muy contenta, pero en fin...

—¿Le has dicho que viste allí a Jordan Thompson?

—Sí.

—Perdona. No quiero entretenerte —dije—. Necesitas descansar.

Julia me besó en la mejilla y me miró de nuevo con aquella sonrisa cansada.

—Hablamos más tarde. Quiero pasar a ver a Justin.

—Por supuesto. Cuando quieras.

Cuando se dio la vuelta para irse, el agente de guardia me llamó. Me acerqué al escritorio, con Diesel a la zaga.

—Venga por aquí. Le mostraré el camino. —El agente nos dejó pasar por la puerta de seguridad antes de escoltarnos parte del camino por un pasillo—. La agente Berry está en la última sala a mano izquierda, señor.

Le di las gracias, y Diesel y yo nos dirigimos hacia allí.

Me detuve en la puerta, que estaba abierta, y llamé. Kanesha Berry levantó la vista del ordenador y frunció el ceño cuando vio a Diesel conmigo. Se puso de pie.

—Pase, señor Harris. Siéntese, por favor.

Me indicó una silla delante de su escritorio. La oficina, de unos nueve metros cuadrados, tenía dos escritorios, estanterías, unas cuantas sillas y pilas de papel. El escritorio de Kanesha se veía ordenado, en contraste con los montones de papeles esparcidos al tuntún encima del escritorio de su compañero.

Acerqué una silla para Diesel y ambos nos sentamos. En el trayecto desde la biblioteca me pregunté por qué Kanesha había esperado tanto para interrogarme cuando varias veces se le había presentado la ocasión de hacerlo. Esa mañana mismo, cuando su madre la había interceptado, sin duda no había venido a mi casa simplemente para pedirme que no hablara con los periodistas.

—Usted dirá, agente —pregunté, retorciéndome un poco en la dura silla, tal vez elegida adrede por su incomodidad.

A mi lado, Diesel se sentó y observó a Kanesha, su cabeza casi a la altura de la mía. Kanesha por un momento pareció no poder apartar los ojos del gato. Luego sacudió la cabeza y centró toda su atención en mí.

—Cuando le interrogamos en el hotel, ¿por qué no nos dijo que Justin Wardlaw estaba con usted?

Debía elegir mis palabras con cuidado, porque no quería dar la impresión de que sospechaba que Justin había matado a Godfrey.

—Justin lo pasó bastante mal ayer. No sé cuánto le contó a usted sobre los sucesos del día, pero me preocupaba. Pensé que necesitaba un poco de tiempo para reponerse antes de hablar con nadie.

—Qué considerado por su parte. —Las mandíbulas de Kanesha se tensaron por un momento—. Obstruyó una investigación criminal, ¿es usted consciente?

Decididamente, estaba enfadada.

—Sí, supongo... —farfullé—. Pero hice lo que hice por el chico. Si tiene que acusarme de algo, adelante.

—Créame, estoy muy tentada. —Hizo una pausa—. No me parece bien lo que ha hecho, pero tendré que conformarme. Usted, Justin y la señora Wardlaw dispusieron de tiempo suficiente para confabularse con sus historias hasta que llegamos Bates y yo a su casa anoche. Eso tampoco me parece bien, pero si descubro que uno de ustedes me mintió sobre cualquier cosa, lo que sea, haré que les caiga una buena.

—Entendido.

Como ya estaba enfadada, aproveché para preguntarle algo a lo que llevaba dando vueltas desde la noche anterior.

—¿Por qué no hablamos de todo esto anoche?

—Porque preferí no hacerlo.

«En otras palabras, metiste la pata y no quieres admitirlo», pensé. Los asesinatos eran sucesos muy raros en Athena y probablemente Kanesha tenía poca experiencia investigando homicidios. El último asesinato, que yo supiera, se produjo siete u ocho años antes, cuando un marido ultrajado mató al hombre que se acostaba con su mujer. Como varios testigos presenciaron el crimen, no hubo mucho que investigar.

Kanesha tomó un bolígrafo y garabateó algo en su cuaderno.

—Cuénteme paso a paso su día de ayer, empezando por la llegada de Godfrey Priest a su oficina.

Conteniendo un suspiro, accedí. Diesel se acurrucó y se durmió, y yo hablé durante una media hora.

Kanesha me interrumpió solo un par de veces antes de que llegara al momento en que decidí ir al hotel a ver cómo estaban Godfrey y Justin.

—¿Por qué estaba tan preocupado por un hombre a quien apenas conocía ya? Un hombre al que dijo que en el fondo no apreciaba. Y a quien, según su declaración, no había visto en casi treinta años. No sé si acabo de entenderlo.

Sopesé la pregunta un momento.

—Supongo que en realidad estaba más preocupado por Justin y por el hecho de que siguiera desaparecido. Ayer se encontraba sometido a una gran tensión emocional, incluso antes de encontrar a Godfrey muerto. Por otro lado, Godfrey nunca perdía una oportunidad para ser el centro de atención, y me pareció extraño.

—¿Por qué se interesa tanto por Justin? No es hijo suyo.

Kanesha se recostó atrás en la silla y me analizó con una mirada fría, como si estudiara un curioso espécimen.

—No, no lo es. Pero está a mi cargo, en cierto modo. Se aloja en mi casa y naturalmente me intereso por el bienestar de alguien que vive bajo mi techo. Además, es el hijo de una vieja amiga.

—Ajá —se limitó a decir.

Decidí aventurarme a lanzarle una pregunta de mi propia cosecha.

—¿Se ha dado cuenta del poco aprecio que despertaba Godfrey entre la gente que lo conocía?

Una leve sonrisa se dibujó en los labios de la investigadora.

—Me he dado cuenta, sí.

—Entonces sabrá que probablemente hay personas con motivos mucho más fuertes para matarlo que Julia o Justin. O que yo.

Consciente de lo que me había pedido Azalea esa mañana, decidí que era el momento de compartir el rumor que me había llegado. No me gustaba implicar a alguien que posiblemente sería inocente del asesinato de Godfrey, pero si quería ayudar a Justin no me quedaba más remedio.

—¿Como por ejemplo...?

Dejó el bolígrafo en el escritorio y se recostó en su silla.

—Jordan Thompson, sin ir más lejos. Acabo de hablar con Julia y me ha dicho que le ha comentado que vio a Jordan en el hotel ayer, cuando se iba.

—He tomado nota —dijo Kanesha—. Pero aún no tengo pruebas de que la señora Thompson viera ayer a la víctima.

—Bueno, yo las tengo —dije, procurando que no sonara triunfal—. Un ejemplar del nuevo libro de Godfrey Priest. Firmado y con la fecha de ayer.

Kanesha parpadeó. Eso le interesaba. Tomó su bolígrafo y anotó algo.

—¿Cómo consiguió ese ejemplar firmado y fechado?

Le hablé de mi visita a la librería por la mañana e incluí el comentario de Patty Simpson sobre la aventura de Jordan con Godfrey. Kanesha siguió tomando notas mientras hablaba.

—Dado que Jordan se vio con Godfrey después de Julia, creo que encaja mejor como sospechosa. Y con un motivo de peso, tal vez.

—Podría ser. —Kanesha dejó la pluma de nuevo—. Voy a comprobarlo, por supuesto, pero eso no significa que por ahora haya nadie libre de sospecha.

—Por supuesto —dije, decidido a ignorar su desdén.

—¿Algún otro rumor que quiera compartir? Porque lo veo muy al corriente de los últimos trapos sucios —comentó, con una ligera mueca.

No me lo estaba poniendo fácil.

Disculpándome mentalmente con mi jefe, le mencioné la intensa aversión de Peter Vanderkeller hacia Godfrey, y a qué se debía. Una vez más, tomó algunas notas, pero esa historia no pareció impresionarla más que la de Jordan Thompson.

—Creo que esto es todo, señor Harris. Si tengo más preguntas, me pondré en contacto de nuevo con usted.

«Eso ha sido un poco brusco», pensé.

—Que tenga un buen día, pues.

Me puse de pie y Diesel saltó al suelo. Kanesha se volvió hacia su ordenador y empezó a teclear.

«Azalea se horrorizaría al ver la falta de modales de su hija —pensé—. Al menos podría haberme dado las gracias por acudir inmediatamente a su llamada.»

Diesel y yo la dejamos en su despacho y nos dirigimos por el pasillo hasta la recepción. Nos detuvimos en el mostrador para que el agente nos abriera la puerta de seguridad. Me di cuenta de que Diesel quería explorar el escritorio y olisquear al agente, pero yo estaba deseando salir de allí.

—Vamos, muchacho —dije, tirando ligeramente de la correa—. Es hora de volver al trabajo.

—Adiós, gatito —dijo el guardia de turno. Diesel lo recompensó con unos ronroneos mientras nos dirigíamos a la puerta.

Parpadeé un par de veces al salir, deslumbrado por el sol de la tarde. Seguía dolido por la actitud de Kanesha, pero quizá no debería haber esperado otra cosa. Al menos le había dado dos nuevos sospechosos potenciales a tener en cuenta.

De vuelta al coche, me dirigí a la biblioteca de la universidad y aparqué en la parte posterior. Diesel y yo entramos por la puerta trasera, y al pasar por la sala de personal, desierta en ese momento, aproveché para ir a beber agua: tenía sed, y supuse que Diesel también. Encontré un tazón en el armario y lo llené del dispensador. Apuré el agua a grandes tragos, volví a llenar el tazón y lo puse en el suelo. Diesel empezó a beber a lengüetazos. Cuando acabara, lavaría el tazón en el fregadero.

—Hola, chicos. ¿Qué hacéis aquí esta tarde?

Levanté la vista y vi a Melba Gilley en la puerta de la sala de personal. Entró con una sonrisa; llevaba una taza en la mano.

—Ha llegado algo que tengo que mirar —dije.

Después de intercambiar más saludos con Diesel, Melba llenó su taza de café y tomó un sorbo. Puso cara de asco.

—Uf, no está recién hecho que digamos, pero habrá que conformarse. —Tomó otro sorbo—. ¿Estás hablando de todas esas cajas? ¿Qué demonios son?

—Están llenas de los papeles de Godfrey —dije—. Hizo que los enviaran la semana pasada.

—Sin siquiera esperar a ver si los aceptábamos. —Melba se rio y movió la cabeza con resignación—. Típico. Cuando te llamé anoche, jamás hubiera imaginado que estaba muerto. Qué extraño.

—Desde luego.

Diesel terminó de beber. Llevé la taza al fregadero y abrí el grifo del agua caliente. Levantando la voz por encima del ruido del chorro, continué.

—Todo el asunto es realmente extraño. Probablemente Godfrey irritaba a mucha gente, pero ¿quién lo odiaba tanto como para matarlo?

—Solo Dios sabe... —Melba se acercó—. Quizá una de sus exmujeres vino hasta aquí a escondidas y lo hizo.

Eché un poco de jabón en la taza y la fregué con un cepillo. La enjuagué y la dejé boca abajo en el escurridor. Mientras me secaba las manos con una toalla, dije:

—Es posible, supongo, pero ¿por qué iba a esperar hasta ahora? Creo que es alguien de aquí, de Athena.

—Probablemente tengas razón. —Melba vació los restos de su café y puso la taza en el fregadero—. ¿Crees que encontrarás algo en los papeles de Godfrey?

—Puede que sí. Estoy seguro de que serán interesantes —dije.

—Quizá haya una pista sobre su asesinato.

Antes de que respondiera, ambos oímos que una tabla del suelo crujía en el pasillo.

Melba y yo intercambiamos una mirada.

Aguardé a ver si entraba alguien en la sala, pero no apareció nadie.

Di un paso hacia la puerta.

—¿Quién anda ahí?

No hubo respuesta.

CAPÍTULO DIECIOCHO

El suelo volvió a crujir y oímos unos pasos que se alejaban rápidamente.

Me acerqué hasta la puerta con un par de zancadas, pero quienquiera que estuviera espiando nuestra conversación había desaparecido. Recorrí el pasillo y rodeé las escaleras, pero no vi a nadie. Tampoco escuché nada más, aparte del rumor del tráfico de la calle.

Melba y Diesel me habían seguido.

—Qué extraño, ¿no? —Melba frunció el ceño—. Y un poco siniestro.

—Muy raro, desde luego.

—Volveré a mi oficina y le echaré un ojo a la puerta. —Melba pasó de largo, con una sonrisa incómoda—. No le des la espalda a nadie.

Recogí la correa de Diesel.

—Iré con cuidado, no te preocupes.

Esperé hasta que Melba desapareció en la oficina del director.

—Andando, muchacho. Vamos arriba.

Antes de abrir con llave la puerta del archivo, comprobé el interior del almacén. Nada parecía fuera de lugar. Cerré la puerta y examiné la cerradura. Era fuerte, como la de la puerta del almacén.

Las once cajas de la oficina también parecían intactas. Diesel se puso a husmear y tuve que apartarlo suavemente para acceder a la caja sin numerar. La saqué de debajo de las otras tres, que volví a apilar a continuación, y luego la levanté para dejarla encima de mi escritorio.

Diesel se encaramó a la pila de en medio y me observó mientras la abría. Después de sacar los papeles arrugados del embalaje, encontré varias cajas más pequeñas y estuches con antiguos disquetes magnéticos, e incluso un par de memorias USB. Los disquetes contenían sin duda los archivos informáticos de los libros de Godfrey, y quizá parte de su correspondencia.

Me pregunté por qué esa caja no estaba numerada. Tal vez en un principio no se suponía que se incluyera con los archivos personales de Godfrey.

El inventario completo de la caja número uno debería responder esa pregunta. Di la vuelta a mi escritorio y fui a comprobarlo. La caja que me interesaba estaba debajo de aquella en la que Diesel estaba sentado. Se apartó de mala gana con un leve gruñido.

Recuperé la caja en cuestión y, después de ponerla en el suelo, la abrí con las tijeras del escritorio. Arriba de todo, bajo otra capa de relleno de embalaje, había una carpeta fina etiquetada como inventario.

De vuelta a mi escritorio, carpeta en mano, me senté y empecé a hojearla mientras Diesel jugaba con el relleno en el suelo.

Calificar de «inventario» aquellas pocas hojas era una exageración. Todas las cajas aparecían enumeradas, pero no había muchos detalles sobre el contenido. La secretaria personal de Godfrey se había limitado a enumerar las distintas categorías, como: cartas de los fans, correspondencia profesional, reseñas, premios, artículos académicos, contratos, ejemplares para la prensa, manuscritos originales, traducciones, programas de congresos y discursos. En ninguna parte se mencionaban las palabras «disco» o «disquete».

Parecía bastante claro que la caja de material informático se había enviado por error. De lo contrario, estaría numerada e incluida en el inventario. El número de cajas en el inventario coincidía con la cantidad de las cajas numeradas recibidas.

¿Qué debía hacer? ¿Mandársela de nuevo a la señorita Enderby, a California?

Había dejado las dos cartas en mi escritorio y releí la de Gail Enderby. Figuraba un número de teléfono. Podría llamarla para preguntárselo directamente.

Preferí sacar mi móvil a usar el teléfono de la oficina. Nunca había conseguido memorizar el código que autorizaba las llamadas de larga distancia.

Después de que sonara cinco veces, saltó el contestador. Una voz alegre y joven me informó de que Gail Enderby estaba de vacaciones y tardaría aún un par de semanas en volver. No daba ninguna otra vía de contacto. Me pregunté si habría visto las noticias sobre la muerte de su jefe. Dejé un mensaje pidiéndole que me llamara.

Bueno. El material informático quedaba bajo mi custodia por el momento. Volví a meterlo y a cerrar la caja con cinta de embalaje. En lugar de ponerla con las demás, la dejé detrás de una estantería cerca de mi escritorio, para tenerla a mano. Puede que el individuo misterioso fisgoneando detrás de las puertas me hubiera asustado, pero los discos podían ser valiosos. Como yo era el único que sabía que estaban allí, prefería actuar con discreción.

Fui a buscar la caja número uno y la dejé encima de la mesa. Consultando la lista del inventario, vi que contenía cartas de los fans. Movido por la curiosidad, saqué una de las carpetas, fechada veinte años atrás, y empecé a leerla.

Las dos o tres primeras cartas se deshacían en cumplidos y alabanzas con Godfrey.

«*Atrapado* me mantuvo en vilo hasta las tres de la mañana», escribía un fan.

Otro decía: «Tuve que levantarme a comprobar todas las cerraduras de casa cuando terminé *El asesino de la medianoche*».

En la mayoría de las cartas que examiné había notas que indicaban cuándo contestaba Godfrey, aunque en la caja no había copias de esas respuestas a sus lectores.

La carta más interesante de las que leí era una en la que se reprochaba que Godfrey hubiera abandonado los enigmas amables y los misterios más tradicionales que escribía al principio de su carrera por «una basura sanguinaria cargada de violencia gratuita». La nota de Godfrey en este caso fue un escueto «No responder».

Dejé la carpeta a un lado y, antes de que me diera tiempo de sacar otra, sonó el teléfono de mi despacho.

—Ah, qué bien que aún estés aquí —dijo Melba cuando contesté—. Peter quiere verte enseguida. Le he hablado de las cajas.

—Ahora mismo bajo.

Colgué con un suspiro. No estaba de humor para hablar con mi director, pero entonces me di cuenta de que era una buena oportunidad para sondearlo...

Recogí las cartas de Gail y de Godfrey que llegaron con las cajas y llamé a Diesel.

—Acompáñame, muchacho. Vamos abajo.

Me tomé la molestia de cerrar la puerta del despacho antes de seguir a Diesel por las escaleras. Lo encontré en la oficina de Melba, encima de su escritorio.

—No pasa nada —dijo Melba, con una mirada culpable—. Le he dado permiso para que suba.

—Supongo que discutir no servirá de nada. Oye, ¿puedes vigilarlo mientras voy a hablar con Peter?

—Por supuesto. —Melba le frotó la cabeza al gato—. Ve, aquí te esperamos.

Llamé a la puerta de Peter y abrí.

—Ah, Charles —dijo mientras se levantaba para recibirme—. Adelante.

Tomé asiento y Peter se sentó de nuevo.

—Melba me ha comentado que el envío con los archivos personales del difunto señor Priest ya está aquí.

Peter juntó los dedos y me observó con sus grandes ojos de búho.

—Sí, las cajas han llegado hoy. —Me incliné hacia delante y le entregué las dos cartas—. Todo está muy bien organizado, así que debía de llevar un tiempo planeándolo.

Peter leyó rápidamente las cartas y las dejó encima de la mesa.

—Sin duda. Con su ego desmedido, debía de dar por hecho que la universidad aceptaría sus papeles sin rechistar.

Resopló.

—Estoy de acuerdo —contesté—. Pero desde luego no sospechaba que iba a morir tan pronto y de una forma tan brutal.

—Un vil malnacido como él no merece ninguna lástima, a pesar de las desagradables circunstancias de su muerte. La bazofia que escribió ahora se venderá aún mejor, aunque no será él quien coseche los beneficios.

Peter sonrió con siniestra satisfacción. Nunca sospeché que el director de nuestra biblioteca tuviera una vena tan vengativa. Había odiado a Godfrey con toda su alma.

—Las ventas de sus libros se dispararán, al menos durante un tiempo —dije.

—Sí, seguramente. Pero me pregunto quién se beneficiará —recalcó de nuevo.

Curiosamente, era la primera vez que me paraba a pensarlo: ¿quién heredaría la fortuna de Godfrey? ¿Justin?

—Solo cabe esperar que haya hecho una provisión adecuada en su testamento para que la universidad pueda alojar y procesar su colección de papeles. De lo contrario, tendrán que quedarse como están. —Peter levantó la barbilla con autoridad, mientras me miraba—. Confío en que estaremos de acuerdo en ese punto.

—Plenamente —le aseguré. Bastante trabajo debía sacar adelante en mi media jornada laboral. Prefería catalogar libros raros que gestionar los papeles de Godfrey, a pesar de mi curiosidad.

—Estupendo —contestó Peter con una gran sonrisa.

—Más allá de una posible cláusula en el testamento de Godfrey, ¿crees que esta carta bastaría para otorgar legalmente la propiedad de la colección a la universidad?

—En principio, diría que sí —dijo Peter. Leyó de nuevo la carta—. Expone sus intenciones con mucha claridad, aunque por desgracia no mencione un legado económico que acompañe la donación.

—Todo esto va a generar mucha publicidad para la universidad y para la localidad —dije.

—Lamentablemente, me temo que tienes razón. —Peter frunció el ceño con evidente aversión—. ¿Por qué ese tipo vino hasta aquí para hacerse matar? Es del todo incomprensible.

Peter se sonrojó un poco, quizá habiéndose dado cuenta de la necedad de ese comentario. Decidí ignorarlo.

—Toda esta historia es grotesca —dije—. Hay muchos detalles que me intrigan. Por un lado, esa llamada de Godfrey anoche avisando de que estaba indispuesto para asistir a la cena en su honor. Parece una excusa un poco manida.

Peter no respondió; se limitó a mirarme a los ojos.

—Me pregunto si realmente fue Godfrey quien llamó.

—¿Por qué no iba a ser él? —dijo Peter, golpeteando con los dedos en el escritorio.

Me encogí de hombros.

—Solo era una idea. Cuando Melba me llamó, dijo que Godfrey había llamado a la oficina del presidente para informarle. Supongo que un miembro de su equipo debió de avisarte a ti.

Los dedos de Peter abandonaron su arrítmico tamborileo.

—En realidad, eso no es del todo exacto.

—¿Por qué no?

—Me temo que Melba, de alguna manera, se confundió. —Peter hizo una pausa—. A menudo se confunde porque no presta la debida atención, y es algo que he hablado seriamente con ella varias veces.

Esperé y, al cabo de un momento, continuó.

—Verás, fui yo quien habló con Godfrey y quien, a petición suya, informó a la oficina del presidente.

CAPÍTULO DIECINUEVE

Un giro de los acontecimientos aún más extraño. ¿Por qué Godfrey iba a llamar al director de la biblioteca en lugar de a la oficina del presidente de la universidad?

—Cuando hablé con él —continuó Peter—, se quejó de un virus estomacal bastante severo. Lamentó los inconvenientes, o quizá lo expresó con otras palabras, y me pidió que comunicara el imprevisto. Y así lo hice.

Volvió a tamborilear con los dedos.

—Por curiosidad... ¿recuerdas a qué hora fue? —tanteé.

—Alrededor de las cinco y media, supongo —dijo Peter tras pensarlo un momento.

—¿Ha hablado contigo alguien de la comisaría?

—¿Para qué? —Peter palideció—. Uno no querría verse involucrado en algo tan sórdido como una investigación criminal.

—No, uno no querría —repuse, con una nota de ironía en la voz—, pero desgraciadamente ya lo está.

Estaba empezando a perder la paciencia. Me parecía que se estaba poniendo excesivamente quisquilloso.

—Podrías haber sido la última persona que habló con Godfrey. A excepción del asesino, por supuesto. La agente que lleva la investigación necesita saberlo.

—Comprendo.

Peter alcanzó un vaso de agua en el aparador detrás de su butaca y bebió un largo trago. Dejó el vaso con una mano temblorosa.

—En ese caso, el deber es el deber.

Seguía pálido, visiblemente inquieto, pero en apariencia dispuesto a cumplir con esa responsabilidad. Le dicté el número de la comisaría y le dije que preguntara por la agente Berry. Dejó el bolígrafo a un lado y me aseguró que la llamaría.

—Muy bien. ¿Quieres que te deje a ti estas cartas? —dije, señalándolas al tiempo que me levantaba.

—Por ahora, sí. Le pediré a Melba que te haga una copia. Cabe imaginar que el gabinete jurídico de la universidad querrá conservar los originales.

—Por supuesto. Bueno, si hemos terminado, volveré al trabajo.

Peter asintió y me dirigí a la puerta.

—Ay, casi se me olvida.

Me volví.

—¿Sí, Peter?

Hizo una mueca de desagrado.

—Me llamaron de la oficina del presidente antes de que vinieras, para informarme de que una ceremonia conmemorativa en honor a Godfrey se celebrará este sábado a las dos de la tarde en la capilla de la universidad. Supongo que tendré que asistir, aunque se me ocurren planes más agradables para un sábado —suspiró.

—Sería lo apropiado —dije—. Yo también tendré que asistir.

Peter no contestó. Sin duda no me había oído, porque se volvió a mirar por la ventana. Salí del despacho y cerré la puerta suavemente. Era un tipo excéntrico, desde luego.

Diesel seguía sentado en el escritorio de Melba, observándola mientras trabajaba frente al ordenador. Tecleaba a toda velocidad y el gato parecía hipnotizado por el movimiento rápido de sus dedos.

—Siento interrumpiros. Vamos, Diesel, volvemos arriba.

Melba dejó de teclear y se volvió hacia mí con una sonrisa.

—Hasta luego, chicos.

Acarició al gato afectuosamente en la cabeza. Diesel ronroneó agradecido.

—Vamos, en marcha —dije.

Diesel saltó grácilmente al suelo. Me siguió hasta las escaleras y subió corriendo en cuanto puse un pie en el primer peldaño.

Ya en la oficina, Diesel se puso a jugar con el material de embalaje que había por el suelo, lanzándolo de un lado a otro y saltando encima. Me quedé observándolo unos momentos. Todavía era un cachorrito, a pesar de su tamaño.

Al instalarme en el escritorio, me di cuenta de que parpadeaba la luz del contestador en el teléfono. Escuché un mensaje de voz: la Biblioteca Hawksworth, justo allí al lado, me informaba de que un libro que había solicitado estaba disponible.

Eché un vistazo al reloj: eran casi las cinco de la tarde. Hora de volver a casa. Al día siguiente examinaría más a fondo los papeles de Godfrey. Antes de marcharnos, sin embargo, volví a guardar todo el material en la caja abierta de mi escritorio. Diesel se quedó sin juguetes.

—Mañana podrás seguir jugando.

Se quedó sentado dándome la espalda hasta que estuve listo para marcharme. Le puse la correa al arnés y cerré la puerta con llave antes de bajar las escaleras y salir por la puerta de atrás. Quería recoger el libro, pero primero dejaría a Diesel en el coche. Hawksworth era uno de los pocos lugares donde no podía llevarlo. Un par de empleados se habían quejado de que les molestaba su presencia, porque los estudiantes siempre se amontonaban a su alrededor y querían acariciarlo. Hacían demasiado jaleo, según esos miembros del personal que protestaron.

Por tanto, dejé a Diesel en el coche. El día estaba fresco, así que bajé las ventanillas para que entrara el aire, pero no tanto como para que un gato grande e intrépido se pudiera escabullir.

—Vuelvo en cinco minutos —le prometí.

Me di cuenta de que no le hacía gracia que lo dejara solo, como solía pasar.

Entré en la biblioteca y fui directamente al mostrador de préstamos.

Mientras esperaba a que el becario encontrara mi libro, un ensayo reciente sobre el ocaso de la Antigüedad y los albores de la Edad Media, escuché distraídamente una conversación que tenía lugar en el cercano mostrador de consultas. Willie Clark estaba de guardia y derrochaba su encanto habitual para ayudar a una joven estudiante.

—No, todavía no hemos recibido ese número. ¿Es que no sabes leer la pantalla? ¿Ves alguna mención al volumen treinta y tres, número diez?

Willie golpeaba la pantalla del ordenador mientras la estudiante, ruborizada, respondía con un hilo de voz.

—Pues será mejor que vuelvas a comprobar la cita. Probablemente la hayas copiado mal —zanjó Willie, con un desdén manifiesto.

La estudiante se alejó a toda prisa, cabizbaja. Sin duda era una estudiante de primero. Las veteranas aprendían a evitar el mostrador de consultas cuando Willie estaba de guardia. También podía ser brusco con los varones, pero se le crispaba especialmente la voz cuando hablaba con una mujer.

No era de extrañar que nunca se hubiera casado. Tampoco era gay, por lo que sabía. Demasiado malhumorado, según mi experiencia, para que una pareja de cualquier sexo lo soportara.

Willie me sorprendió observándolo con una mirada crítica. Frunció el ceño y se dio la vuelta.

Libro en mano, salí de la biblioteca y volví al coche. Diesel pasó todo el trayecto hasta casa quejándose. Le rasqué la cabeza un par de veces en señal de disculpa por haberlo dejado solo.

En cuanto abrí la puerta de la cocina sentí que una apetitosa mezcla de aromas estimulaba mis sentidos. Diesel olfateó ávidamente también, aunque corría el riesgo de llevarse una desilusión. Intentaba no darle de comer en la mesa, pero a menudo se sentaba cerca y me miraba insistente, como esperando que al final cediera.

Miré el reloj después de quitarle a Diesel el arnés. Eran poco más de las cinco y Azalea se había marchado. Había una cazuela de judías verdes en la cocina, y en el horno aún caliente encontré un guiso de pollo con champiñones y arroz integral, además de una ensalada que vi en la nevera: como siempre, Azalea había preparado suficiente comida para un batallón.

Eché una ojeada a los cuencos de Diesel y comprobé que Azalea ya se había encargado de llenarlos. Quizá a veces regañaba al gato, pero no consentía que en casa nadie pasara hambre. Diesel los examinó antes de pasar de largo hacia el lavadero.

Llamaron al timbre de la puerta. Deseé que no fuera Kanesha Berry con más preguntas.

Julia Wardlaw estaba en el umbral, con aspecto cansado y demacrado.

—Disculpa por pasarme así, sin avisar —dijo, cuando me hice a un lado para que entrara—. Pero quería ver a Justin antes de irme a casa.

—Aquí siempre eres bienvenida, Julia —la tranquilicé—. Faltaría más.

—Gracias.

Cerré la puerta y la miré con inquietud.

—¿Cómo estás? ¿Y cómo se encuentra Ezra?

—Estoy cansada, pero Ezra se encuentra mejor, gracias a Dios. Pasará una noche más ingresado, y con suerte mañana volverá a casa.

—Me alegro —dije—. ¿Por qué no vienes a la cocina y te sientas un rato? Déjame que te ponga algo de beber e iré a ver si Justin está arriba. Acabo de llegar a casa y aún no lo he visto.

—Te lo agradecería —dijo Julia, mientras me seguía—. Ahora mismo no me siento con fuerzas de subir esas escaleras, la verdad.

Diesel vino a saludar a nuestra invitada, y Julia lo acarició y le echó unos piropos mientras yo iba a servirle un vaso del té dulce que Azalea había preparado.

Mientras subía las escaleras pensé, y no por primera vez, en poner un interfono. De todos modos, sabía que un poco de ejercicio siempre venía bien.

Jadeando un poco, llamé a la puerta de Justin.

—Adelante.

Abrí la puerta y me asomé. Justin, sentado en su escritorio, trabajaba con el ordenador. Acabó de teclear antes de volverse para saludarme.

—Hola, señor Charlie.

—Hola. Tu madre está abajo. Quiere hablar contigo.

—Gracias. Ahora mismo bajo. Tengo que darle un último retoque a esto —dijo, señalando el ordenador con un gesto del mentón—, pero serán dos minutos como mucho.

—Bien. Se lo diré.

Salí y cerré la puerta. Veía a Justin un poco más animado. El día anterior parecía deprimido, por momentos incluso catatónico en su falta de reacción. Supuse que descansar bien una noche le había sentado bien, además de tomar un poco de distancia respecto a los acontecimientos recientes.

Cuando volví a la cocina, Julia había terminado el té. Le di el mensaje de Justin y le propuse servirle otra taza, pero no quiso.

—Puedes esperar aquí a Justin, si te apetece —le dije—, pero quizá estarías más cómoda en el salón.

—Aquí se está muy bien —dijo Julia—. Siempre que a ti no te importe. Es una cocina preciosa y acogedora.

Miré alrededor con cariño. Sí, era acogedora. Cuando la tía Dottie vivía, solía ser el corazón de la casa, donde ella pasaba la mayor parte del día. Me gustaba pensar que su calidez y generosidad aún pervivían.

—Sí que lo es —dije—. ¿Por qué no te quedas a cenar con Justin y conmigo? Azalea dejó comida de sobra para los tres y te aseguro que estará deliciosa. Esa mujer cocina de maravilla.

Julia sonrió.

—No querría abusar, después de todo lo que ya has hecho, pero ahora mismo no tengo el ánimo para ir a casa y cocinar para mí sola. Gracias. Me encantaría cenar con vosotros.

—¡Hola, mamá! —exclamó Justin, entrando con ímpetu en la cocina.

Sí, desde luego estaba mucho más animado. Se inclinó para darle un beso a su madre en la mejilla y no hizo el menor intento de apartarse cuando ella le pasó la mano por la cabeza.

—Si me disculpáis, tengo que ir arriba unos minutos —dije—. Luego, si os apetece, cenamos.

Julia sonrió con gratitud, y mientras iba hacia la escalera oí que le comentaba a su hijo que la había invitado.

Me entretuve en mi habitación, con la idea de darles tiempo para hablar tranquilamente. Me preguntaba si Julia le contaría a su hijo los problemas de salud de Ezra. Sería conveniente que lo hiciera pronto. Postergarlo no le haría a Justin ningún favor a la larga.

Diesel no apareció, y supuse que estaba con Justin. Estaba muy encariñado con el chico y se notaba que Justin sentía un verdadero apego por él. Diesel siempre parecía darse cuenta cuando alguien necesitaba consuelo. Si podía ayudar a Justin en los momentos difíciles que se avecinaban, me alegraba y agradecía que un amigo cuadrúpedo tan especial hubiera llegado a mi vida.

Volví a bajar casi media hora después. Julia y Justin estaban en silencio cuando entré en la cocina. Parecía que el chico había llorado, pero ahora se lo veía tranquilo. Diesel bajó de sus rodillas de un salto y vino a mi encuentro.

—Le he contado a Justin lo de su padre —dijo Julia, serenamente.

Asentí con la cabeza.

—No sabéis cuánto lo siento.

Me agaché para frotar la cabeza del gato.

—Gracias —dijeron madre e hijo al unísono.

Julia se puso de pie.

—Si me disculpáis un momento, me gustaría refrescarme un poco. Justin, ¿por qué no ayudas a Charlie a poner la mesa?

—Sí, mamá —dijo Justin. Se levantó y fue hasta el armario. Diesel le siguió.

Quise indicarle a Julia dónde estaba el cuarto de baño de abajo, pero me ignoró con una sonrisa.

—Conozco el camino.

Justin sacó tres platos y los puso en la mesa. Diesel lo acompañó paso a paso.

—Gracias por invitar a mi madre a cenar.

—No hay de qué —dije—. Acaba de poner la mesa y yo traeré la comida.

Justin asintió y continuó con la tarea en silencio durante un momento. Mientras me ponía las manoplas de cocina, habló de nuevo.

—Mmm... Creo que hay algo que debo contarle.

Estaba de pie, con los cubiertos en la mano y la cabeza agachada, como avergonzado. Diesel se frotó contra las piernas del chico, pero Justin no pareció darse cuenta.

—¿Y bien? —pregunté mientras iba a sacar el guiso del horno. Pensé que le sería más fácil hablar si no lo miraba.

—Es sobre lo que le dije ayer —dijo Justin—. Que mi padre, Ezra, me pegaba.

Dejé la bandeja encima de los fogones al darme cuenta de que tenía que poner salvamanteles en la mesa.

—¿Sí? —dije, sin alterar el tono de voz.

—Confieso que mentí... un poco —Justin se sonrojó—. Ayer fue la primera vez que me pegaba así.

—¿Por qué mentiste, entonces?

Justin se encogió de hombros.

—Se había puesto tan raro a raíz de toda la situación, y también con el hecho de que Godfrey Priest fuera mi padre. Perdió los estribos, quizá, y supongo que quise devolvérselo, y por eso hablé mal de él.

—Se entiende —dije—. Lo que hizo ayer es inexcusable. Nunca debería haberte golpeado de esa manera.

—Lo sé.

Justin empezó a colocar los cubiertos.

—No te culpo por enfadarte con él, nadie podría culparte, pero me alegra saber que esa ha sido la única vez que ocurrió.

—Gracias —dijo Justin con un esbozo de sonrisa—. Y en el hospital me prometió que no volvería a pegarme nunca más, pasara lo que pasara...

Su cara se contrajo de pronto:

—¡Y ahora va a morir!

Diesel volvió a frotarse contra sus piernas. Julia regresó a tiempo para escuchar la última frase y abrazó a su hijo. Diesel se quedó a un lado, pero cerca, observando la escena. Justin rompió a llorar y Julia me miró con ojos interrogantes.

—Justin me ha contado que mintió al decir que Ezra le pegaba —le expliqué en voz baja.

—Bien —contestó Julia—. Fui yo quien le pedí que te lo dijera.

Justin se apartó de su madre.

—Lo siento, mamá.

—Lo sé, cariño —Julia le acarició la mejilla—. ¿Por qué no vas a lavarte la cara y a sonarte la nariz?

Justin asintió y fue al baño del pasillo. Diesel lo acompañó.

—Por lo general es un chico muy bueno —dijo Julia cuando Justin ya no podía oírnos.

—Lo sé —dije con una sonrisa—. De lo contrario, Diesel no sería tan cariñoso con él.

Julia se rio.

—Ese gato es todo un personaje.

Rechacé educadamente la oferta de ayuda de Julia, y para cuando Justin volvió a la cocina todo estaba listo.

Nos sentamos todos, Julia a un lado y Justin frente a mí. Le pedí a Justin que bendijera la mesa. Inclinó la cabeza sobre el plato.

—Bendice estos alimentos, Señor, que tan agradecidos recibimos, y rogamos que veles por nosotros y por nuestros seres queridos. Amén.

—Amén —repetimos como un eco.

Le tendí la mano a Julia para que me diera su plato y le serví guiso y judías verdes, mientras ella se llenaba el cuenco de ensalada.

Durante unos minutos nos entretuvimos preparando los platos y los cuencos de ensalada, pasándonos la comida. Diesel se sentó a mi lado, observando los movimientos de mis manos con gran interés. Cuando vio que no le daba nada, se fue al otro lado de la mesa a probar suerte con Justin.

Tácitamente, al parecer, evitamos mencionar los sucesos del día anterior. Julia le preguntó a Justin cómo le había ido en clase, y el chico expresó entusiasmo por las asignaturas de inglés e historia. En cambio, ciencias y matemáticas no le gustaban tanto.

A continuación, les hablé un poco de mi trabajo catalogando libros raros. Julia nos escuchó con atención y de vez en cuando hacía una pregunta, pero la mayor parte del tiempo nos dejó a nosotros llevar el peso de la conversación. Hice la vista gorda con los bocaditos de pollo o judías verdes que Justin escamoteaba discretamente de su plato.

Pasamos una hora muy agradable y me di cuenta de que echaba mucho de menos cenar en compañía. Deseé que Sean y Laura, mis hijos, no vivieran tan lejos. Y por encima de todo, hubiera querido que Jackie y la tía Dottie pudiesen sentarse a la mesa con nosotros también.

Ni siquiera la tarta rellena de chocolate de Azalea pudo tentar a Julia a quedarse para el postre. Aunque tenía mejor cara que cuando llegó, seguía cansada y con ganas de ir a casa a descansar.

Empecé a recoger la mesa, diciéndoles que no hacía falta que me ayudaran, mientras Justin acompañaba a su madre a la puerta. Luego se asomó un momento para darme las gracias, y Diesel lo siguió arriba cuando dijo que tenía que volver a estudiar.

Acabé de ordenar la cocina sin prisa, procurando no pensar en la muerte de Godfrey y la enfermedad terminal de Ezra. Me sentía abrumado y necesitaba desconectar un poco.

Cuando por fin terminé, apagué las luces de abajo y subí a mi dormitorio.

Después de lavarme los dientes y ponerme el pijama, me metí en la cama. Diesel no estaba, debía de seguir con Justin. Antes o después aparecería para reclamar su mitad de la cama, o más, si me descuidaba.

Abrí el libro de Godfrey y me puse cómodo. Leí veinte páginas y me cansé. La protagonista no era particularmente simpática, y recordé que ese era un aspecto que siempre me había molestado de las novelas de Godfrey: destilaban una misoginia latente que me incomodaba. A pesar de que Godfrey se había casado y había tenido tantos romances, no daba la impresión de que le gustaran mucho las mujeres.

Sin ganas de apagar la luz e irme a dormir todavía, fui a buscar mi libro de la biblioteca. Leer un ensayo sería una buena manera de quitarme el mal sabor de boca, decidí.

En algún momento debí de quedarme dormido, con el libro sobre el pecho, porque cuando Diesel saltó sobre la cama, me desperté sobresaltado. El libro resbaló y bostecé. Mientras Diesel se acomodaba, dejé el libro en la mesita de noche, apagué la luz y me dispuse a dormir.

CAPÍTULO VEINTE

A la mañana siguiente, mientras abría la puerta del despacho del archivo poco después de las ocho, pensé en Godfrey Priest. Apenas dos días antes había entrado aquí, fiel al Godfrey que conocí en mi juventud, egocéntrico y lleno de vida, y menos de doce horas después estaba muerto. Nunca me cayó bien, pero no merecía morir asesinado.

Diesel, deseoso por husmear aquellas cajas intrigantes, olisqueó alrededor mientras me acomodaba en la silla y encendía el ordenador.

Levanté la cabeza al oír un ruido sordo, como si algo hubiera caído al suelo. Diesel, encaramado en una de las columnas de cajas, me dijo «miau» y empezó a acicalarse. ¿Había derribado algo?

En el suelo, delante de las cajas, encontré la carpeta donde estaba el inventario de los papeles de Godfrey. Al agacharme a recogerlo, fruncí el ceño. ¿Qué hacía allí encima? Estaba seguro de que lo había dejado encima del escritorio.

Si hubiese estado en mi escritorio, Diesel no habría podido tirarlo al suelo delante de las cajas. Y ni siquiera un felino astuto como él habría podido levantarlo de la mesa y a continuación tirarlo al suelo.

Cuantas más vueltas le daba, más me convencía de que la carpeta había quedado encima del escritorio cuando salí del despacho el día anterior. Eso significaba que alguien había estado fisgoneando allí la noche pasada o esa misma mañana. ¿Quién podría ser?

Volví a la silla y examiné el inventario. Estaba intacto, no faltaba ninguna página.

¿El intruso había hurgado en las cajas? Era una suposición desagradable. Si se hubiera llevado algo, jamás me enteraría, porque el inventario no estaba lo suficientemente detallado.

Me levanté para examinar las cajas. A primera vista, estaban intactas. Fui por el pasillo hasta el almacén. Tampoco había indicios de que hubieran tocado las cajas que se habían quedado allí. Comprobé además las cerraduras de ambas puertas y, por lo que pude constatar, nadie las había forzado.

De nuevo en mi escritorio, sopesé el problema. Si no recordaba mal, solo había tres juegos de llaves para el despacho y el almacén. Yo tenía uno, Melba tenía otro y el personal de logística tenía el tercero.

No me imaginaba a Melba o a ningún empleado de logística entrando en el archivo a curiosear en mi ausencia. De todos modos, hablaría con Melba, para asegurarme de que seguía teniendo las llaves.

¿Y la caja extra?

Fue un alivio encontrarla en el mismo sitio, tal cual la había dejado. «Fue buena idea quitarla de en medio», pensé. Volví a mi escritorio.

¿Cuánta gente estaba al corriente de que los papeles de Godfrey habían llegado? Rick Tackett o algún empleado suyo podrían haberlo mencionado charlando con alguien, pero no me parecía un tema de conversación especialmente apasionante. Peter lo sabía, naturalmente, igual que Melba.

Entonces recordé el curioso incidente del día anterior, cuando Melba y yo nos dimos cuenta de que alguien nos escuchaba a hurtadillas... mientras hablábamos de los papeles de Godfrey.

¿Podría tratarse de la misma persona? En tal caso, el asunto tomaba un sesgo distinto. Alguien estaba interesado en los papeles de Godfrey, pero no quería que nadie más lo supiera. ¿Por qué?

¿Sería un fan un poco chiflado en busca de reliquias de un ídolo muerto?

¿O simplemente era alguien que, de manera sigilosa y furtiva, había querido fisgonear un poco?

Incluso si se trataba de alguien inofensivo, no quería que nadie entrara en el archivo sin vigilancia.

—Ven, Diesel. Iremos a hablar con Melba.

Quería preguntarle por su copia de las llaves. Cerré bien el despacho al salir. Hasta entonces no solía hacerlo mientras estaba en el edificio, pero quizá debía cambiar esa costumbre.

Melba estaba al teléfono cuando Diesel y yo entramos en su oficina. Sonrió levantando un dedo, dándome a entender que iba a terminar enseguida.

—Cuenta con ello, cielo —dijo Melba—. Avisaré a Peter.

Colgó el teléfono.

—Geneva Watterson. Otra vez enferma, la pobre.

Geneva era una de las bibliotecarias de referencia, y al parecer tenía muchos achaques de salud. Yo la había cubierto un par de veces cuando el servicio de referencia andaba corto de personal. La compadecí con un «Ay», pero en ese momento tenía otras cosas en la cabeza.

—Y vosotros dos, ¿qué me contáis? —preguntó Melba son-riente al ver que Diesel subía a su escritorio de un salto.

Sacudí la cabeza ante la actitud descarada de mi gato, pero no me hizo ningún caso. Se sentó en la silla junto a la mesa de Melba.

—Creo que alguien ha estado husmeando en el archivo sin mi permiso.

—¿Cómo? —Los ojos de Melba por poco se le salieron de las órbitas—. ¡Qué escándalo! No lo habrán dejado todo patas arri-ba, ¿verdad?

Le expliqué mi razonamiento, y asintió.

—Sé que te gusta el orden, y si dices que dejaste el inventario encima del escritorio, seguro que es porque lo dejaste ahí.

—Gracias —contesté con una sonrisa—. Quienquiera que sea, entró con una llave. No hay signos de que se forzara la cerra-dura. Yo tengo mis llaves, ¿dónde está tu juego?

—Aquí, en este cajón —respondió Melba al tiempo que lo abría—. Las dejo en esta bandeja...

Me incliné para mirar y Melba resopló contrariada.

—Esto es el colmo. Alguien ha andado en mi escritorio y se ha llevado las llaves.

—¿Cierras con llave los cajones por la noche?

—Evidentemente —replicó con un tono que no me dio ningu-nas ganas de contradecirla.

—¿Y durante el día, si te ausentas durante unos minutos? ¿O para ir a almorzar, por ejemplo?

—Cuando voy a almorzar, lo cierro —dijo Melba—. Pero si solo me escapo al cuarto de baño o a por un café a la sala de per-sonal, no suelo tomarme la molestia de echar la llave.

—¿Y qué hay de las llaves del despacho? ¿Alguien podría ha-ber entrado después de que te marcharas?

Intentaba contemplar todas las posibilidades. Melba asintió.

—Cada responsable de departamento tiene una llave de esta oficina, en caso de emergencia. Así que anoche cualquiera de ellos podría haberse colado en mi despacho, supongo.

—Es una posibilidad —dije—. Pero también es posible que el intruso viera que no estabas en tu escritorio, encontrara las llaves y se las llevara. Otra cuestión es, ¿quién sabía que tú tenías las llaves y que estaban aquí?

Melba se quedó pensativa unos instantes.

—Por aquí siempre hay gente que se pasa a charlar —dijo lentamente—. Este cajón se abre mucho, porque es donde guardo las aspirinas y la sal de frutas y esas cosas. La gente viene a todas horas y me pide cosas, porque sabe que las tengo a mano.

—Entonces, cualquiera podría haber visto las llaves en el cajón —dije—. Pero ¿cómo iban a saber de qué puertas eran?

—Porque les puse una etiqueta donde se leía «archivo» —suspiró Melba—. Y encima se leía por las dos caras.

—¿Y dices que siempre cierras los cajones del escritorio por la noche? —quise cerciorarme.

—Sí, por supuesto.

—¿Y nadie ha hurgado en la cerradura?

—No, nadie, o me habría dado cuenta esta mañana.

Melba empezaba a irritarse con tantas preguntas.

—Perdona, solo procuro tener una idea clara. —Sonreí, y se relajó—. Varias personas tienen acceso a este despacho fuera del horario laboral, pero tu escritorio se queda cerrado. Eso descarta que alguien viniera a coger las llaves después de que te marcharas.

—Suena lógico, sí —coincidió ella. Diesel, visiblemente molesto por la falta de atención, empezó a acariciarle el brazo con la pata. Melba le sonrió y le frotó la cabeza—. Por lo tanto, el intruso debió de birlar las llaves cuando me ausenté ayer, a última hora de la tarde.

—Las cajas no llegaron hasta alrededor de las dos, y en ese punto era muy poca la gente que tenía conocimiento del envío. —Fruncí el ceño—. O el intruso vio las cajas mientras las transportaban desde el muelle de carga de Hawksworth y les preguntó a Rick y sus muchachos o tal vez fue el mismo individuo que ayer nos estaba espiando, ¿te acuerdas?

Melba se estremeció.

—Aquello fue inquietante, sí.

—Podría haber alguna otra explicación, pero por ahora es la que más me convence.

—Debes informar a Peter —dijo Melba.

—Pues sí. Además, creo que, como primera medida, deberíamos cambiar las cerraduras. ¿Crees que estará dispuesto?

Con Peter, nunca se sabía.

—No veo por qué iba a negarse —dijo Melba—. Tiene una reunión a las nueve y media, pero con suerte podréis hablarlo ahora mismo. Ha llegado unos minutos antes que vosotros.

Llamó al despacho del director y Melba le comentó que yo necesitaba hablarle de un asunto urgente. Cuando colgó, me dijo:

—Puedes pasar. No te preocupes, vigilaré a Diesel.

—Gracias.

Me levanté sin muchas ganas. No me apetecía repetirle a Peter lo mismo, y más sabiendo que a veces era tremendamente obsesivo con detalles insignificantes. Temí que me sometiera a un interrogatorio eterno.

Abrí la puerta y entré en el despacho.

—Buenos días, Peter —dije.

Levantó la mirada del escritorio.

—Ah, buenos días, Charles. Me alegra verte. Hay algo que creo que debería comentar contigo. Confío en tu criterio y sé que me darás sabios consejos.

Parecía haber olvidado que era yo quien quería hablar con él, pero supe que no serviría de nada intentar desviarlo de su propósito. Conteniendo un suspiro, me senté.

—Dime de qué se trata e intentaré ayudarte.

Peter me miró fijamente, como si hubiera enmudecido de repente. Mientras lo observaba con un asomo de inquietud, empezó a ponerse colorado. ¿Le estaría dando un ataque?

—Peter, ¿qué te ocurre? ¿Quieres que avise a un médico?

Me levanté, dispuesto a ir a alertar a Melba, pero enseguida movió la mano, indicándome que me sentara.

—No hace falta —dijo, en voz baja—. Es solo que me da vergüenza lo que tengo que contarte para pedirte consejo.

—No, hombre, no —dije—. Ten por seguro que no traicionaré tu confianza.

—Gracias —dijo Peter—. Sé que eres un hombre honesto. —Suspiró—. Y he ahí la cuestión, precisamente. Temo que yo no he actuado con honestidad.

—¿A qué te refieres? —Procuré que mi voz no delatara impaciencia, pero Peter podía dar rodeos desesperantes.

—Me refiero a la llamada de teléfono que me mencionaste ayer —contestó.

—¿La llamada de Godfrey, quieres decir? ¿Para avisarte de que se encontraba mal y no podía asistir a la cena en su honor?

—Exacto. —Peter respiró hondo—. Te mentí, Charles. Esa llamada no existió.

CAPÍTULO VEINTIUNO

—¿No existió esa llamada? —dije, mirando a Peter con incredulidad—. ¿Querías gastarle a Godfrey una broma pesada?

—Si solo fuera eso... —dijo Peter, con una expresión tan solemne como su tono—. La información sobre Godfrey en sí era cierta. El método por el que la recibí, en cambio, fue muy distinto, y lamento tener que reconocerlo.

Las divagaciones de Peter me estaban dando dolor de cabeza. Me entraron ganas de agarrarlo y sacudirlo un poco, a ver si así salían de golpe las palabras para que llegara al meollo del asunto.

—Entonces cuéntame cómo y cuándo hablaste con Godfrey —dije, con mucha más calma de la que hubiera creído posible mantener.

Hizo una mueca.

—Cedí a un impulso primario. Quizá no lo sepas, pero tengo un motivo justificado para detestar a ese hombre, créeme.

Calló unos instantes. No quise decirle que ya estaba al corriente de la aventura de su mujer, por si acaso me preguntaba cómo me había enterado. A Melba no le haría ninguna gracia que la delatara. Viendo que guardaba silencio, Peter continuó:

—Antes de llegar a la Universidad de Athena como director de la biblioteca, viví muchos años en California. En Los Ángeles, para ser exactos. También estaba casado en esa época, y mi antigua esposa tenía la ambición personal de llegar a escribir alguna vez guiones de cine.

Decidí acelerar un poco las cosas.

—Y supongo que de una u otra manera conoció a Godfrey y creyó que podría aprovechar sus contactos para hacerse conocer como guionista.

—Exacto, eso fue a grandes rasgos lo que pasó —dijo Peter con cara de sufrimiento—. Sin embargo, no contenta con acercarse a ese indeseable en busca de ayuda y entablar amistad, mi exmujer decidió que la única manera de alcanzar su objetivo era casarse con él. Después de divorciarse de mí, por supuesto.

—Ya veo. No se te puede culpar por no sentir mucho aprecio por Godfrey, aunque desde luego mucha culpa la tuvo tu exmujer —dije.

—Ah, sin ninguna duda el mayor peso del oprobio recae sobre ella —aseguró Peter—. Pero no se puede exculpar a Priest, que la alentó y, al fin y al cabo, se casó con ella una vez nuestro divorcio fue definitivo. —Soltó una risa triste—. El matrimonio duró poco más de dos años, creo.

Era el momento de volver a reconducir la conversación.

—Quedan claras tus razones para aborrecer a Godfrey —dije—. ¿Por qué no nos centramos en cuándo hablaste con él y cómo recibiste el mensaje de que no se encontraba bien para ir a la cena?

—Sí, sí... —dijo Peter, frunciendo el ceño—. Como ya he mencionado, cedí a un impulso y quise verlo cara a cara. Como no tenía el menor deseo de quedar en ridículo delante de nadie más, decidí que el mejor lugar para dicha confrontación era su hotel. Cabía suponer que allí uno tendría garantizada cierta privacidad.

—Fuiste a la Casa Farrington a hablar con Godfrey —dije, aferrándome a la poca paciencia que me quedaba, porque por fin nos acercábamos al momento clave—. ¿Qué hora era?

Peter reflexionó unos instantes, ladeando la cabeza.

—Alrededor de las cinco y media —dijo—. Sí, esperé a acabar la jornada aquí, que suele ser sobre las cinco o cinco y cuarto, y después fui directamente al hotel.

—¿Cómo sabías dónde se alojaba?

—Estaba al tanto de la reserva —dijo Peter—. Me consultaron desde la oficina del presidente, supongo que porque se trataba de un escritor. Si hubiera sido un antiguo alumno deportista, seguro que le habrían consultado al director deportivo.

—¿Y sabías en qué habitación estaba?

«No podría haberlo tenido más fácil», pensé. Y sin duda Peter se daba cuenta de que esa visita al hotel lo situaba como uno de los principales sospechosos; pero con él nunca sabías los tortuosos derroteros que tomaba su pensamiento.

—Sí, lo sabía —dijo Peter—. Fue una suerte, la verdad, porque si hubiera pasado por la recepción a pedir que lo llamaran para avisarle de mi llegada, quizá se hubiera negado a verme. Por eso decidí que el mejor plan de ataque sería llamar a la puerta y colarme dentro antes de que se diese cuenta de quién era.

De repente imaginé a Kanesha Berry interrogando a Peter. ¿Cómo lidiaría con su incapacidad de ir directo al grano? ¡Sería capaz de detenerlo por pura irritación!

—Entonces, ¿subiste a la *suite* y llamaste a la puerta?

—Eso mismo. —Peter arrugó el ceño—. A partir de entonces, sin embargo, los acontecimientos tomaron un rumbo que yo no había previsto. Godfrey no abrió la puerta. Me vi obligado a levantar la voz ligeramente e insistir en que me dejara entrar. Se negó.

—¿Y dio algún motivo?

Si Godfrey no quería hablar con nadie, ¿por qué se molestó en contestar? En cualquier caso, al menos ahora sabía que a las cinco y media estaba vivo, si había hablado con Peter.

—Me explicó que se encontraba mal y que temía que fuera un virus de estómago. No quería ver a nadie por si era contagioso. Pensaba quedarse en la habitación hasta que se recuperase.

—Un gesto generoso por su parte —dije.

«Aunque extraño», pensé. Debió de ser una indisposición muy repentina, porque cuando lo vi en mi casa un rato antes parecía encontrarse perfectamente.

—Tal vez. —replicó Peter—. Le pregunté si había informado a la oficina del presidente del imprevisto; me dijo que no, y me preguntó si tendría la bondad de avisar por él. Luego se excusó, porque debía volver corriendo al cuarto de baño. Cuando vi que no tenía sentido quedarme allí perdiendo el tiempo, volví a mi coche y llamé a la oficina del presidente desde mi móvil. También llamé a Melba y le pedí que informara al resto del personal de la biblioteca que pensaba asistir a la cena, como supongo que te llamó a ti.

—En efecto. Ahora me parece aún más urgente que hables con la agente que está a cargo de la investigación —le dije—. Seguro que eso ayudará a acotar la hora de la muerte.

—Sí, supongo, pero... —contestó Peter, aunque era evidente que la idea no le hacía gracia—. Uno no desea verse involucrado en algo tan sórdido.

—Te comprendo. Pero el deber es el deber.

Me levanté.

—Gracias por tu magnanimidad, Charles —dijo Peter—. Aprecio que me hayas escuchado.

—Ningún problema —dije—. Hasta luego.

Abrí la puerta y estaba a punto de salir cuando me asaltó una idea desconcertante. ¿Por qué no se me había ocurrido antes? Giré sobre mis talones y volví a sentarme.

—¿Qué sucede? —se sorprendió Peter.

—Durante la época en que tu exmujer iba detrás de Godfrey, ¿llegaste a conocerlo?

—Coincidimos en algunas fiestas, sí —dijo Peter—. Aunque debo reconocer que solía evitarlo, porque me parecía un tipo de lo más presuntuoso, con un único tema de conversación: él mismo.

—¿Hace cuánto tiempo de eso?

—Siete años —contestó—. ¿Por qué quieres saberlo?

—Cuando Godfrey te habló desde el otro lado de la puerta del hotel, ¿reconociste su voz?

—Qué pregunta tan peculiar —dijo Peter, claramente sorprendido—. Di por hecho que hablaba con él porque era su habitación, nada más. —Se quedó callado—. No tengo la certeza de que aquel hombre realmente fuese Godfrey, dadas las circunstancias. Sin olvidar que decía estar enfermo, y sí que me pareció detectar una nota forzada en su voz.

—Pero no podrías jurar que era Godfrey quien estaba al otro lado de la puerta, ¿no?

Justin no había mencionado nada de que Godfrey se encontrara mal, y sin duda se habría dado cuenta: un virus estomacal que te obliga a ir corriendo al baño cada dos por tres no se puede disimular así como así.

—No, no podría asegurarlo —concluyó Peter—. De todos modos, si no era Godfrey con quien hablé, ¿quién era?

—Posiblemente, el asesino —dije.

Peter se quedó tan lívido que pensé que se iba a desmayar y estuve a punto de levantarme para ir en su ayuda, pero se repuso lo suficiente para decir:

—No, gracias, estoy bien... Me ha impresionado un poco, ya sabes.

—Sí, lo entiendo. A mí también me choca, pero, cuanto más lo pienso, más tiendo a pensar que Godfrey ya estaba muerto cuando fuiste al hotel —dije, sin quitarle ojo. Si era el culpable, demostraba un gran talento para convencerme de lo contrario. No podía imaginarlo en el papel del asesino, salvo que hablara tanto como para matar a alguien de aburrimiento.

El problema era justamente que en ese momento no podía imaginar a nadie en ese papel, pero alguien había matado a Godfrey.

—Debo admitir que la idea resulta perturbadora —suspiró. Peter iba recuperando poco a poco el color, aunque ya de por sí el pobre no tuviera mucho—. Haber estado tan cerca del perpetrador de una atrocidad como esta... Francamente, me hiela la sangre. Me entiendes, no lo dudo.

—Desde luego —dije—. Ahora debes contarle a la investigadora lo sucedido. Probablemente ella llegará a la misma conclusión.

«O por lo menos, debería», añadí en silencio. A veces Kanesha podía ser peor que un dolor de muelas, pero era brillante.

—Lo haré, sí.

—Bien, pues te dejo, entonces —le dije, y una vez más me fui hacia la puerta. De pronto recordé por qué había ido a ver a Peter, y volví de nuevo hasta su escritorio—. Ah, se me olvidaba. Deberíamos cambiar las cerraduras del despacho y el almacén del archivo sin pérdida de tiempo.

—¿Cómo? —parecía alarmado—. ¿Qué ha ocurrido?

Se lo expliqué sucintamente. Peter sacudió la cabeza.

—Hablaré de inmediato con Rick Tackett, descuida —dijo—. Es un fallo de seguridad serio. Me pregunto si valdría la pena comentárselo al jefe de vigilancia del campus.

—No creo que haga falta por ahora —dije—. Pedir que cambien las cerraduras hoy mismo, en la medida de lo posible, es lo más importante.

—Yo me encargo —aseguró Peter, y suspiró—. Habrá tantas llamadas que hacer...

De pronto se iluminó.

—¡Voy a pedirle a Melba que se ponga en contacto con Rick!

—No es una mala idea del todo —dije. Sabía que Rick reaccionaría antes con Melba que con Peter—. Buena suerte con la agente Berry.

Me pareció que no estaba de más recordárselo. Vi a Peter descolgar el teléfono antes de salir de su despacho.

En la antesala, Diesel estaba tendido en el aparador que había detrás del escritorio donde Melba estaba ocupada tecleando. Levantó la mirada cuando cerré la puerta del director.

—Vaya, te has pasado un buen rato ahí dentro —dijo—. No has podido tardar tanto en explicarle lo que pasó.

—No, no ha sido eso —repuse—. Había algo más que Peter quería comentarme. —Levanté una mano—. Y antes de que me lo preguntes, no puedo contarte de qué se trata. Si Peter decide contártelo, estupendo, pero a mí no me lo preguntes, por favor.

Melba hizo un mohín. De todos modos, ni los enfados ni los disgustos le duraban nunca demasiado.

—Genial, Charlie. Aguafiestas. —Me sonrió con picardía—. Ya se lo sonsacaré a Peter, no te preocupes.

Le sonreí: ni por un momento dudé que lo conseguiría.

—Arriba, Diesel, nos vamos.

Diesel se incorporó para sentarse y bostezó. Se desperezó sin prisas antes de bajar al suelo de un salto. Se acercó a mí y se restregó contra mis piernas.

—Te vemos luego —dije, saludando a Melba con la mano, y seguí a mi gato fuera de la oficina hacia la escalera.

Sabía que me quedaba mucho por reflexionar cuando Diesel y yo volvimos a estar instalados en nuestros respectivos puestos del despacho del archivo. Mientras el gato se acomodaba para la siesta, me quedé delante de la pantalla con la mirada perdida. Debía comprobar el correo electrónico, pero en lugar de eso seguía repasando mentalmente una lista de posibles sospechosos.

Julia Wardlaw

Justin Wardlaw

Jordan Thompson

Peter Vanderkeller

Todos podían estar mintiendo.

Por ejemplo, ¿y si cuando Julia llegó al hotel vio a Jordan Thompson marcharse, y no al revés? ¿Y si Peter mentía al pretender que había hablado con alguien a través de la puerta, o si cualquiera de los otros estaba en la habitación cuando Peter llegó para hablar con Godfrey? ¿Y si Justin había matado a Godfrey y, después de huir aterrorizado por lo que había hecho, se sentó en el banco de la plaza hasta que llegué?

Además, existía la posibilidad de un factor desconocido: el señor o la señora X.

Godfrey parecía haber despertado tanto odio a lo largo de su vida que tal vez hubiera más personas en Athena que deseaban verlo muerto. ¿Cómo averiguar quiénes podían ser? Esa era la cuestión.

Eché una ojeada al inventario de los papeles que el difunto había legado. Ya tenía por dónde empezar.

Suspirando, acerqué la carpeta y anoté el número de las cajas que contenían la correspondencia. Iba a ser un largo día.

CAPÍTULO VEINTIDÓS

Me enfrasqué en el estudio de la correspondencia de Godfrey, parando solo para almorzar y atender las ocasionales e insistentes demandas de atención de Diesel. Rick Tackett vino a cambiar las cerraduras de la puerta de la oficina y del almacén, pero hasta que no se acercó a entregarme las nuevas llaves y llevarse las antiguas, apenas reparé en su presencia.

Se detuvo un momento delante de mi escritorio, examinando las cajas.

—Cuánta mandanga hay aquí. ¿Dónde vas a meterlas?

—Las guardaré en el almacén hasta que pueda revisarlas de arriba abajo y catalogar el material. Pero eso llevará su tiempo. Tengo que ocuparme de muchas otras cosas primero.

—Parece mucho trabajo para ser solo un montón de papel —comentó.

Me encogí de hombros.

—A alguien podría interesarle en un futuro, quizá para hacer una tesis. Nunca se sabe qué cosas interesantes aparecerán en una colección como esta.

—¿Tiene valor?

—Es posible —dije—. Como todo, depende de cuánto se esté dispuesto a pagar. De todos modos, dudo que la universidad quiera desprenderse de esta colección.

Rick asintió con la cabeza y dio media vuelta. Lo vi alejarse, un poco sorprendido por la conversación. Era la primera vez que le oía expresar la menor curiosidad por el contenido de los archivos. Hasta entonces, nunca había preguntado nada al venir a entregar un paquete.

«Sin duda sentirá curiosidad por el asesinato de Godfrey», pensé.

Volví a mi trabajo.

Godfrey había acumulado varias cajas llenas de las cartas de sus fans, por no hablar del resto de la correspondencia. Me puse a ojearlas una por una, tan rápido como pude, en busca de posibles amenazas o incluso muestras de resentimiento hacia Godfrey. Resentimiento sí, pero ni rastro de amenazas. Si alguna vez había recibido cartas de ese signo, al parecer no las había guardado. También ojeé las anotaciones que Godfrey hacía en las cartas, pero no encontré nada que valiera la pena.

A las cinco de la tarde solo había conseguido un fuerte dolor de cabeza y quemarme las pestañas. Aún faltaba el resto de la correspondencia, principalmente sobre asuntos de negocios, pero tendría que esperar. Necesitaba un descanso y Diesel estaba deseando volver a casa. Sin contar que los jueves solo trabajaba medio día en el archivo.

El paseo a casa me alivió el dolor de cabeza. Salir al aire fresco de la tarde, además de hacer algo de ejercicio, sentaba de maravilla. Cuando Diesel y yo llegamos, ya me encontraba mejor.

Después de llenar los cuencos de agua y comida de Diesel y de limpiar la caja de arena —no lo había hecho por la mañana—, me puse a preparar la cena. Encontré un paquete de carne picada en la nevera y decidí que unas hamburguesas serían justo lo que necesitaba. Al revisar la despensa encontré una lata de alubias. Con una ensalada de guarnición, ya tendría una comida sabrosa y abundante para mi huésped y para mí.

Justin, con Diesel pisándole los talones, apareció en la cocina cuando estaba terminando de hacer la carne.

—Justo a tiempo —le dije—. Puedes prepararte las hamburguesas a tu gusto. —Señalé con la espátula hacia la mesa—. Hay ensalada allí y alubias en la cazuela.

—Gracias, señor Charlie —dijo Justin con una tímida sonrisa—. Estoy famélico.

—Hay comida de sobra.

Le devolví la sonrisa. Justin nunca tenía mucha conversación en la mesa y esa noche no era una excepción. Esperé hasta que se hubo despachado una hamburguesa, una gran ración de ensalada y dos raciones de alubias antes de lanzarme a preguntar.

—¿Cómo te va?

Todavía hambriento, eché mano de la ensaladera, pensando que servirme de nuevo ensalada sería mejor que otra ración de alubias.

Justin se encogió de hombros.

—Estoy bien, supongo. Todo parece un sueño espantoso, ¿no?

—Así es —dije—. Sé que quizá sea difícil hablar de lo que ocurrió, pero me pregunto si no te importaría contarme algunas cosas.

Pensando en el tiempo que Justin y Godfrey pasaron juntos, me planteaba si Justin había oído o visto algo que pudiera dar alguna pista del asesinato.

—No, no me importa.

Se levantó de la mesa a prepararse otra hamburguesa.

—Probablemente la agente Berry te planteó las mismas preguntas —dije—. Quiero que entiendas que si hago todo esto es porque me preocupo por ti y por tu madre.

—Sí, lo sé —dijo Justin—. Sé que mamá le aprecia de verdad, y yo también.

Terminó en la encimera y volvió a la mesa. Me sonrió de nuevo, no tan tímidamente esta vez.

«Bien, está empezando a recuperar un poco la chispa de siempre», pensé.

—Ayer pasaste varias horas con Godfrey —le dije—. ¿Hubo algo que te pareciera inusual?

Justin masticó pensativo, y después de tragar respondió:

—La mayor parte del tiempo estuvimos hablando, nada más. Discutimos, como ya le dije, pero no pasó nada raro.

—¿Estuvisteis sobre todo en la habitación del hotel?

—Sí. No quería que nos molestaran, me dijo, así que era mejor quedarnos allí tranquilos. —Frunció el ceño—. Aunque eso no impedía que lo llamaran.

—¿Cuántas llamadas recibió?

No parecían pistas prometedoras, pero eran mejor que nada.

—Solo dos —dijo, antes de comer un bocado de alubias—. La primera fue de su agente. Se fue al dormitorio para hablar y fueron solo unos minutos.

—¿Y la segunda llamada? —pregunté.

—Era otra persona —dijo Justin—. Habló desde el dormitorio de nuevo, pero también fue breve.

—¿Te dijo quién era?

—No exactamente —dijo Justin. Pensó unos instantes—. Salió del dormitorio mascullando, así que le pregunté si iba todo bien. Me contestó que era solo un tipo que conocía, que lo atosigaba para que se leyera un libro.

No sonaba a que fuera una pista de nada.

—¿Y algo más?

Justin frunció el ceño.

—Ahora que lo pienso, no dijo «libro», sino «manuscrito». Son cosas distintas, supongo.

Hizo una pausa y continuó:

—Le pregunté si leía muchos manuscritos de otra gente y por qué, y dijo que a veces lo hacía, porque querían que les diera alguna cita con gancho para promocionar el libro cuando se publicara. Luego me explicó que había muchos escritores desconocidos que querían que leyera sus textos porque confiaban en que les ayudaría a publicarlos. Pero aquel tipo era un plasta que no tenía ningún talento, según dijo, y se negaba. —Se sonrojó un poco—. En realidad, usó palabras más groseras, pero no voy a repetirlas.

—Creo que me hago a la idea —dije. Justin era muy diferente de mi hijo a esa edad. Sean disfrutaba escandalizándonos a su madre y a mí con un surtido repertorio de palabrotas—. ¿Así que eso fue todo? ¿Solo esas dos llamadas telefónicas?

—Exacto —dijo Justin—. Ah, se me olvidaba. Le pregunté cómo sabía que aquel tipo no tenía talento si no iba a leer su manuscrito.

—¿Y qué contestó a eso?

Seguro que a un autor de éxito como Godfrey lo abordaban sin cesar escritores en ciernes con la esperanza de que los ayudara. Sabiendo cómo era, probablemente no tenía muchos miramientos con aquellos aspirantes.

—Me contó que conocía a aquel tipo desde hacía mucho tiempo, pero que no aceptaba un no por respuesta. —Justin empujó un par de judías en su plato con el tenedor—. No cree que alguien pudiera enfadarse tanto por eso como para matarlo, ¿verdad?

—No lo sé —dije—. Depende de lo desesperado que estuviera ese hombre. Y de lo estable que fuese. Alguien con problemas de salud mental podría reaccionar violentamente al sentirse frustrado.

—Da miedo pensarlo —dijo Justin, dejando el tenedor a un lado.

—Sí —dije. Seguía dándole vueltas a esa segunda conversación—. ¿Con qué teléfono habló Godfrey? ¿El teléfono del hotel o su móvil?

—Su móvil —dijo Justin.

—¿Las dos veces?

—Sí, las dos.

—¿Por qué Godfrey iba a darle su teléfono personal a alguien al que tachaba de plasta? —Eso era lo que no me cuadraba del todo—. No tiene mucho sentido.

—Es verdad. No es lógico —coincidió Justin—. Me habló de su proceso de escritura y otras cosas, y me dijo que una vez que sus libros empezaron a venderse tanto, salía gente rara de la nada a todas horas. Contrató guardias de seguridad en su casa en California para mantener a raya a los chiflados.

Justin se sonrojó de nuevo, y me imaginé que Godfrey había utilizado un término mucho más duro que «chiflados».

—No me sorprende. Aquí lo he visto cuando venían autores importantes de mucho renombre a firmar en la librería. Recuerdo a una mujer que bloqueó la cola para contarle al autor el libro que había escrito con todo lujo de detalles. Estaba convencida de que sería un éxito si conseguía que alguien lo leyera. El autor se negó cortésmente y con mucho tacto, pero el personal de la librería tuvo que intervenir para sacar a la mujer de la cola. Y aun así se quedó esperando para volver a la carga. No hubo más remedio que echarla. Fue vergonzoso para todo el mundo.

—No lo dudo —comentó Justin, con evidente desagrado—. Pero ¿cómo encontrar al tipo con quien mi padre estuvo hablando?

—Seguro que podrían obtener un registro de sus llamadas y rastrear el número —expliqué—. Evidentemente, no tenemos ni idea de desde dónde telefoneó. No hay razón para pensar que estaba aquí, en Athena.

—Cierto —dijo Justin.

—¿Le contaste todo esto a la ayudante Berry, todo lo que me acabas de decir?

Quería estar seguro.

—Sí—dijo Justin—. Se lo conté, pero no comentó gran cosa, solo siguió haciendo preguntas.

—Mientras recibiera la información... —dije—. Esa es la clave.

Me levanté para recoger la mesa. Justin se adelantó.

—Yo me encargo. ¿Por qué no va a descansar un poco?

—Gracias, creo que te tomaré la palabra. —Sonreí y miré a Diesel, que había estado durmiendo la siesta en el suelo cerca de mi silla durante la cena—. ¿Y tú, chico? ¿Quieres subir conmigo o quedarte aquí y ayudar a Justin?

Diesel se sentó y ronroneó. Se estiró un momento antes de echar a andar hacia la silla de Justin.

—Ahí tengo la respuesta —dije—. Hasta luego, pues.

Dejé a los dos y subí las escaleras hacia mi dormitorio. Quería cambiarme de ropa y relajarme con un libro. Leería el ensayo de historia; no estaba de humor para seguir con la novela de Godfrey.

Sin embargo, arrellanado en el sillón ya en pijama y con el libro en la mano, descubrí que no era capaz de concentrarme en el ocaso de la Antigüedad. Mentalmente volvía una y otra vez al asesinato.

¿Había alguien más con un motivo de peso para querer a Godfrey muerto? ¿El misterioso señor o señora X?

Necesitaba saber más sobre el pasado de Godfrey. Necesitaba sacar a la luz los trapos sucios, si los había. Y conocía a la persona indicada a la que acudir. Soltando el libro, cogí el teléfono móvil y me acomodé para charlar largo y tendido.

CAPÍTULO VEINTITRÉS

Melba Gilley era la persona en cuestión. Con un sano interés en las andanzas de sus conciudadanos «athenienses» y un largo recorrido en toda clase de actividades de la comunidad, constituía una excelente fuente de información.

Llamarla, sin embargo, implicaría contarle por qué estaba tan interesado en el asesinato de Godfrey. Si sabía que yo había descubierto el cuerpo (o más bien Justin y yo), no había dejado entrever nada. Y eso no iba con ella en absoluto.

Encontré su número en la agenda de mi móvil y la llamé. Contestó enseguida.

—Buenas noches, soy Charlie. ¿Cómo va todo?

—Hola, Charlie, aquí bien. ¿Y tú qué tal?

Sonaba tan alegre como siempre.

—Todo en orden. ¿Te pillo en un buen momento? ¿No interrumpo nada?

—Solo un programa de televisión soporífero —dijo, riendo—. A veces ni siquiera sé por qué pongo ese maldito aparato, salvo porque me hace compañía. ¿Qué querías?

—Necesito hablar contigo sobre Godfrey —dije—. Quiero averiguar algunas cosas y he pensado que eres la persona más indicada para ayudarme.

Se rio con ganas.

—Quieres decir que has llamado a la mayor chismosa que conoces.

Me tuve que reír.

—Bueno, si quieres verlo así...

—Me meto donde no me llaman, lo reconozco —dijo Melba—. A ver, entonces, ¿qué quieres saber? Aunque tal vez debería preguntar por qué. Godfrey no era exactamente amigo tuyo.

—Tienes razón —dije—. Y si no fuera por ciertas circunstancias, evitaría entrometerme en este asunto.

—¿Y qué circunstancias serían esas?

—En primer lugar, ya sabes que Justin Wardlaw se hospeda en mi casa —respondí—. Y estoy seguro de que a estas alturas ya te has enterado de cuál es su relación con Godfrey.

—Sí, lo sé —dijo Melba—. No puedo decir que me sorprenda. Recuerdo cómo Godfrey iba detrás de Julia en aquel entonces. Y francamente, cariño, si yo tuviera que elegir entre Godfrey y Ezra, elegiría a Godfrey. Incluso sabiendo que por norma era un cretino redomado.

Quise meter baza, pero Melba continuó.

—Y ella ya estaba comprometida con Ezra. Eso fue lo que me chocó. Nunca hubiera creído que Julia era de esas, pero supongo que nunca se sabe, ¿verdad? Cuando nació el bebé, la gente empezó a hacer cuentas, pero las fechas eran tan próximas que nadie podía saberlo con seguridad.

Pobre Julia. Convertida en la comidilla del pueblo, objeto de los rumores más perversos.

—Desde luego para mí fue una sorpresa —dije—. En cierto modo me siento responsable, porque el chico está viviendo en mi casa, y como es natural no puedo evitar preocuparme por él y por Julia.

—Lógico —dijo Melba—. Necesitan apoyo en estos momentos, porque seguro que desde la comisaría los vigilan de cerca.

—Exacto. Pero además hay otra razón por la que este crimen me preocupa y es que... en fin, fui yo quien encontró el cadáver.

No veía el interés en darle todos los detalles. Con eso bastaría para que se le desencajaran los ojos.

—¡Qué sinvergüenza! —me regañó Melba, y se rio—. No me habías dicho una palabra. Pero, bueno, no te lo tendré en cuenta.

—Gracias. Créeme, preferiría que no me hubiera tocado a mí. No fue agradable.

—No, ya me imagino que no —dijo Melba, en un tono más serio—. Una cosa es leer una escena así en un libro, como los de Godfrey, y otra cosa es vivirlo.

—Desde luego.

Hice lo que pude por desterrar de mis pensamientos la truculenta imagen.

—Supongo que ahora entiendes mejor por qué tengo curiosidad.

—Completamente —dijo Melba—. ¿Qué era lo que querías preguntarme?

—Sé que Godfrey volvía a Athena con regularidad —dije—. Tenía un largo historial amoroso, como su relación con Julia y la esposa de Peter Vanderkeller. ¿Sabes si hay otros maridos o novios ultrajados o mujeres despechadas por aquí?

Melba se quedó callada unos instantes.

—La primera que me viene a la cabeza es la dueña de la librería de la plaza. Ahora no recuerdo su nombre...

—Jordan Thompson —dije—. Sí, sabía lo suyo. ¿Se te ocurre alguien más?

—El otro nombre que me viene es... Frank Ledbetter.

Melba suspiró.

—¿Frank Ledbetter?

¿De qué me sonaba?

—Mi exmarido —dijo Melba.

—Ah —dije, demasiado estupefacto para articular nada con sentido.

—Ya lo sé —dijo Melba, avergonzada—. No es algo de lo que me sienta orgullosa, créeme, pero hace cosa de diez años tuve una breve aventura con Godfrey. Me costó mi matrimonio.

—Lo siento mucho —dije—. No tenía ni idea.

Pobre Melba. Sabía que estaba divorciada, pero hasta ahí llegaba mi conocimiento de su situación.

—Frank y yo estábamos pasando por una mala racha —dijo Melba—. La vieja historia de siempre. Y entonces viene Godfrey de gira con uno de sus libros. Fui a la presentación, hubo química y después salí a cenar con él. Y puedes adivinar el resto.

Podía, pero me picaba la curiosidad.

—Tengo que hacerte una pregunta.

—Dispara.

—¿Godfrey andaba por la ciudad mientras tú tenías esta... relación?

—No fui tan estúpida como para huir a California con él, gracias a Dios —dijo Melba—. Athena fue la última parada de su gira e iba a quedarse aquí un par de meses, investigando para un libro.

—¿Y cuando terminó, regresó a California?

—Y yo me quedé aquí —dijo Melba—. Para entonces me había dado cuenta del ridículo que había hecho, y el pobre Frank también. Pidió el divorcio de inmediato.

—Otra pregunta. Y perdóname, pero necesito saberlo. ¿Tú o Frank odiabais tanto a Godfrey como para matarlo?

—Hace diez años, Frank hubiera sido capaz de desollarlo vivo... y te aseguro que le encantaba cazar —dijo Melba—. Pero para cuando Godfrey volvió a la ciudad un par de años después, Frank se había vuelto a casar.

—¿Y tú? —le pregunté con tacto.

—Yo también le odiaba —dijo Melba—. Pero me odiaba más a mí misma, créeme. Aprendí la lección.

Soltó una risa un poco desquiciada.

—Pero me vengué de Godfrey a mi manera.

—¿Cómo? —pregunté con un poco miedo, sin saber lo que iba a oír.

—Reuní todos los libros suyos que tenía y me senté delante de la chimenea. Arranqué cada página, una a una, y las quemé. Me sentí mejor, aunque por supuesto no soy partidaria de la quema de libros.

—Menos mal —bromeé, tratando de rebajar un poco la tensión—. Sobre todo porque trabajas en una biblioteca.

Se rio, y me quedé más tranquilo. Aunque no podía descartarla completamente de la lista de sospechosos, me daba la impresión de que había superado sus sentimientos.

Me pregunté si esa confesión nos incomodaría en el trabajo. Esperaba que no, porque apreciaba a Melba. Tenía un carácter alegre y optimista, daba gusto tenerla cerca, y me habría dado mucha pena que sintiera pudor.

—Te agradezco que me cuentes todo esto —dije.

—Tampoco es un drama —respondió Melba en un tono que desmentía sus palabras—. Alguien iba a sacar el tema tarde o temprano y prefería que lo supieras por mí.

Era hora de seguir adelante.

—¿Se te ocurre alguien más?

No quería decirlo, pero estaba claro que Godfrey encontraba una mujer distinta, pero dispuesta, cada vez que volvía a Athena.

—¿Además de Julia, la dueña de la librería y yo? —Melba resopló—. Las muescas que ese hombre debía de tener en su cama... Bueno, hay una más, que yo sepa. Janette Turnipseed.

—No me suena —dije—. Creo que no conozco a nadie con ese nombre.

—Ni tienes por qué —dijo Melba—. Era una investigadora de la universidad y trabajaba como profesora adjunta. Estuvo aquí hace unos seis años. Godfrey vino tres meses un otoño, para dar clases en ese programa de escritura de la facultad, y por lo visto vivieron un intenso romance.

—¿Ella se fue cuando acabó la investigación?

—Antes de que terminara —respondió Melba—. La pobre. Se marchó al final de aquel mismo semestre. Creo que se fue a una escuela perdida en Nebraska u Oklahoma.

—¿Por qué las mujeres seguían enamorándose de él? Seguramente conocían sus antecedentes.

Me di cuenta de que mis preguntas podían ser hirientes, pero Melba no las tomaba a mal.

—Podía ser increíblemente encantador cuando quería —dijo Melba—. Te miraba con aquellos ojos y te sentías la mujer más deseable del mundo. Bueno, hablo como una adolescente, pero así fue como me hizo sentir.

—Tendré que confiar en tu palabra —comenté con ironía—. He estado leyendo su nuevo libro y debo decir que el modo en que escribe sobre las mujeres hace que parezca un misógino.

—Eso es lo raro —dijo Melba—. A mí también me dio esa impresión con sus libros, pero en persona no era así. Creo que las mujeres le gustaban, y mucho, ese era su problema. Le gustaban tanto que no podía limitarse a una sola, o incluso una sola a la vez.

—Entonces me pregunto por qué escribía sobre ellas con tanto desdén.

—Eso solo lo sabe su psiquiatra —dijo Melba.

Diesel apareció en la puerta y se acercó con parsimonia a mi sillón. Cuando saltó de golpe sobre mis rodillas, contuve una mueca de dolor. Se me escapó un gruñido, de todos modos.

—¿Estás bien? —preguntó Melba.

—Sí, sí, solo se me ha cortado un poco la respiración después de servir de pista de aterrizaje para un gato enorme.

Melba se echó a reír.

—Ahora veo la escena. Diesel ya no es un cachorrito que pueda acurrucarse en el regazo.

—Intenta explicárselo a él —dije mientras me acomodaba para repartir el peso—. Bueno, ya puedo respirar de nuevo.

Diesel ronroneó suavemente y le acaricié la cabeza con la mano libre. Podía quedarse sentado así tan campante una hora o dos... o hasta que se me acalambrara la mano y se me durmieran las piernas. Cuando apoyaba la cabeza en mi pecho, se lo perdonaba todo. Era un compañero muy cariñoso y, de no ser por él, no sé cómo habría salido adelante los dos últimos años.

—Gracias por toda la información —dije—. Hasta ahora, sin embargo, ninguna de las personas que me has nombrado encaja en el perfil del sospechoso, ¡y tú aún menos! ¿No se te ocurre nadie más? Creo que los padres de Godfrey han fallecido, pero ¿tenía más familiares?

—Algunos primos lejanos, creo —dijo Melba—. Del lado paterno. Pero viven en el sur de Alabama. No creo que los padres de Godfrey tuvieran mucho contacto con ellos, en cualquier caso.

Estaba a punto de hacer otra pregunta cuando Melba continuó.

—Aparte, el único que me viene a la cabeza es su hermanastro —dijo.

—¿Hermanastro?

Eso era una novedad para mí. No recordaba haber oído que Godfrey tuviera esos lazos de sangre.

—Sí, será unos diez años mayor que él. Hijos de la misma madre. La madre de Godfrey estuvo casada con otro hombre antes de casarse con el señor Priest.

—Primera noticia. Y desde luego no sabía nada de un hermano.

—Lo conoces. Solo que no sabes que lo conoces —dijo Melba, con picardía.

—De acuerdo, me rindo. ¿Quién es? —dije. Realmente no tenía la menor idea.

—Rick Tackett, el encargado de logística.

CAPÍTULO VEINTICUATRO

—Osea que Rick es hermanastro de Godfrey...
¿Tal vez por eso estaba tan interesado en el valor de sus archivos personales?

—Sí, supongo que mucha gente no lo sabe. Por lo que tengo entendido, nunca mantuvieron mucho trato —dijo Melba—. Por lo que me contaron en su día, la mamá de los chicos abandonó a su primer marido, el señor Tackett, y a Rick por el papá de Godfrey. Imagínate, ¡en la década de 1950 fue un auténtico escándalo!

—¿Abandonó al marido y al hijo? Supongo que el chico lo pasaría mal.

—Desde luego —dijo Melba—. Por eso Rick siempre me ha dado un poco de lástima. Su padre lo obligó a cortar todos los lazos con su madre. En cambio, parece ser que Godfrey salió a su propio padre en más de un sentido.

—¿El viejo Priest también era mujeriego?

—Un mujeriego empedernido, por lo que me contaba mi madre —dijo Melba—. Pero siguieron casados, a pesar de que la engañaba. La vida le hizo tomar de su propia medicina por haber abandonado así a Rick.

—Qué gente tan encantadora —comenté, con un poso de amargura en la voz.

Los hombres que actuaban así no me inspiraban ningún respeto, y las mujeres que huían y abandonaban a sus hijos por un tipo cualquiera tampoco. No conocía los detalles, así que tal vez me equivocaba al juzgar a la madre de Rick y Godfrey, pero...

—La señora Tackett, como entonces se la conocía, era la organista de la iglesia, y resulta que su hermana estaba casada con el pastor. Eso dio muchísimo que hablar en el pueblo.

—Athena no debía de envidiarle nada a Peyton Place.

—Ni entonces ni ahora —aseguró Melba—. La gente no cambia tanto, siempre encuentra la manera de meterse en esos enredos.

—Supongo —asentí—. Pero lo que debo dilucidar es qué tienen que ver esos «enredos» con la muerte de Godfrey. ¿Qué hay de Rick, por ejemplo?

—Como te he dicho, no creo que entre ellos dos hubiera mucho trato. O por lo menos a mí no me consta. Lo que sí es cierto es que Rick ha tenido una vida difícil.

—La verdad es que no sé prácticamente nada de él —reconocí, sabiendo que Melba me daría los detalles con mucho gusto.

—Para empezar, luchó en Vietnam, en los últimos coletazos de la guerra. Sabe Dios hasta qué punto le afectó esa experiencia —dijo Melba, con sincera compasión—. El viejo Tackett era un hombre rudo, según dicen. Era granjero, y ya sabes que esa vida curte mucho. Rick trabajó en la granja hasta que tuvo la edad de alistarse en el Ejército.

—Debía de estar deseando marcharse. Esa es la impresión que da.

—Seguramente —dijo Melba—. Rick también se ha casado un par de veces, y tiene tres hijos. —Se paró a pensar un momento—. Sí, tres. Dos chicos y una chica. Tuvo otra hija, pero murió con apenas nueve o diez años.

—Qué horror —dije. No imaginaba peor desgracia para un padre.

—De cáncer —dijo Melba—. La llevaron al hospital infantil de Saint Jude, en Memphis, y los médicos hicieron todo lo que pudieron para salvarla, pero no lo consiguieron.

—Pobre Rick —dije.

—Sí, ha tenido una vida llena de calamidades —dijo Melba—. Y ahí estaba su hermanastro, podrido de dinero con sus libros, mientras que Rick las pasaba moradas para sacar adelante a su familia y pagarles los estudios a los chicos.

—Intuyo que Godfrey jamás movió un dedo para ayudarlos —dije.

Me costaba imaginar un gesto caritativo por su parte. Y quizá Rick tampoco quisiera nada de su hermano.

—No, que yo sepa —dijo Melba—. Esos chavales son listos, por suerte, y la chica tiene verdadero talento. La he oído cantar en el coro de la iglesia. Tiene una voz preciosa, y la última noticia que me llegó es que había ido a estudiar a una de esas célebres escuelas de música del este. Creo que quiere ser cantante de ópera.

«Eso no debía de ser barato», pensé. El dinero de Godfrey habría marcado una gran diferencia, si hubiera querido ayudar.

Charlé unos minutos más con Melba, pero no tenía más esqueletos que sacar del armario, así que al final colgué y dejé el teléfono a un lado.

Diesel seguía durmiendo profundamente en mi regazo, y las piernas empezaban a dolerme un poco de aguantar su peso. Con delicadeza, lo desperté y lo dejé en el suelo. Me miró somnoliento, bostezó y se subió de un salto al colchón, donde se quedó dormido otra vez.

Me levanté y estiré las piernas antes de ir al cuarto de baño a beber agua, porque después de la larga conversación con Melba tenía la garganta seca. Me lavé los dientes y me acosté al lado de Diesel, agradeciendo que por una vez me hubiera dejado sitio suficiente para no tener que apartarlo. Tumbado en la oscuridad, pensé en lo que Melba me había contado. Godfrey había causado muchos pesares, saltaba a la vista, tantos como su madre y su padre. Entre todas aquellas historias patéticas, sin embargo, ¿alguna podía guardar relación con la muerte del escritor?

A mí la única que me parecía probable era que Godfrey tuviera un hermanastro. Veía una razón para que Rick estuviese resentido con su hermano, y más considerando que Godfrey se había hecho rico y famoso mientras él pasaba apuros para salir adelante.

Pero incluso si Rick le guardaba rencor, ¿sería una razón suficientemente poderosa para llegar a asesinarlo? Por lo que Melba me había contado, no me parecía probable que Godfrey hubiera incluido a Rick y su familia en el testamento. Así que, desde un punto de vista económico, no sacarían nada de la muerte de Godfrey.

¿Y si se trataba de mera envidia, una envidia que con el paso de los años de decepciones y resentimientos acabó por ser mortal?

Atribulado por esas preguntas, me costó mucho dormirme. Finalmente caí rendido, con Diesel a mi lado.

Cuando sonó el despertador a la mañana siguiente, me sentía embotado, sin ningunas ganas de levantarme. No había tenido un sueño reparador y sabía que estaría todo el día aletargado.

Diesel acercó la nariz a la mía y me lanzó un murmullo. Al ver que no me movía, me plantó una pata en el brazo y siguió murmurando.

Abrí los ojos y lo miré desafiante.

—Bueno, ya voy. Ahora me levanto. Seguro que te desmayarás de hambre si no salto de la cama para darte de comer ahora mismo.

Diesel pasó por encima de mí y saltó al suelo, ignorando mi gruñido de dolor cuando me pisoteó la tripa. Eso me puso en mi sitio, así que me levanté.

Abajo, encendí la cafetera, llené los cuencos de Diesel y limpié su caja de arena. Mientras el gato atacaba alegremente su comida, fui a recoger el periódico a la entrada y me senté a leerlo. «Más vale que esa cafetera se dé prisa», pensé. Necesitaba una buena dosis de cafeína para que mi cerebro se pusiera en marcha.

Aunque la muerte de Godfrey seguía siendo noticia de portada, constaté con alivio que en el artículo no se mencionaba el nombre de los posibles sospechosos. Más tarde tendría que acordarme de darle las gracias a Kanesha Berry por asegurarse de que ni mi nombre ni el de Julia o el de Justin aparecieran en el periódico. Aquel reportero no había vuelto a molestarme, así que eso también se lo debía a Kanesha.

Azalea entró muy ajetreada mientras me estaba acabando la segunda taza de café.

—¡Buenos días! —me saludó.

—¿Cómo le va a Kanesha? —le pregunté, después de devolverle el saludo.

—¡Está que se sube por las paredes! —dijo Azalea—. Ojalá resuelva pronto esta historia o no sé qué voy a hacer con ella.

—Está bajo mucha presión —dije—. Entiendo que tenga los nervios de punta.

—Por eso yo tenía la esperanza de que «alguien» averiguase algo y la ayudara —contestó Azalea, con una mirada penetrante.

—Hago todo lo que puedo —dije—. He estado indagando, pero hasta ahora no he dado con nada sólido. Godfrey siempre tuvo un don para enfadar a los demás y parece que sus padres también lo tenían.

Azalea soltó un bufido.

—Con la fulana que tenía por madre y el perro callejero que tenía por padre, no me sorprende nada.

—¿Los conocías?

Su tono de desdén sugería que había tenido alguna mala experiencia con ellos.

—Desde luego que sí —dijo Azalea con un gesto afligido—. Cuando tenía dieciséis años, trabajé para la mujer poco más de seis semanas. Nunca imaginaría la cantidad de gritos y palabrotas que se soltaban aquellos dos. Y el pobre crío allí, escuchándolo todo. No me extraña que saliera a su padre.

—Debía de ser espantoso.

—Terrible —aseguró Azalea—. No compensaba trabajar en aquella casa ni por todo el dinero del mundo, créame. En cuanto pude, conseguí otro empleo. Fue entonces cuando empecé a trabajar para la señorita Dottie. —Su cara se enterneció con una sonrisa—. Una verdadera dama. Atesoro cada minuto que estuve a su servicio.

Sabía que la tía Dottie adoraba a Azalea, pero no me atreví a decirlo. Era la primera vez que se ponía tan sentimental conmigo y no quería ofenderla con un comentario bienintencionado pero tal vez inoportuno.

—Era única, desde luego —me contenté con decir.

Azalea empezó a trajinar en los fogones.

—Voy a preparar unos huevos revueltos y beicon.

—Por mí estupendo —dije—. Creo que iré arriba a darme una ducha. Bajaré en unos quince minutos.

Azalea asintió, y la dejé en la cocina. Diesel vino detrás, pero siguió subiendo cuando me detuve en el primer piso. Se aseguraría de que Justin estuviera despierto y a tiempo para el desayuno.

El chico apareció cuando yo casi había acabado de desayunar. Comió rápido, explicando que debía llegar a la biblioteca antes de clase, porque se encontraría con un amigo y quedarían para estudiar. Por cómo engulló la comida, dudo que la saboreara demasiado, pero recordé los atracones que me daba cuando era estudiante y me abstuve de hacer ningún comentario.

Diesel y yo pasábamos tres viernes al mes en la biblioteca municipal, donde trabajaba como voluntario. Iba donde hacía falta: ayudaba con la documentación, hacía labores de catálogo y organizaba uno de los grupos de lectura para jubilados. Sin embargo ese era mi viernes libre, así que decidí ir al archivo y seguir examinando los papeles de Godfrey.

Cuando llegamos al campus, el edificio ya estaba abierto. Me planteé ir a buscar a Rick y hablarle de Godfrey, pero ¿con qué pretexto? Nada que no me hiciera parecer un reportero de la prensa sensacionalista a la caza de la primicia, pensé. Decidí esperar y ver si se presentaba una buena oportunidad. Tal vez Rick asistiría a la ceremonia conmemorativa prevista para el día siguiente.

Conseguimos llegar arriba sin que Melba nos viese. Prefería que de momento no supiera que Diesel y yo estábamos allí. Quería centrarme en los documentos de Godfrey sin distracciones.

Cerré la puerta y encendí las luces. Las cajas parecían intactas y confiaba que el cambio de las cerraduras garantizara que eso siguiera así.

Diesel se instaló cómodamente en la ventana y yo eché una ojeada al inventario mientras me sentaba en mi escritorio. ¿Por dónde empezar?

No quería seguir leyendo cartas esa mañana, así que decidí no ponerme con la correspondencia profesional de Godfrey. Recordé la caja llena de disquetes. Podía abrir los archivos y empezar a registrar los contenidos.

Fui a buscar la caja y la dejé encima del escritorio. Saqué una de las fundas del interior y la abrí. Eran de aquellos discos flexibles que no se usaban hacía años. En circunstancias normales, esa clase de soporte habría sido un problema, porque quedaban pocos ordenadores capaces de leerlos.

El archivo, sin embargo, estaba equipado para tales imprevistos. Tenía un ordenador que podía reconocer el formato y contaba con diversos procesadores de texto.

Había uno de esos ordenadores en el escritorio de la esquina, detrás de unas estanterías. Llevé allí toda la caja y encendí el aparato. Mientras esperaba a que arrancara, examiné algunos de los disquetes. En las etiquetas reconocí algunos de los primeros títulos de Godfrey. Además, estaban fechados, así que podía ponerlos en orden cronológico.

Cuando el ordenador estuvo a punto, inserté el disco con la fecha más antigua y ejecuté un comando de DOS para ver el directorio de los contenidos. A juzgar por las extensiones de los archivos, pensé que no tendría problemas para abrirlos. Repasé el directorio. Solo había doce archivos y estaban numerados. Capítulos del uno al doce, sin duda.

Abrí el archivo guardado como «uno» y le eché una ojeada. Reconocí el arranque de la que creía que fue la novela negra con la que Godfrey debutó, *Saldar cuentas.* El cambio en el estilo desde sus primeros libros de misterio, más convencionales, era muy claro. Cerré el archivo y saqué el disquete. No le veía mucho sentido a leer de corrido los textos, porque analizar la prosa de Godfrey no era lo que me interesaba.

Había tres discos con la etiqueta «Saldar». Inserté el tercero en la consola y ejecuté el comando del directorio. Vi archivos numerados, salvo uno guardado como «Carta». Lo abrí y empecé a leer.

La carta estaba dirigida simplemente a «G». Godfrey, supuse. Quien escribía empezaba dando las gracias a G por dedicar su tiempo a leer el manuscrito y expresaba la esperanza de que a G le gustara y le prestara ayuda para que se publicara. La carta mencionaba el título «Saldar cuentas».

Acabé de leer la carta —anónima, por desgracia— convencido de que Godfrey no había escrito aquel libro firmado con su nombre.

CAPÍTULO VEINTICINCO

Atónito por el contenido de la carta, me quedé delante de la pantalla, con la mirada perdida, intentando volver a poner el cerebro en marcha.

Si el correo no era una especie de broma de mal gusto, las implicaciones eran claras: Godfrey había robado la obra de otro escritor para publicarlo con su nombre.

Pero ¿cómo se salió con la suya impunemente? El autor, el señor o la señora X, sin duda lo había descubierto. Godfrey incluso utilizó el mismo título que se mencionaba en la carta.

Leí de nuevo el mensaje, esta vez más despacio, en busca de cualquier pista que pudiera señalar la identidad de X.

Aquí está el manuscrito del que te hablé cuando estuviste aquí hace unos meses. Gracias por haber aceptado leerlo. Espero que te guste lo suficiente como para que quieras contribuir a su publicación. Es diferente a tus libros, mucho más oscuro y áspero, pero en la charla que hiciste con el grupo mencionaste que te gustan las novelas negras. Lo he titulado Saldar cuentas, *aunque no sé si es el mejor título. Agradecería cualquier sugerencia que tengas al respecto. Dicen que es importante encontrar un título con garra, pero tú sabes más de esto que yo. Por ahora, al menos. Espero aprender mucho más pronto. Gracias de nuevo. Estoy deseando conocer tu opinión.*

Nada más. Ningún dato que permitiera saber la identidad del autor, ni siquiera si se trataba de un hombre o una mujer. Dos posibles elementos podrían ser útiles: *«cuando estuviste aquí hace unos meses»* y *«en la charla que hiciste con el grupo»*. No había ninguna fecha en el texto, pero se me ocurrió la genial idea de comprobar la fecha en el fichero del disquete.

Antes imprimí una copia de la carta, y luego consulté de nuevo el archivo y miré la fecha: 3 de agosto... ¡de hacía diecinueve años! La última modificación del fichero se había hecho diecinueve años atrás.

Diecinueve años. Reflexioné un momento.

Justin tenía dieciocho años.

Godfrey estaba en Athena más o menos en aquella época.

¿Podría eso significar que quien escribió la carta vivía en Athena?

Debía de ser de la zona. Por fuerza existía una conexión local con el asesinato de Godfrey. Si no, ¿por qué lo habrían matado aquí y no en otro lugar?

«Calma —me dije—. Estás sacando conclusiones precipitadas.»

Imprimí una captura de pantalla del fichero y la grapé a la carta.

Antes de examinar otros disquetes, quería verificar una cosa. Ese ordenador no estaba conectado a Internet, así que volví a mi escritorio. Diesel, en la ventana, parecía profundamente dormido. Me conecté al catálogo en línea de la biblioteca y busqué el nombre de Godfrey. Quería comprobar las fechas de publicación de sus libros. La biblioteca debería tenerlos todos en su colección, tratándose de un escritor local.

Godfrey sin duda contaría con una página oficial que ofreciera toda esa información y más tarde le echaría un vistazo, pero preferí consultar el catálogo en primer lugar, ya que los datos bibliográficos serían más precisos.

Efectué las operaciones necesarias para crear un breve listado con todas las referencias de los títulos de Godfrey y lo imprimí. Allí figuraban la editorial y la fecha de publicación.

Examiné el listado recién impreso. Había elegido que siguiera el orden cronológico, para poder repasar los libros de Godfrey según la fecha de publicación, desde el primero hasta el más reciente.

Sus primeros cinco libros se publicaron en cuatro años, y después hubo un intervalo de otros cuatro años antes de su sexta novela, *Saldar cuentas*. Se publicó hacía diecisiete años, lo que indicaba un lapso de un par de años, aproximadamente, entre la fecha inscrita en el disquete y el lanzamiento editorial del libro.

Los primeros cinco libros de Godfrey eran diferentes de los demás, tanto por el estilo como por el tono. Ligeros, divertidos y alegres, protagonizados por un dúo peleón de detectives aficionados que reprimían su atracción mutua mientras tropezaban con cadáveres. *Saldar cuentas* marcó un cambio radical, viendo su obra con perspectiva, pero siempre supuse que había sido una estrategia de Godfrey para ganar lectores. Hasta ese momento no había alcanzado el éxito comercial, pero con *Saldar cuentas* llegó a la lista de los más vendidos. Y desde entonces era un asiduo.

Esa carta explicaba aquel cambio abrupto en la obra de Godfrey: aquel libro no era suyo, lisa y llanamente. Pero ¿sería el único? ¿Qué pasaba con los otros quince libros publicados en los años transcurridos desde *Saldar cuentas?*

Diesel se levantó de la siesta, estirándose y bostezando. Me acerqué a acariciarle la cabeza y ronroneó de felicidad. Bajó de un salto y me acompañó cuando fui a llevar la lista de los libros de Godfrey al otro ordenador.

El libro publicado el año siguiente a *Saldar cuentas* se titulaba *Quédate conmigo.* Comprobé la caja de discos y había tres con la etiqueta «Quédate».

Introduje el primero en la ranura y eché un vistazo a la lista de archivos. Solo había números. Comprobé también el segundo y el tercero. Igual. Ninguna carta. Diesel se frotó contra mis piernas un par de veces antes de ponerse a merodear por la oficina. No solía causar destrozos, así que lo dejé campar a sus anchas.

Revisé el siguiente libro de la lista: *La conjura de los malditos.* Había cuatro disquetes con ese título. Inserté el número cuatro esta vez y lo inspeccioné.

Bingo. Otra carta, de nuevo dirigida simplemente a G. Y sin firma. Frustrante.

> *Nuestro acuerdo parece funcionar bastante bien, aunque pensé que al menos ibas a mencionarme en los agradecimientos. No me importa que acapares toda la atención de los medios de comunicación, odio ese tipo de cosas, pero ¿no podrías al menos incluir mi nombre en alguna parte? Esperaba un poco más de gratitud, francamente. El dinero está bien, de eso no me quejo, pero si no fuera por mí, tu nombre no estaría en la lista de los más vendidos, ya lo sabes. Me alegro de que sea el momento de un nuevo contrato. Voy a querer que hagamos algunos cambios, pero te avisaré una vez que lo piense con detenimiento.*

A continuación pasaba a describir, a grandes rasgos, la trama del próximo libro y le pedía opiniones sobre algunos detalles.

Ese correo constituía una prueba clara de que Godfrey firmaba con su nombre una obra ajena. También sonaba a que a X empezaba a molestarle la falta de reconocimiento.

¿Por qué Godfrey había conservado esos discos? Si hubiera tenido un poco de sentido común, los habría destruido hace años. Evidentemente no iban destinados a formar parte de sus archivos personales, puesto que la caja no estaba incluida en el inventario. Supuse, conociendo su arrogancia, que Godfrey nunca pensó que alguien pudiera descubrir el plagio.

Algún empleado debió de ver la caja y, en un exceso de celo, la incluyó con el resto. A Godfrey le habría dado un patatús si lo hubiera sabido.

Qué golpe de suerte para mí, en cambio. Di las gracias en silencio a la persona que había metido el estuche de los disquetes con todo lo demás.

Debía poner al corriente a Kanesha Berry, y tenía la intención de hacerlo cuanto antes.

Sin embargo, antes quería seguir indagando y ver si había otras cartas. ¿Godfrey había seguido apropiándose de la obra de X?

Me di cuenta de que convendría revisar las dedicatorias y los agradecimientos de todos los libros, ya que podrían dar alguna pista.

«¿Y su agente lo sabía?», me pregunté. Tendría que empezar a anotar todas las preguntas que se me iban ocurriendo.

Volví a examinar el contenido de los disquetes. Los revisé cronológicamente. Entre los documentos del siguiente título de la lista no había ningún mensaje. Pasé al quinto libro.

¡Por fin di con un filón! Leí la carta con los ojos como platos.

Malnacido, debería haber sabido que no podía confiar en ti. No has cambiado, sigues decidido a hundir a quien haga falta para conseguir lo que quieres. Pensé que un contrato me protegería, pero ya te encargaste de que no fuera así, ¿eh? ¡Qué ingenuidad y estupidez por mi parte! Debería haberme asesorado con un abogado, pero dijiste que no valía la pena. ¿Tu agente realmente revisó el contrato como dijiste? Francamente, no lo creo. Casi me dan ganas de llamarla para tener una pequeña charla con ella. Pero yo no puedo permitirme devolver el dinero, desgraciado, y tú lo sabes. Estoy en un atolladero, pero eso no significa que no vaya a encontrar una salida.

«¿Qué tipo de contrato firmó X?», me pregunté. Aunque era evidente que Godfrey se había aprovechado de la buena fe y la inexperiencia de X, aquello parecía una barbaridad incluso para alguien como Godfrey.

En el inventario se mencionaban los contratos, pero sospeché que no habría una copia del contrato con X. Ni siquiera Godfrey sería tan arrogante, o tan bruto, como para guardar con el resto de sus papeles un documento que pudiera perjudicarle hasta ese punto.

Ese contrato, sin embargo, podría ser la clave de todo. ¿Y si X había acumulado tanta rabia ante la injusticia que al final decidió que Godfrey tenía que morir? Si pudiera encontrar el contrato o la manera de descubrir la identidad de X...

La respuesta quizá estaba en el estuche de los disquetes. Tan solo necesitaría tiempo.

Deteniéndome solo lo estrictamente necesario para ir a casa a almorzar, me pasé casi todo el día delante del ordenador, revisando todos los archivos informáticos.

Encontré algunas cartas más de X, algunas llenas de cólera hacia Godfrey, otras cargadas de resignación. De vez en cuando mencionaba los beneficios cada vez mayores que daban los libros; no parecía tener ninguna queja en ese sentido.

Ese era otro aspecto a tomar en consideración: Godfrey había ganado millones con estos libros. Incluso yo había leído reportajes en las revistas sobre su estilo de vida. Así pues, X también debía de haber sacado su tajada...

¿Alguien en Athena vivía por encima de sus posibilidades? ¿Había resistido X la tentación de derrochar ostentosamente el dinero? Kanesha podría dilucidarlo mejor que yo... una vez uno de los dos pudiera poner nombre a X, claro.

Después de invertir tanto tiempo en examinar los disquetes, seguía sin tener ninguna pista sólida sobre su identidad. Obviamente X conocía a Godfrey desde hacía mucho tiempo, como tanta gente en Athena y otros lugares.

Se mencionaba varias veces un «grupo», que probablemente sería un taller de escritura, pero ese tipo de grupos proliferaban en todas partes.

Sin embargo, estaba convencido de que podía estar en Athena. Era un punto de partida, por lo menos. Podría hablar con una antigua compañera que había estado en la biblioteca pública durante casi treinta años. Si existía un taller de escritura, lo sabría.

Terminé de imprimir una copia de todas las cartas y las ordené cronológicamente. También me aseguré de dejar los discos en los estuches correspondientes.

«La hora de la verdad», me dije. Ya no podía seguir posponiéndolo, aunque no me apetecía nada la que se vendría encima.

Volví a mi escritorio. Diesel, una vez más, estaba durmiendo en la ventana. Descolgué el teléfono y llamé a la comisaría.

CAPÍTULO VEINTISÉIS

C uando Kanesha Berry entró en mi oficina, vi que se avecinaba tormenta.

—¿Qué es eso tan urgente? No tengo tiempo para que un aficionado interfiera en esta investigación, señor Harris.

—Lo entiendo, agente —dije—. Si no creyera que es importante, no la habría llamado.

No pareció que mi tono conciliador la ablandara. Señalé la silla junto a mi escritorio.

—Por favor, siéntese y déjeme mostrarle lo que he encontrado.

Detrás de mí, en la ventana, Diesel levantó la cabeza. Siempre reaccionaba a un tono de voz seco, se ponía alerta, y Kanesha lo había inquietado.

La investigadora tomó asiento, pero sus ojos seguían relampagueando. Antes de sentarme, le entregué la carpeta con las cartas que había impreso para ella.

—¿Qué es esto?

Asió la carpeta, pero no la abrió.

—Podría constituir una prueba decisiva del móvil en el asesinato de Godfrey —dije—. Déjeme explicarle lo que he descubierto; creo que coincidirá en que es un asunto serio.

· Kanesha asintió antes de lanzar una mirada elocuente a su reloj.

—Cuando Godfrey se presentó en mi oficina, hace tres días, me dijo que quería donar sus papeles al archivo de la universidad —dije—. En ese momento yo no sabía que ya había dejado todo a punto para enviarlos aquí. Llegaron al día siguiente de su muerte.

—¿Y ha esperado dos días para contármelo?

Kanesha echaba chispas.

—Efectivamente. En resumen, la cuestión es que los papeles de Godfrey ahora pertenecen a la universidad. Se adjuntaba una carta cediendo la titularidad de los derechos a la universidad.

—Tal vez sea así —dijo Kanesha—. Pero eso no significa que se pueda ocultar información relevante para este caso. Podría inculparle por interferir en una investigación criminal.

—No pretendo ocultar nada y no estoy tratando de interferir —dije—. Simplemente me he demorado en informar de la existencia de esos documentos. Me doy cuenta de que eso no es una excusa, pero como en principio seré el responsable de gestionar la colección en algún momento, quería una oportunidad para examinar el contenido. Contenido que en su mayor parte no tendrá absolutamente ninguna utilidad para su investigación.

—Es un detalle que decida eso por mí —dijo Kanesha, destilando sarcasmo—. ¿Y cómo sé que no ha destruido ningún documento que pudiera relacionarlo con el crimen? ¿A usted o a alguien más, como Julia o Justin Wardlaw?

—No puede saberlo —dije, con la que esperaba que fuese una desarmante sonrisa—. Y si quiere acusarme de algo, adelante.

Pero al menos déjeme explicar lo que encontré. Creo que podría ser la clave del asesinato de Godfrey.

—Adelante —dijo Kanesha—. Le escucho.

«Pero no por mucho tiempo», me dijo su expresión.

Le entregué el inventario.

—Aquí tiene el inventario que acompañaba el envío. Lamento decir que es muy general, pero lo interesante es que llegó una caja de más.

—¿Qué quiere decir?

Kanesha le echó una ojeada.

—Todas las cajas estaban numeradas, excepto una —le expliqué—. Y los números coinciden con el inventario. La caja sin numerar contiene disquetes informáticos.

—¿Cree que no estaba previsto incluir esa caja?

Kanesha me devolvió el inventario.

—A juzgar por lo que encontré en algunos de los archivos informáticos, no, no creo que Godfrey hubiera querido que nadie los viera. No sé por qué los conservó, más allá de su increíble arrogancia. Sin duda creyó que nadie los descubriría y que estaría a salvo.

—¿A salvo de qué? —Kanesha miró su reloj de nuevo.

—De las cartas que encontré en varios disquetes.

Señalé la carpeta que le había dado antes.

—Están todas ahí, en orden cronológico. Écheles un vistazo y lo verá enseguida.

Kanesha seguía pensando que le hacía perder el tiempo. Se le veía en la cara. También estaba indignada porque no la hubiera avisado antes. Pero después de tensar y aflojar la mandíbula, abrió la carpeta y comenzó a leer.

La observé. Leyó rápidamente y, al acabar la segunda carta, me miró con el ceño fruncido. La miré impasible y volvió a las cartas. Creo que había despertado su curiosidad.

Ocho minutos después había terminado; la cronometré. Cerró la carpeta y me miró pensativa.

—En pocas palabras, pagaba a otra persona para que escribiera los libros por él —dijo—. Y a esa persona no le gustaban los términos del contrato.

—Exactamente —dije—. Creo que «X», como por ahora he llamado al misterioso escritor o escritora, acabó hartándose tanto de esos abusos de Godfrey que, en un ataque de ira, lo mató.

—Ajá —dijo ella.

Me devolvió la carpeta.

—Si a X le indignaba tanto ese contrato, ¿por qué no recurrió a un abogado y llevó al señor Priest a los tribunales?

—Sin saber las condiciones del contrato, no puedo contestar con fundamento. Aun así, leyendo entre líneas, deduzco que el contrato obligaba a X a guardarlo en absoluto secreto, y si se rompía esa cláusula de confidencialidad, el acuerdo quedaba cancelado.

—Es una posibilidad, supongo —admitió Kanesha—. Sin embargo, ¿qué es lo que estaba en juego? La reputación del señor Priest, por supuesto, pero ¿y el dinero? ¿Cuánto podía ganar él con los libros?

—Antes, mientras esperaba que llegara, he indagado un poco en Internet —dije—. Encontré un artículo publicado hace algo más de un año con un *ranking* de los escritores estadounidenses más vendidos según una proyección de sus ingresos anuales. Godfrey estaba entre los diez primeros. Según el artículo, sus ingresos anuales rondaban los veinte millones de dólares.

Kanesha no se lo esperaba, abrió los ojos como platos.

—Caramba, es un dineral —dijo—. ¿Cómo podía ganar tanto?

—Piense que por un lado sus libros se publican en una treintena de idiomas, y por lo visto se venden muy bien en toda Europa y también en Japón. Luego están las adaptaciones cinematográficas. Si Godfrey cobra derechos, hay que sumar otro buen pellizco. Varias películas basadas en sus libros han sido grandes éxitos, tanto aquí como en el extranjero.

—Veinte millones de dólares al año... —Kanesha sacudió la cabeza, como si aún no pudiera asimilarlo.

—X tenía que saber que los libros generaban grandes ingresos —dije—. ¿Y si pensaba que solo recibía las migajas, en comparación con lo que Godfrey ganaba? Además de que no recibía ningún reconocimiento por su trabajo, y año tras año su frustración iba a más.

—Es posible —dijo Kanesha—. Lo reconozco. Y tiene tanto sentido como cualquier otra cosa que haya podido descubrir. Pero ¿cómo diablos voy a averiguar quién es X? Ni siquiera sé dónde vive.

—Creo que X vive en Athena —dije.

Le expliqué mi razonamiento, y Kanesha volvió a echar un vistazo a las cartas.

—Tiene sentido —concluyó—. Ahora lo único que tengo que hacer es localizar algún taller de escritura al que X pudiera pertenecer. —Lanzó una mirada al cielo—. Será como buscar una aguja en un pajar.

—Con eso puedo echar una mano —le ofrecí—. Hay una compañera de la biblioteca pública, lleva treinta años trabajando allí. Si alguien sabe algo de los talleres de escritura por aquí, es ella. Se llama Teresa Farmer.

—La conozco —dijo Kanesha—. Organiza el programa de lectura infantil en verano.

—La misma. —Golpeé con los nudillos el inventario—. También podemos mirar en las cajas donde están archivados los contratos. Puede que ahí haya más información. Y siempre se puede hablar con la agente literaria de Godfrey. Se supone que asistirá a la ceremonia de mañana en su honor.

Kanesha asintió un par de veces.

—Ya he quedado con ella. Llega a Memphis esta noche, y viene en coche mañana por la mañana.

—Estupendo.

—¿Por qué está haciendo todo esto?

Kanesha me miró con recelo.

—¿Quiere decir que por qué estoy metiendo las narices en su investigación? —dije tratando de no sonar demasiado impertinente.

Kanesha asintió.

—Por instinto, supongo —aventuré—. Los bibliotecarios estamos preparados para ayudar a encontrar respuestas, y la identidad del asesino de Godfrey es una pregunta crucial. Además, me siento involucrado por Justin y Julia Wardlaw. No puedo creer que ninguno de los dos haya matado a Godfrey, y quiero hacer por ellos todo lo que esté en mi mano.

Y, aunque sabía que no me atrevería, deseé añadir: «Y porque tu madre me lo pidió y no pude negarme».

—Si algo de lo que ha hecho compromete mi investigación, va a meterse en un buen lío. ¿Queda claro?

Resistí el impulso de cuadrarme. Kanesha sonaba como un sargento de instrucción tratando con un grupo de reclutas recién salidos del cascarón. No esperaba ninguna muestra efusiva de gratitud, pero supongo que tampoco debería haberme sorprendido de que no viera mi «intromisión» con buenos ojos.

—Clarísimo —dije—. Pero permítame preguntarle una cosa: si la hubiera llamado en el momento en que llegaron estas cajas de documentos, ¿qué habría hecho? ¿Los habría incautado inmediatamente para su investigación? ¿Habría examinado esos disquetes como hice yo? ¿Tiene un ordenador que reconozca esos formatos antiguos?

—Alto ahí. —Levantó una mano. Me había dejado llevar un poco—. Puede que me haya ahorrado algo de tiempo con estos disquetes, pero aún no puedo estar segura de que no haya destruido otras pruebas. Para serle franca, ¿cómo puedo estar segura de que eso no es un montaje para usar a X como una cortina de humo?

La miré atónito. Jamás hubiera imaginado que reaccionaría así. Me quedé mudo.

—Al no avisarme en cuanto llegaron esos papeles, básicamente contaminó las pruebas, en el supuesto de que puedan considerarse como tales. Me sentiría mucho más cómoda si supiera con certeza que el contenido de estas cajas quedó intacto desde que se entregó aquí. Pero usted decidió hacer de detective y ahora estoy en una situación difícil.

—Lo siento —alcancé a contestar finalmente.

Nunca me había planteado nada de eso y me di cuenta de que había metido la pata hasta el fondo.

—Realmente no sé qué decir, aparte de que lo siento.

—¿Dónde están los disquetes?

Todavía estaban en la caja con el otro ordenador. Fui a buscarlos en silencio y entregué la caja a Kanesha. Echó una ojeada.

—Ya veo lo que quiere decir con «formato antiguo».

Si era su manera de ofrecerme una tregua, la aceptaría.

—Me los llevo. Si quiere hacerme un recibo, lo firmaré, pero me los tengo que llevar.

—Ahora mismo —dije—. Pero ¿qué hay del resto de los papeles de Godfrey?

De repente me di cuenta de que debía hablarle de la persona que había entrado sin permiso en mi oficina el miércoles por la noche. Iba a ponerse aún más contenta conmigo.

—¿Dónde están el resto de las cajas? —preguntó.

—En un almacén, al final del pasillo —dije.

—¿Es seguro?

—Ahora sí —dije—. Debo contarle algo más.

—Adelante.

La expresión de su cara parecía preguntar «¿Y ahora qué?».
Tan brevemente como pude, le hablé del intruso.

—Y aun así no me llamó.

Me examinó como lo hubiera hecho con una especie de insecto exótico repugnante.

—No —dije—. Pero me aseguré de que ese mismo día cambiaran las cerraduras. Solo hay tres juegos de llaves. Yo tengo uno, por supuesto. Melba Gilley, la secretaria del director, tiene otro, y Rick Tackett, el encargado de logística, tiene el otro.

Kanesha siguió mirándome como a un curioso espécimen.

—Por cierto —añadí, sintiéndome más incómodo por momentos—, ¿sabía que Godfrey tenía un hermanastro? Es Rick Tackett. ¿Lo conoce?

—No lo conozco —dijo Kanesha—. Pero sabía del parentesco. Puede que le cueste creerlo, pero me tomé la molestia de averiguar todo lo que pude sobre la víctima y su familia desde el principio.

—Lo siento —dije, apaleado.

Se limitó a mirarme fijamente y procuré mantener la compostura. Sentirme como un delincuente de doce años era una experiencia nueva para mí.

—Por ahora llevaremos estas cajas al almacén, junto con las demás, y sellaré la sala hasta que pueda enviar a alguien a recogerlas y trasladarlas a comisaría.

—De acuerdo —dije—. Me parece una buena idea.

No iba a discutir. Si la universidad ponía algún reparo, más tarde lo resolvería.

En un arranque de inspiración, encontré unos guantes de algodón que usaba para manejar libros raros y le ofrecí un par. Aceptó asintiendo con la cabeza, y luego trasladamos las cajas de mi oficina al almacén.

Diesel, muy curioso por saber adónde íbamos con las cajas, nos siguió de un lado a otro hasta que terminamos el traslado.

—Ya que estamos aquí... —empecé, haciendo un gesto con la mano para indicar el almacén—, ¿por qué no echa un vistazo a alguno de los contratos? Eso respondería a una pregunta muy rápidamente.

—Quiere decir que se muere de curiosidad por saberlo y me pide que lo mire ahora mismo para que se lo cuente antes de que se lleven estas cajas.

Kanesha no sonreía, pero hubiera jurado que se estaba divirtiendo. Fue una sorpresa.

—Bueno, sí —reconocí.

—Vaya a buscar el inventario y la caja de discos, y yo me quedaré aquí —dijo Kanesha—. Echaré un vistazo a los contratos.

Asentí con la cabeza y volví a mi despacho para recuperar el inventario. Diesel se quedó con Kanesha. Estaba merodeando alrededor de las cajas cuando salí de la habitación. Pensé que Kanesha pondría alguna objeción, pero lo ignoró.

Volví con la caja de discos y el inventario.

—Los contratos están en la caja doce —dije—. Ya he mirado.

Dejé la caja en el suelo.

Ambos nos volvimos para buscar la caja número doce. Kanesha la vio primero, al fondo de una pila de cuatro. La ayudé a apartar las tres de arriba para que sacara la caja número doce.

—Es bastante ligera —dijo frunciendo el ceño.

Se agachó y levantó la tapa.

Estaba vacía.

CAPÍTULO VEINTISIETE

Deseé meterme a rastras dentro de aquella caja vacía y encerrarme allí para siempre. La mirada de Kanesha habría podido detener en seco a un rinoceronte en estampida.

Volvió a poner la tapa en la caja y se levantó. Salió al pasillo. La cólera era palpable en cada paso que daba. Giró sobre sus talones y esperó a que Diesel y yo nos reuniéramos con ella en el pasillo.

—Por favor, cierre la puerta —me pidió.

Después me tendió la mano para que le entregara las llaves.

—Lo siento —dije, obedeciéndola.

No contestó. Recorrió el pasillo hasta mi oficina, abrió la puerta y se quedó de pie junto a la puerta. Diesel me siguió dentro.

—Volveré en unos minutos. Entonces le devolveré las llaves —dijo, y se marchó hacia la escalera.

Fui a mi escritorio y me senté. Había metido la pata a más no poder y Kanesha tenía todo el derecho a estar furiosa conmigo. Me había dejado absorber por la situación sin pararme a reflexionar en las consecuencias de mis actos. No era uno de los hermanos Hardy ayudando alegremente a mi padre, el célebre detective.

A pesar de ser un ciudadano respetuoso de la ley, me había tomado demasiadas libertades al interpretar mi deber de ayudar a una agente en una investigación. Desde luego, le había echado una mano en ciertos aspectos. Por ejemplo: ¿cuánto tiempo le habría llevado encontrar las cartas en los disquetes? Ahora bien, ¿eso compensaba mi torpeza, al permitir que alguien robara los documentos de una caja entera o más?

Con tal de no caer en un espiral de remordimiento inútil, abrí el correo electrónico. Diesel, que parecía percibir mi agitación interior, siguió frotándose contra mis piernas y ronroneando. Le acaricié la cabeza y, como siempre, eso me hizo sentir mejor.

Después de un par de minutos de caricias, Diesel apartó la cabeza y se subió a la ventana. Sin dejar de ronronear, se echó para dormir la siesta mientras yo intentaba concentrarme en mi trabajo.

Absorto en la lectura de los mensajes, oí que Kanesha volvía, pero no levanté la vista. Unos minutos más tarde, me di cuenta de que estaba en la puerta y me volví hacia ella.

—Aquí tiene las llaves —dijo, dejándolas en mi escritorio—. He precintado el almacén, pero en cuestión de una hora vendrá alguien de comisaría a retirar estas cajas y trasladarlas a nuestras dependencias. Le agradecería que tenga preparado un recibo.

Me atreví a mirarla a la cara; vi que había perdido un poco de la rigidez de antes, y me relajé un poco también. Quizá no me hiciera la cruz, después de todo.

—Cuente con ello.

—Bien.

Me miró un momento.

—Me doy cuenta de que tiene buenas intenciones, señor Harris, y en general apreciamos la cooperación de los civiles. Pero se ha pasado de la raya. Se da cuenta, ¿verdad?

—Sí, soy consciente —dije—. No sabe cuánto lamento no haber notificado enseguida lo de los papeles de Godfrey. Solo espero que eso no cause contratiempos serios en su investigación.

Me escuchó mientras soltaba la parrafada, y después se limitó a bajar la cabeza y se fue.

Intenté concentrarme en el correo electrónico, pero no había manera. Seguía demasiado alterado por lo sucedido entre Kanesha y yo. Miré mi reloj. Eran casi las cuatro y media.

«Creo que, por hoy, ya he cumplido.»

—Vamos, muchacho, hora de irse —le anuncié a Diesel mientras apagaba el ordenador.

Bostezando, se sentó y se estiró. Aguardó pacientemente a que le pusiera el arnés, como siempre, y poco después estábamos listos. La tarde era fresca pero soleada cuando salimos del edificio. Durante el breve paseo a casa, pensé en lo que podría hacer al llegar.

«Una noche tranquila en casa sería ideal», me dije. Sin embargo, una voz insistente y machacona no dejaba de sugerirme una alternativa muy distinta.

Teresa Farmer, la bibliotecaria que le había mencionado a Kanesha Berry, solía estar en la biblioteca pública hasta las seis los viernes por la tarde. Me daba tiempo a pasar por allí y charlar tranquilamente con ella para averiguar qué sabía sobre los talleres de escritura locales.

Eso significaría volver a meterme en el terreno de Kanesha, pero sabía que podía contar con la discreción de Teresa. Si le contaba mis motivos, no lo hablaría con nadie hasta que la agente le pidiera ayuda.

Con los años he descubierto que, cuando quieres algo, siempre encuentras una excusa para justificarlo. Incluso cuando sabes que no debes.

En casa todo estaba tranquilo. Le di tiempo a Diesel para hacer sus necesidades y comer algo antes de irnos en el coche a la biblioteca pública. Me planteé dejarlo en casa, pero si entraba sin él en la biblioteca vería muchas caras de desilusión. Diesel era muy popular allí.

Minutos después aparqué delante de la biblioteca. Diesel se adelantó, tensando un poco la correa, ansioso por entrar. Le gustaba ir a la biblioteca pública porque siempre era el centro de atención. Antes de nada, saludamos a algunos de los niños que estaban allí, además de hacer la ronda con el personal de la biblioteca.

Teresa no estaba en el mostrador de consultas, y por un momento temí que fuera su día libre, pero unos minutos más tarde vi que se asomaba en la zona de oficinas, sin duda para ver a qué venía tanto jaleo. Teresa, una mujer menuda y vivaracha pocos años mayor que yo, sonrió al descubrir el motivo del ruido.

En cuanto pude, separé a Diesel del grupo de jóvenes admiradores y lo llevé detrás del mostrador de consultas donde Teresa esperaba. Ella tenía tres gatos y le había tomado tanto cariño a Diesel como cualquiera de los presentes.

—Charlie, ¿qué te trae por aquí? Es un placer inesperado —dijo Teresa—. Y tú, Diesel, ¿cómo estás?

Se agachó para hacerle mimos, acariciándole la cabeza cariñosamente.

Diesel ronroneó satisfecho mientras yo me explicaba.

—He venido a verte —dije—. Necesito que me ayudes en un asunto.

Teresa se levantó.

—Claro, venid a mi oficina.

Diesel y yo la seguimos. Teresa era la encargada del servicio de consultas de la biblioteca, además de la ayudante de dirección. También supervisaba a los pocos voluntarios de la biblioteca, y por eso habíamos colaborado estrechamente durante cerca de tres años.

Se sentó a un lado del escritorio y me indicó que tomara asiento delante. Lo hice y le quité a Diesel la correa del arnés. Se paseó por encima de la mesa y se acomodó en el regazo de Teresa. Cuando se sentó, su cabeza estaba un poco más alta que la de ella, y eso me hizo gracia.

—¿Qué querías, Charlie? —Teresa dijo mientras acariciaba a Diesel en el cogote.

—Tiene que ver con Godfrey Priest.

Sorprendida, Teresa me miró.

—Qué curioso.

—¿Por qué?

—Hace unos minutos me ha llamado la agente Berry —dijo—. Vendrá mañana a primera hora para preguntarme algo relacionado con Godfrey. No dijo de qué se trata exactamente, solo que necesitaba cierta información y que alguien le había sugerido que yo podía dársela. ¿Fuiste tú?

Kanesha había actuado más rápido de lo que esperaba. Al menos había tenido en cuenta mi sugerencia.

—Sí, he sido yo. Es un poco diabólico por mi parte venir a hablar contigo antes que ella, pero me puede la curiosidad.

Teresa se rio.

—Prometo no delatarte. ¿Qué es lo que tú y la agente Berry queréis saber?

—Saber un poco sobre los talleres de escritura por aquí —dije—. Si hay alguno, imaginé que lo conocerías.

—Gracias —dijo Teresa—. Intentamos estar al tanto de las actividades de este tipo dentro de la comunidad para responder a las preguntas del público.

—Lo sé —contesté, con una gran sonrisa—. Nunca olvidaré aquella vez que telefoneó una mujer de Houston buscando información sobre alguna organización dedicada a los gatos.

Me dio la risa de solo acordarme.

—¿Qué tiene de gracioso? —preguntó Teresa.

—La mujer había oído hablar de un grupo que tejía calcetines para gatos, dijo, y quería unirse.

Me reí de nuevo, y Teresa soltó una carcajada.

—No me imagino a uno de mis gatos permitiéndome ponerle calcetines.

—Me pareció muy gracioso, aunque por supuesto no podía decírselo. Así que encontré el nombre de un contacto de un grupo local de aficionados a los gatos. Nunca supe si encontró lo que buscaba.

—Menos es nada —dijo Teresa, todavía sonriendo—. Veamos, sobre los talleres de escritura... Sí, se me ocurren varios. Hay un grupo que se reúne aquí en la biblioteca desde hace unos veinte años. Son todos poetas, sin embargo, e intuyo que no es lo que estás buscando, si guarda relación con Godfrey Priest.

—Exacto —dije—. Quiero saber si participó en alguno de esos talleres o si estuvo en contacto con esos grupos de aficionados cuando volvió a Athena.

—¿Y no puedes decirme exactamente para qué quieres esta información?

—No, no puedo —dije con pesar—. Espero que no te moleste.

—Sobreviviré —dijo Teresa con ironía—. Bueno. Godfrey Priest y talleres de escritura.

Frunció el ceño, pensativa.

Diesel se había acomodado en su regazo, recostando la cabeza en su pecho y ronroneando con profunda satisfacción. Teresa le acarició la cabeza con dulzura.

Guardé silencio mientras ella buceaba en sus recuerdos. Tenía una memoria prodigiosa y esa era una de las virtudes que la convertían en una bibliotecaria excepcional. Si algo se podía encontrar, lo encontraba.

—Debe de hacer por lo menos veinte años... —dijo Teresa—. Godfrey Priest no ha dado charlas en esta biblioteca desde entonces. Participó en una recaudación de fondos que organizamos siete años atrás, creo, dio un discurso en una cena de los Amigos de la Biblioteca, pero eso fue todo.

—¿Y dices que hace veinte años? —dije, tirándole discretamente de la lengua.

—Por aquel entonces había un grupo que se reunía aquí de vez en cuando —dijo Teresa—. Siete u ocho personas, creo. No duraron mucho, o como mínimo no siguieron reuniéndose en nuestra sala. Quizá en otro lugar.

—¿Recuerdas quién estaba en el grupo?

Crucé los dedos.

—Tengo algo aún más interesante para ti —anunció Teresa con una sonrisa—. Puedo enseñarte una foto. Pero para eso voy a tener que levantarme —le dijo a mi gato, acariciándole la cabeza.

Diesel se sentó, apoyó la cabeza en la barbilla de ella y saltó al suelo ante su suave insistencia.

—¡Una foto, eso sería genial! —exclamé mientras Diesel rodeaba el escritorio para sentarse junto a mi silla.

—Vuelvo enseguida —prometió Teresa, levantándose—. Debe de estar en uno de los armarios, detrás del mostrador de consultas.

Diesel y yo aguardamos su regreso. En menos de cinco minutos volvió con una carpeta y me la entregó. En la etiqueta se leía: «Informes anuales de la biblioteca».

—He puesto encima el que te interesa —dijo Teresa, sentándose de nuevo.

Saqué el informe de la carpeta y dejé el resto a un lado de la mesa. Eran solo unas pocas páginas, y al llegar a la cuarta encontré la fotografía que Teresa quería mostrarme. Una instantánea corriente, con un escueto pie de foto: «Grupo de escritores se reúne con novelista local».

Aparecían seis personas, y Godfrey Priest en el centro, mucho más joven y mucho menos triunfal que cuando lo había visto días antes. Lógico. La foto era de antes de que triunfara como escritor.

Examiné a los demás. Reconocí dos rostros inmediatamente y me quedé atónito al ponerles nombre.

Julia Wardlaw y Rick Tackett aparecían junto a Godfrey, uno a cada lado, ambos sonriendo a la cámara.

CAPÍTULO VEINTIOCHO

—Pareces impactado —dijo Teresa—. ¿Ocurre algo?

—Es que estoy muy sorprendido —dije—. Veo a dos personas que no esperaba ver en este contexto. Dos personas que ni siquiera sabía que tuvieran interés en escribir.

Examiné las otras caras del grupo. Dos de ellos me resultaban vagamente familiares, pero no conseguía ubicarlos. Lástima que en el pie de foto no constaran sus nombres.

Iba a devolverle el informe a Teresa para preguntarle si sabía quiénes eran los demás, cuando un detalle atrajo toda mi atención. Me acerqué, entornando los ojos. La calidad de la fotografía no era muy buena, pero me pareció ver a alguien más asomando por detrás del hombro de Julia, justo al lado de Godfrey.

—Parece que hay otra persona aquí, en el fondo —dije, y le pasé el informe a Teresa—. A ver qué opinas. Además, ¿sabes quiénes son todas las personas?

Teresa examinó la imagen un momento antes de dejarla en la mesa. Abrió uno de los cajones de su escritorio y empezó a rebuscar algo.

—Ah, aquí está.

Sacó una lupa y examinó la fotografía.

—Creo que tienes razón —dijo, al cabo de un momento—. Parece que hay alguien medio agazapado, solo asoma un poco la cabeza, aunque es extraño... ¿Por qué no iba a querer salir en la foto?

—Ni idea —contesté. Pero se me aceleró el corazón al preguntarme si la persona misteriosa detrás de Julia podría ser X. Según las cartas que había leído, X huía de los focos, y quizá por eso procuraba esconderse.

Teresa dejó la lupa y miró de nuevo la fotografía.

—Los reconozco a todos —dijo.

Los nombró y, además de Julia y Rick, reconocí los nombres de un par de profesores de la Universidad de Athena, uno del departamento de historia y el otro de literatura.

—¿Te importaría anotármelos? —le pedí—. Y, por cierto, ¿todos siguen viviendo en la zona?

—Una de ellas falleció hace unos años —dijo—. Haré una marca junto a su nombre. Pero los demás, a excepción del señor Priest, por supuesto, siguen por aquí.

—Muchas gracias por tu ayuda. No puedo decirte cómo ni por qué, pero esto puede ser crucial para resolver el asesinato de Godfrey.

—Qué inquietante —dijo Teresa. Acabó de anotar los nombres y me dio el papel—. Imagino que ayudaría saber quién es esa otra persona que acecha al fondo. Después de darle vueltas, creo recordar que había un par de personas que asistían al taller de vez en cuando, pero los seis que ves aquí eran el núcleo. Se reunieron durante cuatro o cinco años, creo.

—Conozco a una de las personas del grupo bastante bien —dije—. Y trabajo con otra.

—Así es, Rick Tackett trabaja en la biblioteca de la universidad —dijo Teresa—. Es un hombre amable, tranquilo. Gran lector. Espero que no esté implicado en esta historia.

—Yo también —dije—. Como tú, creo que es un buen tipo. Pero también sé que una de estas personas puede muy bien ser la que la agente Berry está buscando.

—Una idea por lo menos desconcertante —dijo Teresa con el ceño fruncido—. Espero que consiga resolver pronto el caso. Si uno de los seis entrara en la biblioteca ahora mismo, creo que me pondría un poco nerviosa.

—No tienes por qué, estoy seguro —dije—. No hay razón para sospechar que estés metida en ningún sentido.

—Aparte de colaborar en la investigación oficial, querrás decir —comentó Teresa, con una sonrisa pícara—. Y en la extraoficial.

—Así es —dije esperando no sonrojarme—. Gracias de nuevo, pero creo que Diesel y yo deberíamos irnos a casa ya.

Teresa me estrechó la mano cuando me levanté.

—Nos vemos el próximo viernes, por supuesto.

—Siempre os esperamos con ganas —dijo Teresa, mientras nos acompañaba a Diesel y a mí a la puerta—. Nuestros voluntarios son una gran ayuda y os agradecemos mucho lo que hacéis por nosotros.

Se inclinó para acariciar la cabeza de Diesel.

—Y a ti también, muchachote.

Diesel gorjeó, y sonreí. Conseguimos salir con solo unos minutos de retraso, por el despliegue de atenciones que le dedicaron a Diesel. Disfrutó hasta el último segundo de protagonismo, el muy pillo.

De vuelta en el coche, repasé la lista de los nombres durante un momento mientras Diesel se acomodaba en el asiento del copiloto. Pensé que podría empezar por Julia. Verla en la foto me había dejado boquiabierto. Sus vínculos con este caso no dejaban de reforzarse y, aunque estaba convencido de que era inocente del asesinato de Godfrey, sabía que su participación en el taller de escritura podría hacer que Kanesha Berry se centrara más en ella.

Rick Tackett parecía un sospechoso más convincente en muchos aspectos. Para empezar, era el hermanastro de Godfrey, y como custodio de la biblioteca tenía fácil acceso a mi despacho y al almacén del archivo. Nadie se hubiera extrañado de verlo allí arriba, rondando por el almacén, la noche en que entraron en mi oficina y hurgaron en las cajas.

Confiaba en que, quienquiera que fuese, el culpable no hubiera destruido los contratos. Si Kanesha los encontraba en su poder, habría un vínculo claro con el asesinato.

De todos modos, sin duda había otras copias de los contratos. La agente literaria de Godfrey debía conservarlas. Esa idea me animó, porque estaría en la ceremonia al día siguiente, y para entonces ya habría hablado con Kanesha, y tal vez podría dejarle caer algunas preguntas sin objeciones.

En el breve trayecto a casa sopesé esas preguntas que quería plantearle a la agente de Godfrey. ¿Cómo entablar conversación con ella? ¿Qué armas usar para vencer sus reticencias?

Una gran pregunta se me ocurría de entrada, aunque supe que exigiría mucho tacto: ¿sabía que Godfrey no era quien escribía sus libros? Entonces recordé que sin duda Kanesha esa misma noche le haría esa pregunta, entre muchas otras. Vería hasta dónde podía llegar.

El coche de Julia estaba aparcado delante de la casa, y Diesel y yo la encontramos en la cocina. Nos saludamos mientras liberaba a Diesel de su arnés. Fue a saludar a Julia antes de trotar hacia su caja de arena.

—He venido a buscar a Justin —dijo Julia—. Viene a casa a cenar con nosotros, y probablemente se quede a dormir.

Justin solía pasar los viernes por la noche con sus padres, así que una noche a la semana tenía la casa para mí solo. Por lo menos hasta el segundo semestre, me recordé: mi otro inquilino regresaba entonces de su estadía en el extranjero.

—¿Cómo está Ezra? —le pregunté—. ¿Quieres tomar algo mientras esperas?

Fui a la nevera a por una bebida dietética.

—No, gracias, Justin bajará en cualquier momento —dijo Julia—. Ezra está bien. Muy feliz de estar de nuevo en casa, después de estos días en el hospital.

—Me alegro —dije abriendo la lata y tomando un trago. Me acerqué a la mesa y me senté—. He dado con algo interesante y me gustaría comentarlo contigo, si tienes un instante.

Julia frunció el ceño.

—Me temo que no es un buen momento. Tengo que volver con Ezra. Y Justin ha de espabilar.

—Lo comprendo —le dije—. Cuando puedas, entonces. Es importante.

—De acuerdo. A lo mejor cuando traiga a Justin, mañana por la mañana —propuso Julia—. Si Ezra no me necesita.

—Por supuesto.

Me tendría que conformar con eso. Julia obviamente no estaba de humor para hablar. Justin bajó las escaleras estrepitosamente, con la mochila colgada al hombro y el pelo tapándole los ojos.

—Estoy listo, mamá —anunció, y al verme me dijo—: Buenas noches.

—Buenas noches, Justin —dije—. Te echaré de menos a la hora de la cena.

Me di cuenta de que lo decía en serio. Me había acostumbrado a tener compañía en la mesa... además de la de Diesel, claro está.

—Gracias —dijo Justin, ruborizándose un poco.

Se inclinó a acariciar a Diesel, que apareció de nuevo en la cocina apenas oyó a Justin bajar las escaleras.

Julia se levantó.

—Será mejor que nos vayamos. Te veré mañana por la mañana, Charlie.

—Lo espero con ganas.

Julia me lanzó una mirada interrogativa, pero no se entretuvo. Confiaba en que me diera tiempo a hablar con ella por la mañana. Hasta entonces, debería contener la impaciencia.

Diesel los siguió hasta la puerta, y oí a Justin despedirse de él antes de que la puerta se cerrara. El gato volvió a la cocina mientras yo comprobaba lo que Azalea había dejado para la cena de esta noche.

Había carne asada en el horno, con una patata envuelta en papel de aluminio, además de unas judías verdes hervidas en la cazuela. Suspiré, satisfecho. Los asados de Azalea eran tiernos y deliciosos, y esperaba con ansias la cena.

Al subir a cambiarme de ropa, contemplé la posibilidad de llamar a Rick Tackett, pero enseguida la descarté. No se me ocurría ningún pretexto razonable para llamarlo a horas intempestivas, cuando ya debía de estar en casa. Además, sabía que esa llamada podría darme más problemas con Kanesha Berry. Por no hablar de la charla con Teresa Farmer y la que iba a tener con Julia. De todos modos, pensé que quizá Kanesha hablara con Julia antes que yo. Normalmente no traía a Justin a casa hasta la hora de comer, o incluso más tarde. Si Kanesha hablaba con Teresa temprano, probablemente se pondría en contacto con Julia enseguida.

Mi hijo Sean llamó justo cuando me disponía a bajar a cenar, así que me senté en la cama y estuvimos charlando cerca de media hora. Una llamada larga, tratándose de Sean. Nuestras conversaciones no solían durar más de diez minutos, pero me di cuenta de que esa noche Sean necesitaba hablar, y yo no iba a meterle prisa.

A esas alturas se había enterado del asesinato de Godfrey Priest, y le conté los detalles. Sean, después de licenciarse, llevaba un par de años trabajando para un bufete importante de Houston especializado en derecho civil. Se inquietó por mí e intenté tranquilizarle. Siguió hablando de temas anodinos, pero sentí que había algo de fondo, y al final me decidí a preguntarle sin rodeos qué le pasaba.

Sean suspiró.

—No lo sé, papá. Son varias cosas. El trabajo, por ejemplo. Veo que no es lo que pensaba que sería, y los horarios son una locura. Me paso el día trabajando como una mula.

—Es duro, lo sé. En esos grandes bufetes exprimen mucho a los abogados jóvenes los primeros años.

Ahora que hablaba sin tapujos, noté que se liberaba un poco.

—Sí, y en parte ese es el problema. Pasarán años antes de que las cosas mejoren, y no sé si estoy hecho para esto.

Eso me preocupó, porque Sean sabía que quería ser un abogado desde los doce años, cuando leyó por primera vez *Matar a un ruiseñor.*

—Querías ser Atticus Finch —dije.

—Sí. Qué ingenuo era, ¿no?

—Idealista —maticé—. Hay una diferencia.

—Bueno, es difícil aferrarse a tus ideales cuando trabajas en casos millonarios representando a grandes empresas que tratan de burlar la ley por todos los medios.

—¿Y qué vas a hacer? —pregunté.

Sean no respondió enseguida.

—No estoy seguro. Todavía lo estoy pensando. Quizá podría pasar un par de semanas en Navidad contigo, si te parece bien. ¿Crees que Laura vendrá a casa?

—Todavía no me lo ha dicho, pero desde luego espero que sí. Ya sabes, hijo, que puedes quedarte todo el tiempo que quieras. Hay espacio de sobra.

No me atreví a ser demasiado efusivo. Sean era reacio a las muestras de sentimentalismo paterno. Siempre había tenido más afinidad con su madre.

—Gracias, papá —dijo, aliviado—. Te avisaré cuando pueda escaparme.

—Fantástico. Estoy deseando verte.

En realidad, no lo había visto desde que se licenció en Derecho, hacía más de dos años. Siempre estaba demasiado ocupado para venir a verme, y cada vez que le proponía ir a Houston, me daba largas.

Cuando colgué, al cabo de unos minutos, me quedé pensativo. Sean estaba en apuros y quería ayudarlo, aunque tendría que esperar hasta las vacaciones. Traté de no hacerme ilusiones con que cambiara Houston por Athena definitivamente, para no llevarme un chasco. Quizá cambiara de opinión y no viniera en Navidad.

La cena fue tan deliciosa como esperaba, pero al acabar me arrepentí de haber sucumbido a una tercera porción de asado. Empezó a dolerme la tripa, como castigo. Lo achaqué a mi inquietud por Sean, porque yo siempre había sido una persona que tendía a calmar los nervios con la comida.

También pasé una noche inquieta, en parte por la copiosa cena, pero sobre todo pensando en mi hijo. A la mañana siguiente, cuando me desperté con los ojos legañosos por la falta de sueño, Diesel saltó de la cama tan animado como siempre. En mañanas así me recordaba a uno de mis compañeros de habitación en la universidad, que siempre se levantaba alegre y con brío. Hubo momentos en que de buena gana le habría dado un mazazo en la cabeza y después habría metido su cadáver en el armario.

De todos modos, Diesel estaba a salvo. Era demasiado rápido para mí.

Los sábados por la mañana me dedicaba a trajinar por la casa, después de haber leído el periódico y desayunado. A veces trabajaba en el patio, y sabía que debía arreglar un par de parterres de flores. No era precisamente el jardinero más entusiasta del mundo, pero sabía que el aire fresco me sentaría bien y esas tareas me distraerían.

Además, a Diesel le encantaba explorar el jardín. Era una buena parcela de terreno, con muchos rincones para que un felino intrépido encontrara diversión. Mientras arrancaba las malas hierbas de los parterres, Diesel entraba y salía sin parar, sacudiendo las hojas caídas y alegrándome la mañana.

Cerca del mediodía decidí hacer una pausa para comer. Julia y Justin no habían dado señales, y esperaba que aparecieran de un momento a otro. Tenía ganas de hablar con Julia sobre el taller de escritura.

Mientras me lavaba las manos en la cocina, oí que se abría la puerta principal. Como Justin tenía una llave, supuse que serían él y Julia. Diesel salió corriendo; sin duda acompañaría a Justin arriba.

—Buenas tardes —me saludó Julia desde la puerta, al cabo de unos momentos—. Parece que has estado trabajando en el jardín.

Miré hacia abajo y vi las rayas de suciedad en mis viejos pantalones de lona.

—Arrancando malas hierbas mientras Diesel acechaba en la selva en busca de hojas peligrosas.

Julia se rio de la ocurrencia.

—Entra y siéntate —le ofrecí—. ¿Quieres algo de beber?

—Qué va... —dijo Julia mientras se acercaba a la mesa—. Acabamos de comer hace un rato. Justin estaba deseando volver. Tiene que entregar un trabajo de literatura el lunes.

Llené un vaso de agua y me senté a la mesa.

—¿Cómo van las cosas?

—Bien —dijo Julia—. Aunque esta mañana recibimos la visita de Kanesha Berry.

—Ajá —dije—. Creo que tengo una idea de lo que habéis hablado.

—¿Cómo lo sabes? —preguntó Julia—. ¿Te has ganado su confianza?

—No exactamente —dije con ironía—. Pero me las arreglé para descubrir ciertas cosas que ella no sabía.

—Cosas relacionadas con un taller de escritura que yo solía frecuentar —contestó Julia de forma categórica.

Parecía molesta, conmigo o con Kanesha, no estaba seguro.

—Sí —dije.

—¿Por qué tanto interés en algo que pasó hace veinte años? —Julia frunció el ceño—. No veo qué relación puede tener que fuera a ese taller durante un par de años con nada de lo que ha pasado.

Calló un momento, con una mirada distante.

—Aunque fue entonces cuando tuve mi aventura con Godfrey, que Dios me perdone, y me quedé embarazada de Justin.

—En realidad no sé muy bien por qué Kanesha está interesada, ni por qué lo estoy yo —dije—. Pero creo que es importante. No sabía que te interesaba escribir.

Julia se encogió de hombros.

—Probé varias cosas en aquella época, intentando averiguar qué más podía hacer en la vida, además de ser la esposa de un predicador. Siempre había sacado buenas notas en lengua y literatura, así que di por hecho que tenía dotes para escribir. Resultó que me equivocaba.

Se rio amargamente, de pronto.

—Fantaseaba con ser la nueva Phyllis Whitney o Victoria Holt. No solo ya no se publicaban libros como esos a menos que fueras Phyllis Whitney o Victoria Holt, sino que no se me daba muy bien escribirlos. Godfrey quizá fuera un memo en muchos aspectos, pero al menos me convenció para que dejara de perder el tiempo.

—¿No te interesaba escribir novela negra?

Me había parecido que Julia era sincera al hablar de su escritura, pero debía estar seguro de que no era X y trataba de despistarme.

—¡Cielos, no!

Se rio de nuevo, y esta vez sonaba divertida.

—Apenas leo ese tipo de novelas. Nunca sentí el deseo de escribirlas, te lo prometo.

—Bien. ¿Y los otros miembros del taller? ¿Alguno estaba interesado en ese género?

—No, que yo recuerde —contestó Julia.

Pensó por un momento.

—Rick Tackett estaba escribiendo un libro sobre Vietnam. Creo que era una especie de terapia para él, más que otra cosa. Las otras dos mujeres del grupo estaban escribiendo novelas románticas, y una de ellas trabajaba en un relato del Oeste. El profesor de historia, que si no me equivoco le da clase a Justin este semestre, se había embarcado en una horrenda novela histórica sobre un druida lujurioso en la antigua Gran Bretaña.

—Por ahora, sois seis. ¿Había alguien más en el grupo?

—A veces, sí —meditó Julia—. Si no recuerdo mal, otras tres personas se unieron un tiempo, pero no duraron mucho.

—¿Recuerdas quiénes eran? —pregunté, pensando en la figura que se escondía detrás de Julia en la fotografía—. ¿Alguien que participara cuando Godfrey os dio aquella charla, hace veinte años?

—Eso era lo que Kanesha Berry quería saber —dijo Julia, ladeando la cabeza.

—Ah. ¿Y qué le has contestado?

Julia me miró en silencio unos instantes.

—Había un hombrecillo que vino algunas veces, pero nunca nos mostró nada de lo que había escrito. Poco después de la charla de Godfrey, dejó de venir.

—¿Quién era? —pregunté.

Daba la sensación de que Julia alargaba el suspense deliberadamente.

—Uno de nuestros compañeros de clase en el instituto.

Hizo una pausa por un momento, y pensé que tendría que presionarla para que hablara, pero ella misma tomó de nuevo la palabra:

—Era Willie Clark, que siempre fue un bicho raro, como bien sabes.

CAPÍTULO VEINTINUEVE

—¡Willie!

Por supuesto. El mismo al que vi el día que Godfrey murió garabateando algo en la sala de personal.

En ese instante, una pieza más del rompecabezas cobró sentido. La misoginia de los libros. ¿Quién tenía fama de misógino? Willie. Recordé la conversación que había escuchado el día anterior en la Biblioteca Hawksworth. Willie odiaba a las mujeres, al contrario que Godfrey.

Quizá era una conclusión precipitada, pero a mí me parecía clara: Willie era el misterioso X que escribía los libros.

Y además tenía una razón de peso para matar a Godfrey.

—Charlie. —La voz de Julia me devolvió a la tierra—. ¿Qué pasa? ¿Por qué has reaccionado así cuando he mencionado a Willie?

Traté de contenerme. No quería revelarle nada a Julia antes de hablar con Kanesha Berry.

—No puedo comentar nada, créeme, pero saber que Willie participó en el taller, por fugazmente que fuera, arroja luz a algunas zonas oscuras.

Julia me escrutó con la mirada, como intentando leerme la mente.

—Es rarísimo —dijo finalmente.

—¿El qué?

—Willie —respondió Julia—. Ahora que lo pienso, juraría que lo vi en la Casa Farrington el martes.

—¿En serio?

Mejor todavía: un testigo que lo situara cerca de la escena del crimen.

Julia asintió.

—Me parece que era él. Ya sabes lo que pasa, cuando vas con prisa y ves a alguien por el rabillo del ojo. Creo que en ese momento ni siquiera tomé conciencia de quién era.

Hizo una pausa y cerró los ojos, como si tratara de rememorar la escena.

—Justo cuando salía, vi una silueta en la puerta giratoria, entrando en el hotel. Pero tenía prisa por llegar al banco y volver al hospital, así que no le di mucha importancia en ese momento.

—¿Y era Willie?

En tal caso, se confirmaría que Willie y Jordan Thompson estaban en el hotel. Sabía que Jordan había visto a Godfrey. Los ejemplares firmados y fechados de su nuevo libro lo demostraban.

—Sí, cuanto más lo pienso, más certeza tengo —aseguró Julia.

Si Willie era el asesino, había visto a Godfrey después de Jordan. La propia Jordan había dicho que pasó solo unos minutos con Godfrey. Y a continuación llegó Willie, cargado de rencor por los desprecios de Godfrey. Quizá quería reclamarle más dinero del que habían pactado en el trato o quizá simplemente estaba harto del anonimato y quería reconocimiento.

Cualquiera que fuese el motivo, podría haber perdido los nervios hasta el punto de atacar a Godfrey en un arrebato de furia.

Sonaba verosímil, sí.

—Cuando hablaste con Kanesha sobre el taller de escritura, ¿por casualidad le mencionaste que Willie participó durante un tiempo?

—Sí. Me mostró una fotografía —dijo Julia—. El informe anual de la biblioteca, de hecho. Había olvidado por completo aquella instantánea. Ese día Willie estaba allí, me acuerdo, pero se escondió detrás de mí. En ese momento me pareció peculiar, pero ya sabes cómo era en el instituto. Siempre escabulléndose de un lado a otro, tratando de pasar desapercibido.

—Para que los del equipo de fútbol no se metieran con él, creo recordar. —Los años de Willie en el instituto debieron de ser un suplicio—. Y Godfrey era uno de los peores.

Qué irónico iba a ser si, como yo suponía, Willie resultaba ser X.

—Cierto —Julia suspiró—. Podía comportarse como un auténtico patán.

—Debes contarle a Kanesha que ese día viste a Willie en el hotel.

—Lo haré. En cuanto tenga la oportunidad. —Julia miró su reloj—. Tal vez sea mejor que vaya a decirle a Justin que se dé prisa.

—¿Vais a algún sitio esta tarde? —pregunté.

Julia asintió.

—A la ceremonia en honor a Godfrey. Le prometí a Justin que iríamos juntos. Veo que no piensas pasarte —dijo, refiriéndose a mi atuendo.

Se me había olvidado completamente hasta el momento en que Julia lo mencionó. Miré el reloj: eran las doce y media pasadas. Si me daba prisa, tenía el tiempo justo de asearme y vestirme para llegar a tiempo.

—¡Qué despiste, no me lo puedo creer! —dije levantándome—. Si me disculpas, subiré a prepararme. Os veré a ti y a Justin allí.

«Adiós al almuerzo.» De todos modos servirían un refrigerio después de la ceremonia, recordé.

—Bien. Si podemos, te guardaremos sitio. Creo que acudirá mucha gente, aunque solo sea por curiosidad.

—Seguro que sí. Nos vemos en un rato.

Me apresuré a subir las escaleras y me crucé con Justin en el descansillo. Llevaba un traje oscuro y, aunque estaba pálido, parecía sereno.

—Hola, señor Charlie —dijo—. ¿Viene a la ceremonia?

Me miró de arriba abajo.

—Sí, pero se me ha hecho un poco tarde —dije—. Nos vemos allí. ¿Estaba Diesel contigo?

—Estaba —dijo Justin deteniéndose con un pie en la escalera—. Pero cuando entré a la ducha desapareció.

Vaciló, como a punto de añadir algo, pero se dio la vuelta y continuó bajando.

Diesel estaba en mi cama durmiendo la siesta, con la cabeza encima de una de las almohadas. Abrió un ojo cuando entré en la habitación, me miró un instante y volvió a cerrarlo. Vi que sacudió la cola un par de veces mientras me desvestía, pero después pareció quedarse profundamente dormido.

«Mejor así», pensé. No podía llevarlo a una ceremonia como aquella. Con suerte seguiría durmiendo mientras me preparaba.

Me di una ducha rápida y, mientras me secaba, me planteé si no sería mejor llevar a Diesel a la ceremonia, recordando la vacilación de Justin al bajar las escaleras. Sin duda iba a ser un momento difícil para el chico y probablemente había querido pedirme que llevara a Diesel. Era evidente que había un vínculo especial entre los dos y en ese momento Justin necesitaba apoyo.

Diesel podía venir conmigo, a fin de cuentas. Por el bien de Justin.

Me puse uno de mis trajes oscuros, y Diesel se despertó cuando me senté en la cama para atarme los zapatos.

—Vamos, amigo —le dije—. Salimos.

Diesel saltó de la cama y se plantó en la puerta en un abrir y cerrar de ojos. Conocía demasiado bien esas palabras.

Mientras bajaba las escaleras a toda prisa, con Diesel delante, vi que era la una menos diez. Llegaría, pero por los pelos.

Le puse a Diesel el arnés en un tiempo récord, yendo hacia la puerta. Calculé que iba a tardar lo mismo en ir a pie hasta la capilla de la universidad que en ir en coche y encontrar sitio para aparcar.

Echamos a andar a paso ligero y las campanas dieron la una justo cuando nos acercábamos a la capilla, situada calle abajo respecto a la biblioteca.

Había un buen despliegue de los servicios de seguridad del campus, así como de la comisaría del condado y de la policía municipal. Distinguí los tres uniformes moviéndose entre el enjambre de reporteros y fotógrafos instalados en el césped. Debería haber adivinado que la ceremonia en honor a Godfrey atraería a la prensa. Por suerte, me parecía que mi papel en el caso no había salido a la luz. Y eso se lo debía a Kanesha Berry.

Diesel y yo no éramos los únicos que llegábamos tarde, aunque nadie más iba acompañado por un gato. Su presencia provocó algunas miradas ceñudas, pero las ignoré. Justin importaba más que la opinión de aquella gente.

Un par de periodistas intentaron captar mi atención, sin duda para fotografiar a Diesel. Oí los disparos de las cámaras mientras nos apresurábamos hacia la puerta de la capilla. Micrófono en mano y flanqueada por un cámara, una reportera quiso rodear el cordón que había instalado la policía, pero un agente de seguridad se interpuso y la obligó a volver al otro lado. Entré con Diesel, confiando en que podría evitar de nuevo a la prensa después de la ceremonia.

Me detuve en la entrada de la capilla, buscando a Julia y Justin entre la multitud. A pesar de que tenía capacidad para más de trescientas personas, quedaban muy pocos asientos libres. Vi a Melba Gilley y a Peter Vanderkeller sentados delante. También estaba Willie Clark, en la última fila a mi izquierda. Jordan Thompson no estaba lejos de él, un par de filas más adelante. Apostada contra la pared del fondo, a mi derecha, estaba Kanesha Berry, con un traje chaqueta negro en lugar de su uniforme habitual. Al verme me saludó con una breve inclinación de cabeza.

Paseé de nuevo la mirada alrededor hasta que encontré a Julia y a Justin, sentados en uno de los bancos de la derecha, a medio camino del pasillo central. Vi que había un sitio libre al lado de Justin y fui con Diesel hacia allí.

«Perdón», «Perdón», repetí varias veces mientras nos abríamos paso hasta la mitad del banco. Una mujer siseó «¿Será posible...?», y un hombre que estaba a su lado y me resultaba vagamente conocido le hizo una seña para que se callara.

—Ese es el gato del que te hablé —le oí decir en voz baja.

Cuando llegué al hueco libre le lancé una rápida sonrisa. Me senté, y Diesel se puso entre las piernas de Justin y lo miró fijamente.

—Gracias —me susurró Justin, inclinándose a acariciarle la cabeza.

Esperaba que Diesel no ronroneara demasiado fuerte, para que no molestara a la gente sentada cerca.

Julia, que le había pasado un brazo a su hijo por los hombros, miró hacia el suelo y sacudió la cabeza sonriendo.

El organista empezó a tocar; la ceremonia había comenzado.

El coro cantó dos himnos y el capellán desglosó brevemente los méritos de Godfrey antes de lamentar que una vida se hubiera truncado así por la violencia. El presidente también dijo unas palabras, evocando la generosidad de Godfrey con la universidad a lo largo de los años. Siempre había donado fondos con la condición de que se mantuviera el anonimato, y eso me sorprendió. Siempre parecía querer ser el centro de atención... Ese gesto me hizo pensar un poco mejor de él.

El presidente presentó a la agente literaria de Godfrey, una rubia menuda llamada Andrea Ferris, que hizo hincapié en la conmoción que su muerte había supuesto para millones de fans en todo el mundo. A ella no se la veía muy afectada, aunque tal vez simplemente procuraba mantener la compostura en público. El presidente volvió a situarse delante del micrófono e invitó a todos los asistentes a pasar a la sala de actos para una recepción en homenaje al difunto.

Y después la ceremonia se acabó. A pesar de que fue misericordiosamente breve, en todo momento sentí la tensión de Julia y Justin a mi lado. Para gran alivio de ambos, sin duda, no se había mencionado al hijo de Godfrey que acababa de ser descubierto. Atraer la atención era lo último que querían precisamente ahora, y menos con aquel despliegue de periodistas que esperaban fuera.

Me quedé a su lado con Diesel mientras poco a poco los bancos de la capilla se iban vaciando. Julia no hizo ademán de levantarse. Me pregunté si pensaba irse a casa, sin asistir a la recepción.

—¿Te vas ya? —pregunté cuando nos quedamos solos.

—No —contestó Julia—. Creo que al menos deberíamos hacer acto de presencia. Y quiero hablar con la agente de Godfrey.

—Yo también —dije esbozando una sonrisa—. ¿Vamos?

Me levanté y salí del banco guiando a Diesel con la correa. Justin y Julia atravesaron el santuario siguiéndome hacia la sala de reuniones.

No todos los asistentes a la ceremonia se quedaron para la recepción. Me tranquilizó que no hubiera más de un centenar de personas en la sala de actos. Tiendo a sentirme un poco enclaustrado cuando hay mucha gente en los espacios cerrados, y no era una sala con tanta capacidad como la capilla.

Dado que no había tenido tiempo de almorzar, me puse detrás de Julia y Justin en la cola del bufet. Alargué un poco el cuello para echar un vistazo a la comida expuesta en las mesas. Principalmente había aperitivos de cóctel. No era lo ideal, pero me conformaba; picaría un poco de queso, canapés y fruta. También había huevos rellenos, un clásico de ese tipo de reuniones, al menos en Misisipi. Sin embargo debería vigilar a Diesel, por si se le ocurría ir a husmear. Cuando se erguía sobre las patas traseras, podía llegar a la mesa y llevarse algo de un zarpazo.

Nos servimos un tentempié sin contratiempos, y acompañé a Julia y Justin hasta un espacio libre cerca de la pared. Viéndolos comer despacio, tuve que contenerme para no engullir. Tenía más hambre de lo que pensaba.

Kanesha Berry se acercó a nosotros justo cuando me acababa el último canapé con queso.

—Buenas tardes.

Hablaba en voz baja, con un aire circunspecto. Le devolví el saludo, al igual que Julia y Justin. Diesel le lanzó un gorgorito desde el suelo y juraría que la vi sonreír fugazmente al verlo, pero cuando levantó la vista, adoptó una impasibilidad profesional.

—Julia tiene algo que decirle —anuncié, ansioso hasta rozar la grosería.

Veía tan cerca la resolución del caso que deseaba que los acontecimientos se precipitaran. Una vez detuvieran a Willie, respiraríamos mucho más tranquilos: ya no me quedaba ninguna duda de que era X. Había tenido un móvil claro para cometer el asesinato y, según Julia, también la oportunidad.

Kanesha se volvió hacia Julia con un gesto expectante.

Julia la miró con desconfianza.

—No estoy segura de que este sea el lugar —dijo.

Justin, para sorpresa de todos, interrumpió la conversación.

—Señor Charlie, ¿le importa que lleve a Diesel a dar un paseo?

Advertí cierta desesperación en sus ojos y me pregunté si la ocasión no lo estaría desbordando un poco. Le entregué la correa.

—Claro, pero mejor quedaos en la capilla, donde se está tranquilo. No creo que salir ahora mismo sea una buena idea.

—De acuerdo —dijo Justin—. Vamos, Diesel.

Vi al chico y al gato abrirse paso entre la multitud. Pobrecillo. Le habían pasado tantas cosas de golpe que no era de extrañar que quisiera buscar un sitio tranquilo.

—¿Tiene algo que decirme? —le preguntó Kanesha a Julia.

—Supongo que sí —respondió Julia, mirándome de reojo—. Hablando con Charlie antes de la ceremonia, me he acordado de algo que sucedió cuando fui al hotel a ver a Godfrey.

—Ajá. ¿De qué se trata?

Kanesha cambió el peso de cadera.

—Me vino a la cabeza hablando del taller de escritura —dijo Julia—. Recordé que ese día, cuando salí del hotel, vi a alguien entrando por la puerta giratoria.

Guardó silencio un momento.

—Era Willie Clark. Al parecer Charlie cree que puede ser un dato relevante, por alguna razón.

—¿Y eso?

Kanesha no parecía particularmente interesada en la revelación de Julia; era como si oyera llover. Sin embargo, pensé que podría despertar su interés:

—Willie es X.

CAPÍTULO TREINTA

Kanesha me lanzó una mirada de advertencia, moviendo la cabeza ligeramente hacia Julia.

—¿X? ¿Qué significa eso? —Julia me miró con el ceño fruncido—. ¿Me estás diciendo que Willie asesinó a Godfrey?

Menos mal que no levantó la voz, de lo contrario la gente que estaba cerca lo habría oído todo.

—No puedo hablar de eso con usted, señora Wardlaw. No repita nada de esta conversación con nadie.

Julia bajó la cabeza.

—Por supuesto, descuide.

Kanesha estaba claramente molesta conmigo por haber hablado delante de Julia. Me tomó del brazo y me llevó aparte.

—Necesito hablar con el señor Harris a solas.

Fui sin protestar. Debería haber mantenido la sangre fría hasta poder hablar con ella a solas, pero a veces me dejaba llevar. Recordé una expresión que me decía mi abuela a menudo cuando era niño: «Tiene la cabeza en su sitio, pero los pies se le van solos».

O sea: aunque sé que debería ser más cauto, a veces meto la pata.

Kanesha me llevó de nuevo a la capilla. Vi a Justin y a Diesel en el coro, apartados de las pocas personas que había sentadas en los bancos, comiendo y hablando. Kanesha encontró un lugar a una distancia prudente de esa gente y señaló un banco.

Me senté.

Se sentó a mi lado, un poco más allá. Agarró con la mano derecha el respaldo del banco de enfrente y vi cómo se le tensaban los nudillos.

—¡No puede dejar que se le escapen esas cosas!

—Lo sé. —Me sentía tonto—. Y lo siento. Es que ahora que sé quién mató a Godfrey, quiero que esto termine de una vez.

Kanesha cerró los ojos un momento, y me pregunté si estaba rezando para no perder la paciencia. Seguía aferrada al banco cuando abrió los ojos.

—¿Sabe quién mató a Godfrey Priest? Supongo que cree que lo hizo Willie Clark.

—Sí —afirmé, deseoso de reparar la pifia—. Al descubrir que participaba en el taller de escritura, y sabiendo que era otro quien escribía los libros de Godfrey, todo encajó.

—¿Y eso?

Kanesha se soltó del banco y se cruzó de brazos.

—Por la visión que se da de las mujeres en esos libros —expliqué—. A ver, ¿ha leído alguna de esas novelas?

—Sí, varias —dijo Kanesha—. Me gusta leerlas y detectar errores cuando se habla de los métodos policiales.

Sacudió la cabeza.

—Las novelas policiacas de Godfrey eran bastante malas en ese sentido... Pero ya veo lo que quiere decir sobre la visión de las mujeres en esos libros. No las apreciaba demasiado.

—Y eso no era propio de Godfrey. Por lo que todo el mundo dice, a él le gustaban de verdad las mujeres. El problema es que no podía mantener relaciones duraderas con ninguna. Es Willie el misógino. Debería oír cómo se dirige a sus compañeras y a las estudiantes. ¡Un auténtico cretino!

—De acuerdo —dijo Kanesha—. Es un misógino, pero con eso no basta. Necesitaría más pruebas. Incluso si escribió esos libros. Hay que encontrar una conexión con el asesinato en sí.

—Según Julia, estuvo en el hotel ese día. Debió de ir allí para hablar con Godfrey.

Me quedé un poco desalentado por su falta de entusiasmo. Había pensado que vería la situación tan claramente como yo. Sin embargo, ella era una agente de las fuerzas del orden y yo un bibliotecario. Era su trabajo, no el mío.

—Lo interrogaré al respecto —dijo Kanesha—. Pero a menos que admita que estuvo allí, necesitaré algo más que una imagen borrosa en una puerta giratoria para seguir adelante.

—Por supuesto. En un caso tan serio hacen falta pruebas materiales —dije. Había leído suficientes novelas de misterio para saberlo—. De todos modos ahora ya tiene el móvil y el escenario en el que Willie pudo perpetrar el crimen.

—Hay otros sospechosos que tienen motivos y que también pudieron perpetrarlo —dijo Kanesha, con su lógica implacable.

—De acuerdo, usted gana.

Creía que había dado con la solución, pero ella se negaba a aceptarla. ¿Y si me equivocaba? La idea me dejó mal sabor de boca.

Kanesha muy probablemente sabía cosas que yo desconocía; tal vez durante la investigación habían recabado pruebas en la escena del crimen... Yo ni siquiera sabía cuál era el arma homicida.

—Sus pesquisas me ayudaron. Un poco. Averigüé más rápido ciertos entresijos a raíz de sus indagaciones.

Parecía reconocerlo de mala gana, pero tampoco podía esperar una muestra efusiva de gratitud. Asentí con la cabeza.

—Y ahora ya ha cumplido con su papel —dijo—. No se meta más y déjeme cerrar el caso.

Vi un brillo en sus ojos.

—O sea que sabe quién lo hizo, ¿no?

Kanesha me miró un momento.

—Sí, pero debo hacer algunas verificaciones más y no quiero que vuelva a interponerse en mi camino otra vez.

—De acuerdo, prometido.

—Bien.

Kanesha se levantó y se alejó hacia la puerta de la sala de actos.

Me quedé pensando en nuestra conversación. Kanesha conocía la identidad del asesino. ¿Sería gracias a lo que Julia y yo le habíamos contado sobre Willie? ¿O lo sabía de antemano?

Tal vez eso quería decir que Willie no era el asesino.

El suspense me tenía en ascuas. ¿Kanesha me habría dicho adrede que sabía quién era el asesino para vengarse de mis meteduras de pata? Si era así, me estaba bien empleado.

Era hora de volver a la recepción. Más me valdría ser cauto con lo que decía y a quién. Kanesha no me dejaría pasar ni un descuido más.

Me paré en la entrada y miré alrededor buscando a Julia. Enseguida la divisé, cerca del rincón del fondo, hablando con alguien que no alcancé a ver. Cuando me acerqué, reconocí a la agente de Godfrey, Andrea Ferris.

Junto a ellas vi también a uno de los clásicos pedantes de la universidad, un anciano profesor de literatura que se llamaba Pemberton Galsworthy. Había quien sospechaba que era un nombre de su invención porque sonaba demasiado pomposo, pero la verdad es que le iba como anillo al dedo. Era un charlatán engreído, siempre dispuesto a compartir su opinión más irrelevante con cualquiera que anduviera cerca.

Quise darme la vuelta, sabiendo que podría quedarme atrapado allí una hora si me unía al grupo. Galsworthy nunca entablaba una conversación: se embarcaba en soliloquios interminables.

Julia me había visto de lejos y no fui capaz de ignorar su mirada de súplica. No sé por qué imaginaba que yo podría contener aquel diluvio de palabras. Habíamos sufrido juntos las clases de literatura de Galsworthy, en segundo, y lo conocía tan bien como yo.

Me adelanté para ponerme al lado de Julia.

Galsworthy se dignó a fijarse en mí —un fenómeno en sí mismo digno de mención— y se interrumpió el tiempo necesario para reconocer mi presencia.

—Harris, ¿verdad? Bibliotecario, ¿no es así? —comentó, mirándome de soslayo.

Sin esperar una respuesta, reanudó su perorata, centrando de nuevo su atención en la agente de Godfrey.

—La literatura contemporánea ha degenerado hasta el punto de la más absoluta banalidad. Mercantilismo craso, naturalmente. La edición antiguamente era una profesión de caballeros (educados, sofisticados, cultos), que elegían obras por su mérito literario y su capacidad de iluminar y transformar. No porque se venderían a millones y satisfarían los gustos del mínimo común denominador, tan tristemente bajo en estos tiempos, que hace temer por la supervivencia intelectual de la especie.

Siguió en esa misma línea, pero desconecté sin dejar de mirarlo con una expresión de embeleso. Un talento que había desarrollado en sus clases y que por suerte no había olvidado por completo.

Eché un vistazo discretamente a Andrea Ferris, vestida con un elegante traje oscuro y unos tacones de aguja que le permitían llegar al metro sesenta. Detecté esa mirada vidriosa típica de cualquiera acorralado por Galsworthy durante más de diez segundos.

Julia me dio un codazo y la miré. Frunciendo el ceño, señaló a Galsworthy con el mentón. Aunque entendí lo que quería, salvo que le tapara la boca con la mano y lo encerrara en un armario, no sabía cómo callarlo. Hubiéramos podido dar media vuelta sin más, pero generaciones de abuelas sureñas se revolverían en su tumba ante semejante grosería. Esa era la maldición de que te educaran para comportarte con buenos modales y tratar a los mayores con respeto, por insoportables que fueran.

Volví a poner la antena cuando oí que nombraba a Godfrey.

—... un triste ejemplo de un joven dotado de talento, y observen que con «dotado» no me refiero a la excelencia, pero, sí, un joven dotado de talento que podría haber aspirado a alcanzar metas más altas que esa obra efímera. Por no hablar de la atroz misoginia de sus libros. No cabe duda de que un psiquiatra habría ayudado al pobre muchacho a superar ese flagrante sentimiento de odio hacia las mujeres. A pesar de que estoy convencido de que sus lectoras ni siquiera sospechaban la opinión que les merecía.

Intercambié una mirada divertida con Julia. Era obvio que Galsworthy había leído ciertas novelas de Godfrey, y solo quedaba preguntarse por qué consentía en mancillar su intelecto con un pasatiempo de tan dudoso valor para la humanidad.

Galsworthy seguía con su monserga, pero se veía que Andrea Ferris iba a estallar de un momento a otro. De repente lo cortó en medio de la frase.

—Será un placer para mí compartir sus observaciones sobre la edición contemporánea con mis colegas de Nueva York —dijo Andrea, con una engañosa dulzura en la voz—. No me cabe duda de que responderán inmediatamente mandando a la guillotina todo lo que huela a vulgar entretenimiento, y en su lugar se pondrán a imprimir obras iluminadoras y transformadoras, ¡a millares! ¡Eso va a revolucionar el mundo de la edición, y su nombre, profesor, estará en boca de todos!

Sorprendido en un primer momento ante la interrupción, Galsworthy pareció después encantado de que sus opiniones fueran tan bien recibidas, pero a medida que hablaba, el tono de Andrea se hizo tan mordaz que incluso Galsworthy reconoció el sarcasmo de sus palabras.

—Que tenga un buen día, jovencita —le dijo Galsworthy a Andrea, mirándola tan indignado que ni nos incluyó a Julia o a mí en su despedida.

Julia y yo soltamos un suspiro de alivio.

—¡Menudo sabihondo pretencioso! —se despachó Andrea—. Si me dieran un dólar por cada uno que he conocido, sería rica.

Se volvió hacia mí y me tendió la mano.

—Andrea Ferris, agente literaria del difunto Godfrey Priest.

—Charlie Harris —dije—. Archivista, aquí en la universidad. Al igual que la señora Wardlaw, fui al instituto con Godfrey, hace mucho tiempo.

Andrea asintió, con los ojos puestos en Julia.

—Usted es la madre de su hijo, ¿no es así?

Sorprendida, Julia bajó la cabeza.

—Le pedí a Godfrey que lo mantuviera en secreto por un tiempo, pero veo que no lo hizo.

—Ah, Godfrey me lo contó todo —dijo Andrea—. Era mi principal cliente, de hecho.

¿Realmente Godfrey se lo había contado todo? ¿Sabía Andrea que existía un escritor en la sombra?

—No me sorprende —comenté—. Godfrey ganaba millones.

—Es cierto —asintió Andrea, con una sonrisa de suficiencia—. No puedo quejarme en ese sentido.

Ladeó la cabeza, con aire pensativo.

—Pero ¿saben qué? El viejo charlatán tenía razón en una cosa.

—¿Cuál? —pregunté, aunque sabía lo que ella quería decir.

—La visión que Godfrey daba de las mujeres en los libros —contestó Andrea—. Siempre me molestó, porque a Godfrey le gustaban las mujeres. No hay ninguna duda de eso. Nunca comprendí por qué en sus libros era tan agrio hacia el género femenino.

—¿Alguna vez se lo preguntó? —Julia parecía intrigada por la pregunta.

—Sí, al principio —dijo Andrea—. No fui la agente de sus primeros títulos. Lo contraté cuando descubrí la fuerza de *Saldar cuentas,* su primer gran éxito de ventas.

Frunció el ceño.

—Volví a leer uno de sus primeros libros y el tono era muy diferente.

—¿Cuál fue la respuesta de Godfrey cuando se lo planteó? —pregunté, para que retomara el tema.

—Simplemente se encogió de hombros y me contestó que el libro le había salido así. Afirmó que la mayoría de las novelas negras seguían ese patrón, de todos modos, ¿por qué las suyas iban a ser distintas?

—¿Y le pareció que eso tenía lógica?

Julia no parecía muy convencida.

—Tanto como cualquier otra cosa —dijo Andrea—. Francamente, empezó a ganar tanto dinero para ambos que la verdad es que no me importaba.

Decidí arriesgarme a hacer una pregunta.

—¿Alguna vez pensó usted que alguien diferente podría haber escrito los libros? Quiero decir, porque el tono era muy diferente...

Andrea se echó a reír.

—No sea ridículo. ¿Quién podría haberlos escrito, si no? Godfrey cambió de estilo, nada más. Quería dar el salto y ganar dinero en serio, y lo hizo.

Me parecía sincera, y pensé que Godfrey también se lo había mantenido a ella en secreto. Iba a quedarse muy impactada al saber que existía un escritor en la sombra.

Julia me miró, con evidente curiosidad. Sabía que no habría hecho una pregunta como esa por las buenas.

Antes de que pudiéramos añadir nada, Andrea volvió a hablar.

—Al final ha llegado.

Saludó a alguien a lo lejos. Julia y yo giramos la cabeza para mirar.

—¿Quién es? —pregunté.

—El señor alto de traje que está hablando con la comisaria en funciones. ¿Lo ven?

—Sí —contestamos Julia y yo al unísono.

A unos metros, Kanesha Berry estaba enfrascada en una conversación con un hombre de aspecto distinguido de unos sesenta años.

—¿Quién es? —preguntó Julia.

—Miles Burton —respondió Andrea—. El abogado de Godfrey.

Miró a Julia con una gran sonrisa.

—Y si Godfrey consiguió cambiar el testamento, como tenía previsto, su hijo va a ser muy rico, señora Wardlaw.

CAPÍTULO TREINTA Y UNO

Tras ese anuncio, Andrea se excusó para ir a hablar con Miles Burton.

—No ha sido muy discreta que digamos —comenté mientras se alejaba.

—No —dijo Julia—. Aunque yo ya estaba al corriente. Godfrey me había contado que acababa de modificar el testamento para incluir a Justin y reconocer la paternidad.

Sonrió con una especie de sombría satisfacción.

—Y murió antes de poder cambiarlo de nuevo —añadió.

—¿Por qué iba a querer cambiarlo?

Julia pareció incómoda.

—Bueno, Justin se peleó con él, y ya sabes lo desagradable que podía ser Godfrey cuando no se salía con la suya.

Esa explicación no me convenció. Godfrey no iba a desheredar a Justin por un desencuentro el mismo día en que se habían conocido. La alegría de tener un hijo no podía empañarse con un acto tan vengativo. De todos modos, no quise comentar mis reservas con Julia, que observaba a Andrea Ferris hablando con Kanesha Berry y Miles Burton. Su cara delataba un ávido interés. Me pregunté por qué no se acercaba a presentarse al abogado.

Kanesha le ahorró la molestia. Le hizo una señal a Julia para que se uniera a ellos, y me tomé la libertad de acompañarla. Julia necesitaba apoyo, especialmente dado que Ezra no estaba con ella.

Kanesha me miró con mala cara mientras le presentaba a Julia a Miles Burton.

—Lamento que debamos conocernos en circunstancias tan trágicas —dijo Burton con una voz grave y amable—. ¿Dónde está su hijo? ¿Asistió a la ceremonia?

—Sí que ha venido —dijo Julia—. Anda por aquí, en alguna parte.

—Estaba en la capilla, en el coro, la última vez que lo vi. —Me presenté—. ¿Quiere hablar con él?

—Sí, me gustaría —contestó Burton con una sonrisa solemne—. Debo comentar unos asuntos con él y la señora Wardlaw.

—Iré a buscarlo —dije, y Burton agradeció con la cabeza.

Mientras me alejaba, Julia le preguntó a Burton desde hacía cuánto tiempo era el abogado de Godfrey. No oí la respuesta.

Al llegar a la capilla, miré hacia el coro, pero Justin y Diesel no estaban allí. Eché una ojeada alrededor, pero no había rastro de ellos. Tal vez Justin había ido al servicio.

Seguí por el pasillo lateral de la capilla, al otro lado de la sala de actos, y me asomé al aseo de caballeros. Todo estaba en silencio, y no vi piernas ni patas felinas en ninguno de los cubículos. ¿Se habría ido Justin a casa con Diesel?

En tal caso, ¿cómo habrían conseguido escapar del acecho de la prensa? Imaginé a Justin paralizado en la entrada de la capilla mientras los periodistas lo bombardeaban con preguntas.

Pero enseguida comprendí que, a menos que supieran quién era Justin, solo le habrían hecho preguntas intrascendentes, como: ¿por qué iba acompañado de un gato?

Siguiendo una corazonada, fui hasta el fondo de la capilla. Había otro pasillo que atravesaba la parte posterior del edificio y daba a una puerta trasera. La abrí y me asomé fuera: no había periodistas a la vista.

Salí a la explanada y miré alrededor. Aunque tampoco había rastro del chico y el gato allí, me di cuenta de que Justin y Diesel podrían haberse escabullido fácilmente sin atraer la atención. Tal vez habían dado un rodeo para volver a casa sin cruzarse con la prensa.

Volví a la sala de reuniones para informar a Miles Burton y a los demás. Cuando me acerqué, Andrea Ferris estaba hablando.

—... lástima que después de que el nuevo libro salga el próximo otoño, no habrá más. Menos mal que Godfrey lo terminó antes de venir aquí. Es su mejor novela hasta ahora, y les aseguro que se venderá más todavía que las dos anteriores —dijo con emoción contenida.

—Qué trágico —Julia.

Se volvió para mirarme. Respondí a la pregunta que leía en sus ojos.

—Ni rastro de Justin y Diesel. Creo que se han escabullido por la parte de atrás y se han ido a casa.

—¿Diesel? ¿Quién es? —Miles Burton frunció el ceño.

—Mi gato —dije—. Justin le tiene mucho cariño y lo he traído a la ceremonia para que se sintiera reconfortado. Todo esto ha sido un duro golpe para él.

—Naturalmente —asintió Burton, aunque me miró con cierta duda—. Me gustaría hablar con el muchacho en algún momento, hoy mismo, si es posible. Mi avión sale de Memphis mañana, a primera hora. Debo asistir a un juicio el martes en Los Ángeles.

—Si quiere, puedo llevar a Justin a su hotel —propuso Julia.

—O puede usted venir a mi casa ahora —ofrecí yo, con una sonrisa—. Sin duda habrá periodistas al acecho en el hotel, pero los evitará si sale por detrás para ir a mi casa.

—Excelente idea —dijo Burton. Se volvió hacia Julia—. Si a usted le parece bien, señora Wardlaw. —Miró a Kanesha—. Y a usted, agente.

—De acuerdo —dijo Julia.

—Me parece bien —dijo Kanesha—. No tengo prisa ninguna por hacer declaraciones, y debo escuchar lo que señor Burton tiene que decir.

—En ese caso... —dijo Burton, sacando un pequeño cuaderno de la americana del traje. Lo abrió y hojeó unas cuantas páginas—. Si el señor Harris no tiene inconveniente, me gustaría solicitar que estén presentes algunas personas más. Así me dirigiré a todos los beneficiarios del testamento de Godfrey.

—Por mí, no se preocupe —dije—. Los invito a que se reúnan en el salón de mi casa.

Kanesha frunció el ceño. ¿Interferiría eso con sus planes para arrestar al asesino? Me dio la sensación de que cavilaba y, después de un momento, su expresión se relajó.

—No veo por qué no —dijo Kanesha—. ¿Con quién más necesita hablar?

Burton consultó la lista.

—Richard Tackett y William Clark. Y alguien en representación de la universidad, si es posible.

A mi lado, noté que Julia se tensó. ¿Qué la inquietaba? Me sorprendió escuchar el nombre de Willie, y sin duda a ella también, pero tal vez fue la mención del hermanastro de Godfrey lo que la puso en guardia. Después de todo, había salido con Rick un tiempo antes de la aventura con Godfrey en la que concibió a Justin. Y ella sabía desde el principio, no como yo, que los dos hombres eran hermanastros.

—Trabajo para la universidad —dije— y soy el responsable del archivo. Godfrey habló conmigo a principios de la semana sobre la donación de sus papeles. He visto al presidente marcharse hace unos minutos...

—Su presencia debería bastar por el momento —dijo Burton—. La notificación oficial podrá ir dirigida al presidente y al comité administrativo más adelante.

Paseando la mirada por la sala de actos, vi a Rick y se lo señalé al abogado. Burton se alejó para hablar con él.

—¿Ves a Willie por alguna parte? —le pregunté a Julia—. Voy a dar una vuelta por la sala. Es tan bajito que no se le ve entre la gente.

—Te ayudaré.

Julia fue en una dirección y yo en la otra para dar un rodeo. Andrea Ferris se quedó charlando con Kanesha.

Encontré a Willie detrás de un grupo de gente, hostigando a un profesor de historia sobre sus alumnos y su falta de habilidades bibliográficas. La misma cantinela de siempre.

Cuando interrumpí a Willie, el profesor de historia me lanzó una mirada de agradecimiento y se hizo humo.

—¿Qué quieres? —Willie, tan encantador como de costumbre.

—El abogado de Godfrey Priest está aquí y tiene que hablar contigo.

Willie pareció sorprendido al principio, pero luego una sonrisa se dibujó en su cara, tan poco agraciada.

—A ver si por fin se hacer justicia... —farfulló, echando a andar.

—¿Qué quieres decir con eso? —pregunté, aunque estaba seguro de saber la respuesta.

—Pronto lo descubrirás —dijo Willie—. ¿Dónde está ese abogado?

—Por aquí.

Burton, de nuevo reunido con las tres mujeres, iba acompañado por Rick Tackett.

—Este es William Clark —le dije cuando llegamos.

Willie le tendió la mano.

—Encantado de conocerle.

—Igualmente —Burton, estrechándosela—. Todos ustedes conocen al señor Tackett, por supuesto. ¿Les parece bien que vayamos a la casa del señor Harris sin más dilación?

—Síganme.

Le ofrecí el brazo a Julia, y me lo estrechó con una mano temblorosa. La miré de reojo y me sorprendió verla tan pálida. ¿Estaba emocionada o nerviosa? No podía saberlo. Tal vez fuese por la presencia de Rick Tackett. Había visto cómo la observaba atentamente cuando Willie y yo nos reunimos con los demás.

Conduje a la comitiva por una ruta un poco sinuosa hasta mi casa, pero incluso así en menos de diez minutos nos plantamos allí. Abrí la puerta de la entrada y los acompañé al salón.

Miles Burton puso el maletín con los documentos encima de la mesa de centro, mientras los demás se sentaban. Les ofrecí refrescos, que todos rechazaron.

—Iré a ver a Justin —dije—. Seguro que está arriba, con Diesel.

«Más vale que así sea», pensé mientras subía las escaleras. No se me ocurría dónde podía estar si no.

Y efectivamente lo encontré en su habitación, con Diesel. Justin estaba tumbado boca arriba en la cama, con el traje aún puesto. Diesel, tendido a su lado, ronroneaba mientras el chico le frotaba la cabeza.

—¿Cómo estás? —le pregunté.

—Más o menos.

Más menos que más. Tenía un aire triste, y no era de extrañar. ¡Ojalá se hubiera ahorrado este mal trago! Le esperaban meses, o incluso años, difíciles. Perder tan cruelmente a su padre biológico justo después de que se conocieran... era una tragedia.

—El abogado de Godfrey está abajo, con tu madre y algunas personas más —le expliqué—. El abogado necesita hablarnos a todos sobre el testamento de Godfrey.

—A mí el testamento no me interesa —dijo Justin—. ¿La gente no puede dejarme un poco tranquilo?

Giró la cara y la hundió en la almohada.

Me senté en el borde de la cama.

—Siento mucho que hayas de pasar por esto. Pero ahora debes bajar y escuchar lo que tenga que decir el abogado. Evidentemente Godfrey te incluyó en su testamento y, por tu bien, debes escuchar su última voluntad.

Justin se quedó allí, inmóvil, durante un momento. Esperé, y por fin se sentó. Había estado llorando.

—Ve a lavarte la cara —dije con suavidad—. Luego bajaremos.

Justin asintió y se levantó de la cama. Diesel se desperezó y se acercó a mí. Le rasqué detrás de las orejas. Sospechaba que iba a pasar mucho tiempo con Justin en un futuro próximo. Esperaba que le aportara al joven el consuelo que necesitaría.

Cuando Justin volvió, bajamos las escaleras detrás de Diesel.

Todas las cabezas se volvieron cuando entramos los tres en el salón. Miles Burton se adelantó, y se presentó mientras le estrechaba la mano a Justin. Enseguida me di cuenta de que sentía simpatía por el chico.

Burton guio a Justin hasta el sofá, junto a Julia y cerca de su sillón. Diesel se subió a las rodillas de Justin. Andrea Ferris, que ocupaba el otro asiento en el sofá, miraba a Diesel fascinada. Rick Tackett y Willie Clark habían acercado sendas sillas, formando un semicírculo.

Kanesha se quedó de pie, un poco aparte, con los brazos cruzados. Fui a por otra silla y se la ofrecí, pero no la quiso, así que me la quedé yo y me senté un poco por detrás de Rick Tackett. Desde allí veía bien a Julia, Justin y el abogado.

Miles Burton sostenía un grueso documento en sus manos.

—Lamento profundamente la ocasión que nos ha reunido a todos. Godfrey Priest fue mi cliente durante muchos años, y ojalá hubiera podido estar con todos nosotros muchos más. —Bajó la vista hacia los papeles—. Pero ahora es mi deber compartir con ustedes sus últimas voluntades. Godfrey modificó recientemente su testamento al saber que tenía un hijo. La noticia fue una enorme alegría para él, y lamento profundamente que haya podido disfrutar tan poco tiempo de este joven. Sé lo emocionado que estaba Godfrey por conocerlo.

Sonrió a Justin, que agachó la cabeza. Diesel le frotó la mejilla con la cabeza.

—Voy a ahorrarles los detalles farragosos, propios de este tipo de testamentos. Piensen nada más que, cuando se trata de un patrimonio tan cuantioso, deben contemplarse muchos detalles. En estos momentos, sin embargo, son de poca importancia para ustedes.

Carraspeó antes de proseguir.

—Hay una serie de importes menores a los que volveré en unos minutos. La cuestión es que Godfrey estipuló que esas sumas debían pagarse primero y el resto de la herencia se dividiría como sigue:

»A mi hijo biológico, conocido como Justin Henry Wardlaw, le dejo dos tercios de mi patrimonio.

»A mi hermanastro, Richard Horace Tackett Jr., le dejo el tercio restante de mis bienes.

Burton hizo una pausa, como si quisiera medir el impacto de sus palabras. Vi cómo Rick Tackett, sentado justo delante, relajaba los hombros y bajaba la cabeza. Me pareció oírle murmurar una oración de agradecimiento.

Julia tenía un destello triunfal en la mirada y una amplia sonrisa en los labios. Justin miraba fijamente al abogado, como si no acabara de comprender.

—¿De qué estamos hablando, en términos reales? —preguntó Julia, con una nota de codicia en la voz que me sorprendió.

Miles Burton la miró con un leve desagrado.

—Una estimación conservadora de la parte de su hijo, señora Wardlaw, sería de unos setenta millones de dólares.

Justin se quedó boquiabierto, e incluso Julia pareció asombrada. Obviamente nunca había imaginado que Godfrey era tan rico.

Burton se volvió hacia Rick Tackett.

—Y eso significa que la parte del señor Tackett ascendería a unos treinta y cinco millones.

—No puedo creerlo —confesó Rick sin dejar de sacudir la cabeza—. Después de todos estos años sin preocuparse de mí, ¿por qué ahora?

—Godfrey no dio explicaciones —dijo Burton.

—Era su manera de decir que lo sentía, probablemente —sugirió Andrea Ferris—. Él era así. Siempre pensó que el dinero podía perdonarlo todo.

—¿Y a mí? —Willie Clark nos sorprendió a todos—. ¿Qué me ha dejado a mí?

Burton frunció el ceño mientras consultaba el testamento de Godfrey.

—«A mi amigo del instituto, William Ebenezer Clark, le dejo la suma de un millón de dólares y mi agradecimiento por su amistad a lo largo de los años.»

El estallido de cólera no se hizo esperar.

—¿Nada más? ¿Eso es todo lo que tenía que decir? —gritó Willie.

Saltó de la silla y trató de arrebatarle el testamento a Burton.

Kanesha se adelantó, interponiéndose entre Willie y el abogado.

—Siéntese, señor Clark. Ahora.

Willie retrocedió, pero seguía fuera de sí. Estaba tan colorado que parecía que iba a darle un ataque en cualquier momento.

—Ese malnacido, no puedo creer que me haya hecho esto... Incluso muerto, sigue arruinándome la vida.

—¿De qué habla? —Andrea Ferris miró a Willie—. No creo que un millón de dólares sea precisamente una ruina.

—¡Estúpida! —escupió Willie—. Fui yo quien escribía esos malditos libros, no Godfrey.

CAPÍTULO TREINTA Y DOS

Se hizo un silencio absoluto. Andrea Ferris se levantó de un salto del sofá, escandalizada.

—Usted está totalmente loco, ¡mequetrefe!

Por un momento pensé que iba a pasar por encima de la mesa para abalanzarse sobre Willie.

—Yo era la agente de Godfrey y sé muy bien que esos libros los escribió él.

—Eso demuestra cuánto sabe, ¡ilusa! —dijo Willie, sin achicarse lo más mínimo ante la reacción de Andrea—. Tengo pruebas de que escribí los libros. Godfrey siempre me dijo que usted estaba al corriente, pero supongo que no confiaba tanto en «su agente» como para contarle la verdad.

—¿Qué tipo de pruebas? —preguntó Andrea, con una sombra de duda en la voz—. Va a tener que demostrar que esa afirmación es cierta.

—Bueno —contestó Willie con suficiencia—. Para empezar, puedo darle una copia del manuscrito del libro que se va a publicar en septiembre. ¿Cómo voy a tener una copia si no lo he escrito yo?

—Godfrey podría haberle pedido que lo leyera, por alguna razón —dijo Andrea—. La historia vuelve a estar ambientada aquí, en Misisipi, y podría haberle pedido el favor de que contrastara algunos datos.

Mientras asistíamos a aquella escena, me esforcé por llamar la atención de Kanesha, pero no me hizo ningún caso. Seguía concentrada en la discusión. Willie se rio.

—Puede discutir todo lo que quiera, mujer. No va a cambiar nada. Yo escribí esos libros y tengo pruebas. Firmé un contrato con Godfrey.

—¿Puede presentar este contrato? —Miles Burton frunció el ceño—. Esta es una acusación muy seria, supongo que es consciente. No estoy seguro de adónde nos podría llevar, porque Godfrey nombró a su hijo heredero de sus derechos.

Willie aulló de rabia e hizo ademán de lanzarse hacia el abogado. Kanesha, que seguía de pie entre Willie y Burton, levantó una mano para pararle los pies.

—Cálmese. Cálmese o haré que lo echen de aquí. ¿Entiende?

Ante el tono y la postura autoritaria de Kanesha, Willie se echó atrás y volvió a sentarse. La tensión que se respiraba en el ambiente disminuyó un poco.

—El contrato existe y le garantizo que voy a presentarlo —dijo Willie—. Créame, esto no se va a quedar así.

Kanesha se puso a un lado del abogado, pero siguió con la mirada fija en Willie.

Se hizo un breve silencio, y en esos instantes oí que un coche se detenía enfrente de mi casa. Me acerqué a la ventana. Las cortinas estaban abiertas, pero tuve que apartar los visillos para ver mejor.

Había dos coches de la comisaría del condado delante de mi puerta. Me giré hacia Kanesha. Nuestras miradas se encontraron y me observó inclinando ligeramente la cabeza. Volví a la silla, con el cerebro a mil revoluciones. Iba a arrestar a alguien en mi casa. Se me aceleró el corazón. No estaba seguro de que me gustara la idea.

Burton continuó leyendo el testamento de Godfrey.

—Hay una aportación de cinco millones de dólares a la universidad, de los cuales doscientos cuarenta mil dólares se destinarán a la gestión y la conservación de los manuscritos y documentos personales que cedió a los archivos de la biblioteca.

Burton me miró.

—Sin duda nuestro presidente y los administradores estarán muy satisfechos —declaré.

Era evidente que Godfrey había dispuesto todos los detalles antes de venir a consultarme. Acudió a mí simplemente para hablar de Justin, cosa que podía entender.

—Hay algunas otras donaciones a varias organizaciones benéficas —dijo Burton—. Y eso es todo.

—¿Cuándo podrá mi hijo recibir la herencia exactamente? —preguntó, Julia inclinándose en el sofá para observar a Burton con una mirada rapaz.

—En primer lugar, el testamento deberá certificarse ante notario, naturalmente. Además está la investigación sobre la muerte de Godfrey —dijo Burton—. Hasta que no concluya, no se puede hacer gran cosa. Sin contar con que ahora está en duda la autoría legítima de las novelas publicadas con el nombre de mi cliente. No sabría decir, en estas circunstancias, cómo afectará eso al reparto del patrimonio de Godfrey.

—¿Qué tiene que ver la investigación? —Rick Tackett preguntó—. No estoy seguro de entenderlo.

—En Misisipi, por ley no se permite que un asesino se lucre de sus crímenes —explicó Kanesha—. Si a uno de los beneficiarios lo declararan culpable del asesinato del señor Priest, quedaría fuera de la herencia.

—¿Es eso cierto? —Julia miró a Miles Burton.

—Estoy seguro de que la agente Berry conoce este estatuto en particular mejor que yo —dijo Burton—. Dado que el crimen ocurrió aquí, lógicamente esa sería la ley que se aplicaría.

Vi que Julia dirigía ahora la mirada hacia Willie Clark. La había estado observando con fascinación desde hacía un rato y se me estaba revelando una faceta suya inesperada. Nunca hubiera sospechado ver en ella tanta codicia como delataba su comportamiento en los últimos minutos.

Julia señaló a Willie con un dedo acusador.

—A mí me parece que tú tienes un móvil irrefutable. Además, sé que estuviste en el hotel esa tarde.

—¿Yo? Estás loca, Julia.

La voz de Willie salió en un chillido agudo.

—Te vi entrar —dijo Julia—. En la puerta giratoria, justo cuando me iba.

Se sentó y cruzó los brazos, con una sonrisa siniestra.

Willie, para sorpresa de todos, soltó una carcajada.

—¡Sí, estuve allí! Fui a ver a Godfrey, para hablar del nuevo libro. No el que saldrá el año que viene, sino el que irá a continuación.

—Y os enzarzasteis en una pelea y le golpeaste en la cabeza, ¿eh? —Julia asintió—. Ahora lo entiendo.

Miré a Kanesha para que interviniera, pero no lo hizo. Simplemente se quedó observando.

—Bueno, resulta que yo también te vi a ti, Julia. —A Willie no pareció perturbarle lo más mínimo la acusación de Julia—. Pero fue al revés. Nos cruzamos en la puerta giratoria, pero quien salía era yo, no tú. Vi a Godfrey alrededor de las dos y media, después de esperarle casi veinte minutos. Estaba disgustado por algo cuando por fin conseguí entrar a verle y me dijo que debíamos dejar la conversación para más tarde. A esa hora yo tampoco podía entretenerme más. Empezaba el turno en el mostrador de consultas a las tres. Uno de mis compañeros de la biblioteca llamó esa mañana porque estaba enfermo y tuve que sustituirlo.

—¿El mostrador de consultas? —Julia había palidecido.

—Sí —dijo Willie—. A las tres, y a la vista de un montón de gente durante dos horas, porque atendí el mostrador hasta que cerró la biblioteca. Luego tuve una reunión con el director del departamento de historia hasta poco antes de las seis.

Al parecer, Willie tenía una sólida coartada que lo descartaría como sospechoso del asesinato de Godfrey. Según lo que Julia me había dicho, eran casi las tres cuando dejó a Godfrey. Y ese dato daba credibilidad a los argumentos de Willie.

Pero si mintió sobre la hora en que había visto a Willie, ¿habría mentido en algo más?

Kanesha rompió el silencio que acababa de caer como una losa.

—Debo preguntarle, señora Wardlaw, si quiere rectificar lo que me ha dicho antes. ¿Está el señor Clark en lo cierto? ¿Acaso lo vio cuando entraba usted en el hotel?

—Quizá me equivoqué y lo vi al llegar, sí... —titubeó Julia—. Pero Willie pudo volver a continuación y matar a Godfrey.

—¡Imposible! —bramó Willie—. Una vez terminé la reunión con el director del departamento de historia, fui a la pastelería a merendar, y de ahí a la librería para una lectura de poesía. Lamento desilusionarles, pero no me dio tiempo de ir al hotel a matar a nadie.

Todos los presentes teníamos los ojos clavados en Julia. Excepto Justin. Abrazaba a Diesel con desamparo, enterrando la cara en su pelaje.

—Señora Wardlaw, refrésqueme la memoria. ¿Qué fue lo que hizo después de salir del hotel y de su entrevista con el señor Priest?

Kanesha dio un paso hacia el sofá.

Julia observó a Kanesha, con manifiesta inquietud.

—Fui al banco a depositar un cheque que Godfrey me había dado. Luego fui al hospital. Llegué justo en el cambio de turno, un poco después de las tres.

—¿Le dieron un recibo al hacer el depósito, señora Wardlaw?

¿Qué estaba pasando? Por la actitud de Kanesha, empecé a preguntarme si sospechaba que Julia era la asesina.

Sentí un nudo de angustia en el estómago.

—Sí, supongo que sí —dijo Julia, encogiéndose de hombros—. ¿No te dan siempre uno?

—Se supone que sí —dijo Kanesha—. Y generalmente esos recibos registran la hora en que se hace el depósito. ¿Sabía usted eso, señora Wardlaw?

Cada vez que repetía machaconamente «señora Wardlaw» era como si martillara un nuevo clavo en un ataúd.

Julia miró fijamente a la investigadora, pero no dijo nada. Estaba claro que nunca había pensado en ese detalle.

—También diría que el banco está abierto hasta las seis entre semana —siguió Kanesha—. Por supuesto, puedo confirmar ese dato con el banco, y lo haré, para determinar a qué hora hizo usted el depósito, señora Wardlaw. Ya he hablado con el personal del hospital para que confirmen su declaración.

Cuando Kanesha se calló, solo se escuchaba una respiración jadeante. Julia tenía miedo y su temor era casi palpable.

—¿Desearía hacer una nueva declaración sobre la hora en que hizo ese depósito en el banco, señora Wardlaw? Es solo cuestión de tiempo que sepa la verdad.

Julia respiró hondo.

—Fue unos minutos antes de las seis.

Justin levantó la cabeza y miró a su madre.

—Mamá, ¿qué está pasando? ¿Por qué has mentido sobre algo tan simple?

—Se me mezclaron las cosas, supongo —dijo Julia, pero ni siquiera Justin la creyó. Miró a su madre con un dolor que partía el alma.

—El señor Priest quería llevarse a Justin a California, ¿no es así? Usted tenía miedo de perder a su hijo, ¿verdad? Y no iba a permitir que se saliera con la suya.

—¡No, no es verdad! Godfrey no iba a llevarse a mi hijo. Hablé con él y me prometió que no lo haría, al menos hasta que Justin terminara la universidad.

Julia sonaba desesperada, pero a esas alturas no pensé que nadie fuera a creerla.

—¿Puedo hacer una pregunta? —Rick Tackett habló, con voz grave y vacilante.

—Sí, señor Tackett, ¿de qué se trata?

Kanesha parecía sorprendida por la interrupción, pero asintió para alentar a Rick a vencer sus reservas.

—Justin, ¿cuándo es tu cumpleaños? —Rick observó a Justin con las manos sobre las rodillas, tan tensas que los nudillos se veían blancos.

—El cuatro de agosto —dijo Justin después de aclararse la garganta.

Luego añadió el año.

—Gracias —dijo Rick—. No fue prematuro, ¿verdad, Julia?

A Julia se le llenaron los ojos de lágrimas.

—No, no lo fue.

Apenas podíamos oírla.

Rick asintió. Respiró profundamente mientras miraba directamente a Justin.

—No es hijo de Godfrey —dijo—. Justin es hijo mío.

CAPÍTULO TREINTA Y TRES

N o era el único de los presentes que estaba desconcertado. Miré a hurtadillas a Kanesha, y podría haberme reído al verle la cara. Hay una palabra que define esa expresión: «pasmo». A grandes rasgos, viene a ser un asombro superlativo.

Kanesha se quedó pasmada, ni más ni menos.

Rick volvió a hablar.

—Hijo, siento mucho que hayas tenido que enterarte así.

—Mamá, ¿es verdad?

Justin puso una mano temblorosa en el brazo de Julia.

Julia no respondió.

—Tiene que serlo —dijo Rick, con la voz firme—. Durante mucho tiempo lo sospeché y lo dejé pasar... Julia me había dejado por Godfrey. Y luego se casó con Ezra. Me dejó claro que no me quería, aunque le pedí que se casara conmigo.

Hizo una pausa.

—Hasta hoy no comprendí que iba diciendo que Godfrey era el padre del chico. No podía consentir que la mentira continuara ni un minuto más.

—¿Cómo puede estar tan seguro? —preguntó Kanesha.

Rick se encogió de hombros.

—La última vez que vi a Julia en aquel entonces... —todos entendimos que «ver» era un eufemismo— fue a principios de diciembre. Godfrey no llegó a la ciudad hasta mediados de enero.

Todos podíamos sacar las cuentas. Si Rick estaba en lo cierto, Godfrey no podía ser el padre de Justin.

—¿El señor Priest sabía de su relación con el señor Tackett? —Kanesha volvió al ataque.

—No —dijo Julia—. Esa vez solo estuvo aquí durante un par de semanas y me aseguré de que no se enterara. Nunca lo supo.

Intervine, por más que me doliera.

—Se enteró el martes —confesé—. Se lo dije yo. Simplemente surgió en la conversación. Aquel año vine con mi familia para Navidad, y vimos a Julia y Rick juntos. Se lo conté a Godfrey y pareció muy sorprendido.

—Le dijo a Godfrey que el niño había nacido prematuro —Andrea Ferris se levantó del sofá y vino a sentarse cerca de mí—. Cuando Godfrey me lo contó por primera vez, se sentía agradecido de que el bebé hubiera nacido sano y fuerte a pesar de ser sietemesino.

—El señor Priest se enfrentó a usted esa tarde, señora Wardlaw. Se dio cuenta de que podría no ser el padre de Justin. Me imagino que estaba muy enfadado con usted —Kanesha miró a Julia.

Julia sollozaba. Asintió, incapaz de hablar. Rick se levantó de su silla y le tendió la mano a Justin.

—Hijo, creo que deberías venir conmigo.

Miró a Kanesha y ella asintió.

Justin, visiblemente desgarrado, abrazando a Diesel, miró primero a Rick y luego a su madre.

—Vete. Por favor —dijo Julia.

No miró a su hijo.

Justin titubeó, y entonces le dio un beso en la mejilla. Apartó a Diesel con suavidad y se levantó del sofá. Bordeó la mesa del café, y Rick le pasó un brazo por los hombros al chico y lo acompañó. Diesel vino a sentarse junto a mi silla.

—Señor Harris, ¿podría ir a la puerta y saludar con la mano a los coches aparcados fuera? No se preocupe, entenderán lo que significa.

Kanesha se acercó a Julia, y me levanté para hacer lo que me había pedido.

Mientras iba hacia la puerta, vi que Andrea, Willie y Miles Burton se apartaban hacia el fondo del salón.

Abrí la puerta y saludé con la mano. Un momento después, tres agentes salieron de los coches y se encaminaron hacia la entrada. Me hice a un lado para dejarlos entrar. No perdí de vista a Diesel, por si se le ocurría salir a dar una vuelta.

Lo vi subiendo las escaleras cuando cerré la puerta después de que entraran. Tuve la tentación de seguirlo, porque no creía que pudiera soportar ver cómo arrestaban a Julia. Estaba horrorizado por lo que había hecho, pero al mismo tiempo aborrecía la idea de que se quedara tan sola.

Volví al salón y me senté en el sofá con ella, mientras Kanesha la arrestaba por asesinato.

El lunes por la mañana, cuando estaba a punto de irme a la biblioteca de la universidad, Justin entró en la cocina. Con Julia detenida, había ido a casa de Ezra el sábado por la tarde. Lo acompañé, para tratar de explicarle lo sucedido a un hombre muy desconcertado.

A Ezra le estaba pasando factura la enfermedad y Justin se quedó con él hasta la noche, cuando llegó Rick Tackett. El chico estaba demasiado aturdido para tomar decisiones y lo animé a ir con Rick. Iba a necesitar un padre, y Rick tenía la fuerza y el aplomo para ayudar a su hijo.

Julia tan solo había querido ayudar a su hijo, también, pero eligió el mal camino. Godfrey la había tratado mal, forzándola a escoger a Ezra en lugar de volver con Rick. Sin duda ahora se arrepentía amargamente de esa decisión. Aun así, parecía decidida a que Godfrey pagara por lo que había hecho, y aunque él se dio cuenta de que Justin no era su hijo, debía de sentirse tan culpable como para darle dinero de todos modos. Tal vez pensó que podía comprarla, sin más, pero sospechaba que a esas alturas Julia ya estaba tan fuera de sí que actuó sin pensar en las consecuencias. De lo contrario, no habría olvidado el móvil de Justin ni habría dejado que la delatara algo tan nimio como el sello de la hora en el recibo del depósito.

Era una verdadera tragedia, y sentía mucha lástima por Julia. De todos modos, podía hacer algo por ella si seguía cuidando de su hijo en la medida de mis posibilidades.

—¿Cómo estás?

Observé a Justin con preocupación. Se notaba que había dormido muy poco las dos últimas noches. Se encogió de hombros.

—La verdad es que no lo sé. Todo parece tan descabellado...

Diesel se frotó contra sus piernas y Justin se agachó a abrazarlo.

—Sí, sin duda —dije—. Pero quiero que sepas que, si puedo hacer algo para ayudarte, aquí me tienes.

—Gracias —dijo Justin, levantando la vista hacia mí.

Además del cansancio, me pareció ver un atisbo de madurez en su rostro. Se puso de pie.

—En realidad, hay una cosa que puedes hacer por mí, si quieres —Justin me observó con calma—. Me gustaría quedarme aquí contigo por ahora.

—Por supuesto que puedes —dije.

Seguí hablando, con un nudo en la garganta.

—Diesel te echaría mucho de menos, ya sabes.

Justin me dedicó la sombra de una sonrisa.

—Yo también lo echaría de menos. Rick quiere que vaya a vivir con él y mis hermanos y hermanas.

Sacudió la cabeza.

—Se me hace raro. Ahora tengo hermanos y hermanas. Bueno, en realidad hermanastros, pero aun así...

—Me alegro. Es bueno tener familia. —Hice una pausa—. Aunque encajar tantas cosas de golpe puede ser un poco confuso. Quizá necesites un poco de tiempo para acostumbrarte a la idea.

—Así es —dijo Justin—. Gracias, Charlie, y a ti también, Diesel.

Se me encogió el corazón al verlo allí, desamparado. Diesel y yo haríamos lo posible por ayudarlo.

—Creo que voy a subir a mi habitación a descansar un poco —dijo Justin.

—Me parece una buena idea. —Le sonreí—. Y apuesto a que puedes convencer a Diesel para que te acompañe.

—Vamos, chico —dijo Justin, haciéndole un gesto con los dedos—. Vamos arriba.

Me senté, olvidando el trabajo por el momento, mientras el chico y el gato salían de la cocina. Oí a Justin subiendo las escaleras y me di cuenta de lo reconfortante que era el sonido de sus pasos.

En los años transcurridos desde la muerte de mi esposa, había hecho todo lo posible por aislarme del resto del mundo, salvo para lo imprescindible. Desde que mi hijo y mi hija vivían su propia vida, Diesel había pasado a ser mi única compañía.

Y durante un tiempo me había bastado. Sin embargo, los acontecimientos de la última semana acabaron por romper esa coraza que, casi sin darme cuenta, me había ido forjando.

Por un momento creí ver a Jackie y a la tía Dottie sentadas a la mesa conmigo.

«Ya es hora», diría Jackie, y la tía Dottie asentiría con la cabeza.

Sonreí mientras las imágenes se desvanecían y solo quedaba el resplandor de los recuerdos felices.

Sí, ya era hora.

Recogí mis cosas y me encaminé hacia el trabajo.

AGRADECIMIENTOS

Mi primer agradecimiento va para Michelle Vega y Natalee Rosenstein, por acogerme en la familia. El apoyo que me han dado significa más de lo que jamás podrían imaginar. Nancy Yost, mi agente, se encarga de la parte divertida del tinglado, así que: ¡de nada!

El grupo de los martes por la noche me dio valiosas impresiones en las primeras etapas del manuscrito. Gracias a Amy, Bob, Joe, Kay, Laura, Leann y Millie por sus comentarios y consejos. Una mención especial para Enzo, Pumpkin y Curry, y el personal bípedo, Susie, Isabella y Charlie, por permitirnos invadir su casa cada semana para hacer una puesta en común en un lugar tan cálido y acogedor.

Debo un agradecimiento muy especial a Terry Farmer, orgullosa madre de tres gatos Maine Coon, Figo, Anya y Katie, por ser mi asesora técnica en todo lo relacionado con esta raza de gatos. Cualquier imprecisión en el retrato que hago de Diesel y su comportamiento es culpa mía, no suya. (Yo tengo dos gatos, pero ninguno es un Maine Coon.) Finalmente, mi amor y mi gratitud a dos amigas muy queridas que nunca dejan de alentarme, Patricia Orr y Julie Herman.

MIRANDA JAMES

Miranda James es la autora superventas del *New York Times* de la serie *Cat in the Stacks Mysteries*, que incluye los títulos *Twelve Angry Librarians*, *No Cats Allowed* y *Arsenic and Old Books*, así como de *Southern Ladies Mysteries*, serie que incluye *Fixing to Die*, *Digging Up the Dirt* y *Dead with the Wind*.
James vive en Misisipi.

Más información en: catinthestacks.com
y facebook.com/mirandajamesauthor

Descubre más títulos de la serie en:
www.almacozymystery.com

TÍTULOS
DE LA COLECCIÓN